遥远的青沙帷

安徽师范大学出版社

序

　　振华先生和我是几十年的老同事，老兄弟了。今年五月间，有一次在小区楼下遇见，他说要出版一部散文集，要我作序。我当时只作笑谈。谁知没过几天，他真的把清样拿来了。那我也就只能当仁不让了。

　　振华先生是个学问家，做唐诗研究的好手，尤其擅长研究韩愈，其功夫和见解，都让我这个从事现当代文学研究的人佩服得五体投地。没想到，振华先生不但学问做得好，现代文也写得很精彩。而且，他还把古体诗的学问，用到了现代文的写作中。无论是游景，还是怀人，他都会赋诗一首两首的。虽然他的诗并不像郁达夫的那样放浪形骸，但也非常的工整，更加的情真意切。从这些古体诗，我看到了振华先生身上极其浓厚的文人气息。诗词歌赋，是有它的语境的。在现代化的社会里，我认为它的语境已经消失了。但是，振华先生的生活情趣，他的性情，为诗词歌赋的重生提供了语境，而且是鲜活到水灵灵的语境。

　　这部《遥远的青沙滩》说是一部散文集，其实与一般的散文集是不同的。一般的散文集大多都是东扯葫芦西扯瓢式的散乱文字的归拢，但这部《遥远的青沙滩》却是系统的，在大体的时间一天真的可能如五柳先生一样，要归隐山林了。不过，振华先生是不会出世的。他的文字似乎更接近袁枚一路，其中更多是人生的况味和情味。他要回归的是"故乡"，而不是"山林"。

振华先生的文风清丽流畅，尤其是在对故乡自然风物的叙述中，文字尤为优美；文中常有叙事，但不并刻意，其中有曲折婉转，也是生活故事的自然体现；文中也不乏自然风光的描绘，但也不有意卖弄文辞，一枝一叶细细写来，那种文学的功夫倒在不经意间流露了出来；文字在叙述中并偶向历史深处做探索性联想，但也是点到为止，行文以现实感怀为主脉络，并不过多为历史掌故所牵绊。文有多种境界，而以自然为上品。振华先生的文字，可能因所述皆为亲历，感怀深厚，故不需做作，随意流淌即为妙文，那种自由潇洒的风度，读来让人畅快；而其中满含的情感，更是让我感动，而陷入一种由他的文字所营构的氛围中。

在炎热的夏天里，我挥汗如雨地为振华先生的自传体散文集《遥远的清沙滩》写序言。我知道，我在为一段精彩的人生写序。我内心中充满了敬畏，不仅为振华先生的人生，也为振华先生的文字，也是为如他如我等一批当年从乡下走入城市的人们。

是为序。

方维保*

2016年7月28日于花津河畔

---

　　*方维保，安徽师范大学文学院教授、博士生导师。中国现代文学研究会理事、中国当代文学研究会理事、安徽省文学学会副会长。

目 录
contents

老 井

老井

每个人漂泊在外，总会思念家乡，尤其在逢年过节的时候，看着周围的人提着大包小包去走亲访戚，一家人喜乐和睦在一起，我就会不由得想起乡下的老父亲，想起家乡的一切。

老 井

　　每个人漂泊在外，总会思念家乡，尤其在逢年过节的时候，看着周围的人提着大包小包去走亲访友，一家人喜乐和睦在一起，我就会不由得想起乡下的老父亲，想起家乡的一切。尽管家乡留给我的是并不十分美好的记忆，父亲赐予我的除了债务就是抚养弟妹的责任。但是，自从母亲1993年去世之后，他鳏居二十余年确实也相当不容易。人都有老的时候，我们应该多给他关照。今年给父亲八百元钱，本来是想让他买点好吃的，改善改善生活，谁知他心里只有他的猪，第二天就去买了一车猪饲料！他希望我们在关心他之余也跟他一起养猪，但这是很难的。因为他不会算账，从来没有成本和利润的概念，只知道买饲料买饲料，饲料在涨价，而他的猪肉却在跌价。遇到肉价高的时候，要么他的猪死了，要么猪很小；而肉价低的时候，他的猪却塞满猪圈可以出栏了，仿佛老天爷永远在戏弄他，而他永远也想不明白这是怎么回事，却固执地坚持，不知道还要折腾到什么时候才能醒悟。真是悲哀之至啊！

　　谈到养猪，自然就会联想到老家的那口老井，那井水甘甜清冽，可不只是用来养猪，而主要是养人。《周易·井》："井，改邑不改井。"又说："井，养而不穷也。"大意是说，井具有美德，它不断从地底下渗出水来，养人的功德是无穷无尽的，因此古人认为城邑村庄可以改移但是水井不可改移。古人聚居成村落，主要原因是由于有水井或河流。我的家镶嵌在并不算大的群山丛中，海拔也就五百米左右，中间是一块小盆地，面积大约一平方千米，两条河呈"Y"字形将盆地分割成三大块，人家大都聚居在小河边的山麓下，小河中游、下游是农田，吴家堂、上屋村、朱屋村是坐西朝东，房屋鳞次栉比，高低相连，错落有致，也有一种居高向远的气势。所有的门户向东敞开，早上旭日东升，霞光万道，镀亮满山的苍松翠竹，金牡丹河闪烁着点点金光，山谷里小河边浮起一层浅蓝色的雾气，天空飘荡着丝丝白云，那景象非常美丽。山脚下的农家房屋一律的黑瓦白墙，房顶上袅娜升起数十道白色的炊烟，烟突里不时传来公鸡啼鸣和一两声狗吠，村子中间的稻场上，各家养的猪都被赶出来拉屎拉尿，老人一边拾起猪粪，一边吆喝家禽家畜走开，小孩子们睡眼惺忪坐在门前的石墩上，准备跟父亲上山放牛砍柴。这就是我记得的小时候的景象。

我们吴家堂位置最好，居于中间，背靠和尚尖延伸下来的一座小圆顶山峦，老人说那是龙头，龙眼就是那口老井，面对面前山，那是一条凤形山脉，吴家堂就处于龙头凤尾之间，大有龙头衔凤尾的架势，即所谓的盘龙飞凤地形，是游龙戏凤、龙凤呈祥的上吉之地。据说太平天国的时候，吴家是大财主，全村住的全是两层的木楼，家家相通，下雨时不需要走湿路，门口挖两口很大的鱼塘（后来被堰塞，又后来改成两个麻窖，用来烂麻做黄表纸），养了各种红鲤鱼、白鲤鱼。前后有两棵据说是唐代种植的大朴树，老井后面那一棵树冠近百米高，枝叶扶疏，遮天盖日，栖息着各种鸟雀，每天都是百鸟鸣叫的音乐盛宴。门口那一棵则储满的时候，才听到木桶、铁桶"叮叮当当"的声音，一天热闹的时候开始了。人们一边打水，一边谈论着事情，东家长西家短，秘密传说，重大新闻，出门远行，邀朋做伴，甚至上山砍柴、田间薅草、耕田割草等，日常生活的事情，人们都喜欢在井水边谈论，老井边上成了人们聚集谈事的最佳场所。有时候，年轻时髦的学生放暑假回来了也来帮家里挑水，则哼着流行歌曲，唱得最多的是《小城故事》和黄梅戏《夫妻双双把家还》。我们成天都能听到人们欢乐的歌声，加上老朴树上百鸟的歌唱，真个是桃源仙境！

春天的季节，阴雨连绵，井边很滑湿，风冷刺骨，我们很少到井边玩，而且连续下雨，井水也有一点儿浑浊，所以晚上半夜父亲母亲打伞来汲水，本来是等水静时取水，却应了李时珍《本草纲目》中的一条"井华水"，说半夜子时的井水是最有药用价值的，原来我们喝的都是营养价值极高的具有药效的井水。夏天来临，天气炎热，经常暴雨倾盆，山洪暴发，小河里洪水翻腾，摧枯拉朽，将河道里人们乱扔的垃圾带出山外，留下晶圆光滑的鹅卵石和洁白细腻的沙砾。而我们的老井却仿佛活在世外桃源，基本上不受暴雨山洪的影响，依然保持干净清洁。最神奇的是，老井的水面涨到两米高就停止不动，永远不会溢出水面，外面的脏水也永远流不进井里，老井是一个自我循环良好的系统，流出来的永远是甘甜的乳汁，而那给人们的赏赐又很有限度，不会浪费，每天就流出来这么多，人们早上将水取走，晚上又会涨满，天天如此，年年如此。夏天晚上，人们为了节省，总是从水井里提水冲凉，井水夏天非常凉爽，只有二十度左右，所以在一片大呼小叫之中，人们尽情享受井水的清凉，从头到脚洗个干干净净，夜晚迎来一个酣畅的梦境。秋天到了，山川变色，大地丰收，人们享受收获的欢乐，井边又是一片繁忙景象：各家都提来山芋、白芋、萝卜、白菜、辣椒、豆荚，清洗干净，或者腌制咸菜或者提取淀粉，井水也是时常空着的时候多于溢满的时候，连我们小孩子也能感受到井水的劳累，仿佛永远供不上似的，这时候，我们会搬来梯子，下到井底，将沉积了很长时间的井泥掏出来，将老井石壁清洗干净，然后等待明天的清洁泉水。到了冬天，井水又成为人们洗脸的好伙伴，因为它的恒温二十多度，在严寒的冬天则变成了温泉，井口冒出白气，不管井外如何冰天雪地，它永远是不结冰的状态，清澈见底，永远是清冽干爽，真是神奇的老井！

　　遇到干旱，老井就成了救命恩人。记得1975年，遇到了百年不遇的大旱，夏季本是暴雨频繁的季节，可这一年就是一滴雨也不见，山上竹林成片成片开花干死，松树先是闹虫害，毛毛虫吃尽绿色的松针，然后成片成片死去，连那些树下的茅草也晒死了，庄稼更是枯萎了，人们饮水困难。上屋的井水干涸，下屋的井水也干涸，金牡丹河流量本来是非常充沛的，这一年也断流了，更不用说我家门前的小河了，除了沙石就是沙石，那些小鱼小虾小螃蟹，都干死了。只有我们亲爱的老井还是每天满满的，这时候一天到晚井边都有人，人们排队等待慢慢渗出来的泉水，所有人最要紧的事就是汲水。老井一直坚持了一百多天，只有它不干涸。因此，我母亲坚信这是老天对我们最好的眷顾，我家的水缸永远是满的，因为近水楼台先得月，靠井人家先喝水，是必然的嘛。母亲有时候还让路远打不到水的人直接到我家水缸里取水。为了让人们能够汲取水井下面的水，母亲还制作了长柄水瓢（就是在一节竹蔸上插上两米的棍子，可以舀取两米以下的井水），遇上井水水面低的时候，来我家借瓢的人很多，这时母亲干脆就将长柄瓢放在井边，方便人家，大家都表示感谢。等到秋雨到来，河里又涨满了，田里、山上恢复了生机，人们有了足够的水源，老井终于可以静养了，井盖上面的丛林里鸟儿们成天追逐嬉戏，花蝴蝶、小蜻蜓、小蜜蜂、花水雀又在老井边做着游戏，那千年的老朴树将枝叶伸过来，遮盖住半个村子，也遮蔽着老井，小孩子在老井边，在老树下，在小河里，摸鱼捉虾，或者掘沙筑堤，游泳追逐，其乐无穷。只要有老井在，我们就可以无忧无虑地享受泉水的甘甜，品尝到山茶的清香，喝到香甜的米粥，就能够吃到香喷喷的山芋粉圆子，吃到腌制的萝卜、豆荚、白菜……如果没有老井，我不知道会怎样，至少我的童年会失去很多欢乐。

怀念老井，思念井水的甘甜。我明年回去过年时，一定要去看看我的老井。

方 山 纸

一、方山纸的用途

"方山纸"是一种用竹麻纤维手工制造的黄表纸，松黄润滑，颜色柔和，光亮可爱，可燃性极好。点燃之后，冒出一股浅蓝色的烟圈，泛着一种纯天然的特殊香味，雪白的烟灰能与草木灰一起做肥料，这纸可以算作是纯天然的无任何污染的工艺品。由于方山村家家造纸，又加上纸质上乘，因此远近闻名，主要销往湖北黄梅、黄冈、浠水、罗田、阴山一带，当地的老百姓及其寺庙都称为"方山纸"。

方山纸的用途广泛。第一种作用是助燃，在我记忆中，儿时最重要的一件事就是去东屋奶奶家取火种。奶奶是一个很会生活的人，她家不仅干净整洁，食物丰富，时新蔬菜水果摆放整齐，橱柜里充满袋装的当年新鲜笋丝、笋衣、辣椒角、扁豆丝、豆荚、萝卜丝和梅干菜，而且成为几乎整个村子的火种发源地。因为她家再困难的时候都会储藏火柴，即使火柴偶尔用完了，爷爷抽旱烟，他的烟袋上有火镰，那磨得晶亮的钢片在吊坠白火石上一摩擦，喷出强烈的火星，不到一分钟，就能将贴在石头另一端用方山纸做的纸煤儿（用一小块黄表纸对折又对折成一根长条，也有搓成圆形长条的，点燃后拿回家可以点燃灶膛里的干柴，或者农民在田间地头烧火粪时用它来点燃稻草、秸秆、茅草之类，所以叫纸煤儿）点燃了。方山纸的可燃性最好，点燃之后就不会熄灭，红色的火头渐渐下移，烧完的部分就变成白色的灰烬，如果你不动它，那么它会一直燃烧，直到变成一根白色灰柱。如果你想点燃柴火，只要轻轻一吹，那纸煤儿就会冒出明火来，点燃干柴后纸煤儿要熄灭掉，以防火灾，并留着余下的纸煤儿下次再取火种。奶奶每顿饭都最先点火，因此她家的屋上冒起白色炊烟的时候，即使雄鸡还没有啼鸣，人们也就知道该做饭了。于是，三三两两的大人或孩子就拿着纸煤儿去奶奶家取火，如果是大人，奶奶准会跟他们说会子闲话，如果是小孩，奶奶则会给他们一颗糖或一个果子，因此，孩子大人都喜欢有事没事去奶奶家，何况每天用纸煤儿取火种是必不可少的呢。我儿时最喜欢去奶奶家玩，那时整个村子非常和睦，没有什么纷争吵闹，尽管生活贫困，但也原始简单，人们没有过多的欲望，就这么平平静静地生活着。

方山纸的第二个作用是助祭。对于当年聚族而居的人们来说，除了日出而作日落而息地从土地和山林获取生活资源之外，就是节日祭祀和婚丧嫁娶等红白喜事了。每当祭祀和丧葬大事之时，方山纸就会大显身手，尽管它不是鸡鸭鱼猪羊牛等祭品，但是它是燃香点烛的重要的工具，更是冥钱的主要载体。（冥钱，也叫纸钱，现在城市里有仿钞票印刷的纸钱卖，当年我们那里的纸钱就是将方山纸裁成四寸见方的一叠，然后用一根钱凿在纸上敲击，凿出一排排有外圆内方的铜钱样子的印子，将其封包或折叠烧化，人们相信那烧成灰烬的纸钱会到阴间成为祖老或新逝者的财产）所以，家家户户储存一担两担纸以防突然之需。逢年过

遥远的青沙滩

过的湿纸就会在两张纸之间留下一些空隙，利于将有揭痕的那张纸顺利揭下来。揭纸有很多专门的动作，首先是用指甲从湿纸坨的左上角找到第一张纸起簾的地方，轻轻掀开一个小口，然后用嘴吹入气，使这张纸与下一张纸分离，再用右手轻轻拉开，最后两手一齐用很轻却很均匀的力量，干脆果断地将整张纸揭下来，放在预先准备好的簾折上，如果遇到两纸之间太粘，就用揭将其变松，总之是想办法将一张张纸顺利分开揭下来。整个堂厅都是吹呀、揭呀、拉呀的声音，间夹着说笑声，也有三三五五的小毛孩坐在地上玩石子的嬉闹声，其乐融融。尽管人们生活并不富裕，但是大家在一起精心劳作，那和谐的动作及劳动的成就感还是给人们带来许多欢乐的享受。一般来说，男人们白天捞纸，傍晚就有湿纸坨挑回家，第二天上午就必定是轰轰烈烈的揭纸，由于方山纸用料讲究，椰液汁也下得充分，所以揭纸的人几乎不费什么力就能把纸完整地揭下来，方山纸之所以卖相好，就是因为几乎没有破损，张张完整均匀，松黄可爱，极受买家欢迎。

第七步，是晒纸。揭下来的纸还是很湿的，一摞一摞堆在地上，必须让太阳晒干。如果遇到冬天或长时间阴雨绵绵的季节，则要到焙房用木炭火烘焙晾干。焙房花费很大，在"大集体"时经常使用，实行家庭承包制之后，造纸规模都比较小，人们一般都选择太阳晒干。晒纸一般是十岁左右的男孩子们的事情，大人将揭好的湿纸挑到有草坪的山坡上或者没有杂草的空地上，甚至路边，以十几张纸为单位一叠一叠放在地上，要有专人照看，因为有时起了风，会将纸吹得满天飞，这时就要捡来一些石块将纸压住；有时几家同时晒纸，则要注意不能让两家的纸混到一起。所以，晒纸实际上是连着看纸一起的活儿。一般早上晒的湿纸，到中午就基本上晒干了，也有一些表面干了底下还是湿的，就要翻过来晒底面，叫翻晒。半日下午的时候，纸是彻底干透了，就要一叠一叠收回来，细心弄平整，整整齐齐叠放好，放在房间干燥的地方，用重物压住纸堆。

第八步，是点纸和折纸。方山纸有约定俗成的严格的质量标准，除了用料方面非常讲究之外，数量也绝对不能短缺，就是每捆纸七十刀，每刀纸三十张。这样下簾两千一百次，正好出一担纸，即是说捞一天纸，就是一担纸的样子。

方山纸晒干压平整之后，带着一股特有的香味，不像湿纸那样娇弱，而是可以经得住反复的搓、揉、拉、折、磨，不会轻易撕裂的。读了书的孩子们专心致志地将干纸三十张一叠分开（每叠称"一刀"），爷爷和父亲将点好数的纸三折，第一叠光面朝下折面朝上，从第二叠一直到第七十叠折面朝下，再用竹篾捆紧，这样一捆纸就做好了。如果再讲究一点，就会进行最后一道工序。拿来专门磨纸的钉锉，将捆好的方山纸的两头锉平整，看起来更美。在"大集体"时，磨纸是必不可少的工序，我看见大队部里有十几把钉锉，一到傍晚，十几个老人就会磨起纸来，钉齿在方山纸上来回拉动，"嚯嚯"有声，松黄松黄的碎屑到处翻飞，不一会儿，纸就磨平了，再盖上"方山大队部"的红色大印，这样才算最后成品，等待出卖了。

方山纸算是做好了，那么它会卖到什么地方去呢？

三、方山纸的贩卖

在我儿时的记忆中，方山纸主要是销往湖北黄梅县的珠山镇和蕲春县的唐梨树岭。这两个地方设有专门收购方山纸（当然也收鸡鸣村、白鹤村、上马村和柳坪的竹麻纸）的收购站。以罗汉尖东西分界，东面的山坡溪涧遍生凤尾竹，而湖北的向长江延伸的山梁和沟壑则只生松树、杉树和其他杂树，所以湖北人擅长木器活，多著名木匠，我们村里想要学木匠的年轻人主要师从湖北的师傅，而方山人则擅长竹器活，多篾匠。湖北人制造的木桶必须要用上方山的桶夹和扁担才能发挥作用。另外，湖北的地形较为平坦，多水田，盛产稻米，而方山的地形崎岖，多开辟成梯地，只适宜种植小麦、山芋、土豆，所以方山人总会千方百计把用竹子生产的器具和黄表纸贩卖到湖北，换取木器和稻米。这样一来，很多方山人与湖北人成了好朋友，也有成为儿女亲家的。在相互交换物产的漫长岁月里，渐渐拉近了两省人民之间的距离。

那时还是计划经济时代，方山纸的生产是由大队部控制的，扎麻料、踩槽、捞纸、揭纸、焙纸、点纸、磨纸等，都有专门的一班人负责，他们既要参加集体的农田活，又要为大集体的副业出力，所以公分收入很多，这些人家大都是存款户，年终时候有的能分到上百元钱，过着很富裕的生活。而那些不懂造纸技术只干农田活计的人家，则往往由于人口多，分到的粮食总不够吃，而且年年超支，过着艰难贫困的生活。

方山纸的销售主要赶三个时节，一是清明，二是七月半，三是年关。特别是七月半的纸，正是暑热的季节，捞纸队的人不想出苦力走远路和冒暑热的危险，所以卖纸的活就轮流摊派到有劳力的人家，每次能赚二十个工分，比农田活划算。

我们家就每年能摊到两三次，我记得总是在立秋前后，还是暑气蒸人的季节，每次轮到卖纸，父亲总要在半夜就起床，母亲用麦粉煎蟹壳饼或山芋粉圆子，满满一大碗，然后在他的军用绿色茶壶里加满凉开水，放入少许红糖，父亲就挑着纸出门了。有时候，我也被叫醒，也吃几个蟹壳饼或圆子，要帮父亲提马灯和用水竹棍敲山路两旁茅草叶尖的露水，防止打湿方山纸，如果纸有破损被收购站退回则要罚钱，那会很惨的。如果挑纸的人很多，又有手电筒或有专门提马灯的人，父亲就不会让我去。因为夜晚走几十里山路对一个十一二岁的孩子来说还是很严峻的考验。啊呀，那卖纸的场景我至今还记得，颇为壮观：繁星缀满夜空，巍峨高峻的和尚尖与阴森恐怖的羊毛尖之间，就是那唯一的通道——滑岭岗，虽然只有六百五十米高，但是要经过两个深黑的山谷，那里是豺狼虎豹经常出没的地方，数百年来无人居住，平日里人们砍柴除非是十来个人一起去，否则一两个人是不敢前往的，尽管那里柴草高达丈余。夹在峡谷之间的是有八百多级的两三尺宽的台阶路，经历数百年千万次的踩踏，那青石板都磨得很光滑，中间都凹陷下去了，两边森林里延伸出来的杂草大有掩盖石阶的架势。翻过山冈就到了柳坪地界，若向珠山进发就要向东南穿过柳坪街道，然后翻越八百多米高的回马岭才能到达；若是向唐梨树岭进发则要转向西北，沿着地势较高而平坦的小路前行十多公里，然后翻过丘山岭，才能到达。一行十几个人挑着上百斤的担子，一边喘着粗气，一边还说着笑话，扁担在他们肩头有节奏地上下跳动，发出"吱呀吱呀"的响声，几点马灯也如险峻黑岭上的星星，蜿蜒着在山谷里移动，他们轻快前行，不时用毛巾揩汗，或用羊角叉撑住扁担歇脚。在那艰难的岁月里，人们一面很乐观地参加集体劳动，一面还憧憬着美好的生活，我真佩服方山人骨子里那股韧劲。

改革开放的春风吹进了大山深处，方山纸也由集体副业变成了个人家庭的副业，大队部的造纸设备拆散了，分到各个村民小组，加上几家几户的小范围合作，建起了好多捞纸的槽屋。扎麻也不再依靠水碓，接通了华东电网之后，人们建起了专门扎麻的岩子，用电动机驱动转轴带动巨大石轮旋转，很快就将几百斤干麻碾得粉碎，以前要几日几夜才能碾碎的麻料，现在几个小时就解决了问题，大大加快了制造方山纸的节奏，以至于出现了专业造纸的人家，全家十几个人全上阵，一个月能制造出当年大队部一年的产量。产量的提升无疑给人们带来了丰厚的利润，很多人家都靠造纸盖起了新瓦房，改善了生活，方山纸成为方山人最主要的致富门路。后来，上门买纸的人多起来，也成就了专业的销售队伍，一些人又靠卖纸发了财，当年肩挑担扛翻山越岭跑珠山和唐梨树岭的景观消失了，那两个儿时神秘的地方衰落下去，再也无人问津了。人们坐汽车包三轮车将方山纸贩卖到湖北更远的阴山、罗田、黄石、鄂州、武汉等地，在湖北的村庄、商店、寺庙到处都能见到方山纸。然而，成也萧何败萧何，人们为了追求更多利润，对造纸工艺进行改造，而这最终导致了方山纸的衰落。

四、方山纸的衰落

随着改革开放的深入，原来的"大集体"制度崩溃了，大队部变成了村委会，村委会的房子和地基都出卖了，人们完全过着八仙过海各显神通的单干生活。20世纪80年代初期，方山纸依然是人们谋生和发展的主要工具，但是随着人口的增加，人们的需求越来越大，而方山纸的利润永远只有那么多，平均100斤麻料50元，做出纸来值100元，耗时十天，工值也只有5元钱，显然不能满足人们日益增长的物质需求，人们想尽办法提高产量，降低成本，于是有人开始在麻料中掺入水泥袋、包装纸盒之类的东西，这样成本降低到每百元产值需35元，而所付出的代价是纸质下降，颜色变黑，刚脆，很厚，数张粘连，破损严重，更要命的是经常燃烧中途熄灭，人们又故意缺斤少两减少张数，因此方山纸渐渐失去了信誉，在湖北蕲春一带名声变臭了。价格一路下滑，由原来的每刀0.25元，降到0.15元，甚至捞不回成本。很多人干脆放弃了做纸，改从其他生计谋生。

20世纪90年代以后，温州、深圳等地商品经济的发展，激起了全民下海打工热潮，二三十岁的年轻人几乎全部去江浙、广州一带淘金了，只有少数的老年人还在家里坚守着利润并不丰厚的方山纸祖业，勉强维持生计。

这一批老人渐渐离世，做黄表纸的手艺已经成了稀罕的活儿。人们没有品牌意识，只见眼前利益，忽视质量，缺乏战略眼光，不仅没有产量也没有销量，方山纸渐渐衰落下去，直至彻底消失。父亲当年当作宝贝的捞纸簾子也无人管顾任随它与灰尘和老鼠为伴，最终变成垃圾。那曾经能容纳十人一起捞纸的大槽屋也无人照料，一座座在风雨侵蚀中毁坏倒塌，成为沿河随处可见的废墟。

方山纸衰落的另一个原因是机器造纸业的发展彻底击溃了传统的手工制作，那机器造出的纸不仅光滑、透亮，而且品种繁多，生产效率高，能满足人们多方面的需求，因此原先从事方山纸生产的几个本钱雄厚的人，去江西贩纸，他们开批发部渐渐垄断了市场，于是方山纸不得不退出市场。

还有，方山纸原先的引火功能也被价廉物美的温州制造的打火机所取代，而先前原始的烧毛柴做饭也变成了使用液化气和天然气，方山纸更没有使用价值了。

方山纸的兴衰给人很多感慨。首先，我们应当以高兴的态度接受它的衰落，因为它的衰落表明人们找到了新的谋生、发家门路，人们靠打工、办厂、开店、跑运输、新农合等手段已经彻底改变了山村原来的面貌，现在的乡村到处高楼林立，家家住着两三层的别墅，居住条件和生活条件大大改善；其次，山林得到很好的休养生息，人们不再需要向大山疯狂地索取，森林繁茂起来，多年不见的豪猪、野猪、豺狼、花豹、狐狸等又在竹林树林间繁衍后代了；再次，人们祭祖扫墓也不再大规模烧纸，保护了日益恶化的生态环境，特别是对减少雾霾有重要作用。

当然，方山纸的制作作为一种传统的手工工艺，可以说是一种非物质文化遗产，已经没有人来继承，多少是一种历史的遗憾。更要命的是当年人们辛苦劳作、勤俭持家的精神品德也随方山纸一起消失了，人们渐渐过上一种相互攀比的生活，对金钱的追求导致了亲情的缺失，大把的休闲时间无处打发，也刺激了人们打牌赌博的恶习卷土重来，山村村民们在物质文明不断发达的时代渐渐陷入了精神危机。

我怀着对往昔的珍视写下方山纸的兴衰历程，期望引起人们的思考：我们到底应该追求一种怎样的生活呢？我们从先辈那里应该继承些什么呢？为什么我们现在不缺钱了却亲情缺失呢？为什么一辆辆豪车风风光光地开进山村，口袋里装满了钱而脑袋里却一贫如洗呢？

方
山
纸

魂牵梦绕的钓鱼台

　　"钓鱼台"是一个多么富有诗意的地名，且不说渭水之滨那胸怀天下的姜太公，垂钓待时而巧遇文王的故事令人神往，也不说那位旷达飘逸的高士严光，拒绝出仕而宁愿隐居富春江畔笑傲烟霞的往事令人敬仰，单提一湾碧水、三尺钓石、一寸金钩、数尾红鲤、一缕春风、几片桃花等关键词，就足以让你进入"青箬笠，绿蓑衣，斜风细雨不须归"的意境了吧。被称为"钓鱼台"的地方全国大概有数百处，而我生活了整整十年，度过我激情燃烧的青春岁月的地方恰巧也叫"钓鱼台"。

　　钓鱼台是库容大约一亿立方米的人工水库的名字，号称"小四川"的陈汉古镇坐落在宿松西北的山谷深处，与安徽太湖县、湖北蕲春县及黄梅县交界，号称"两省四县之通衢"。本是明初朱元璋帐下陈汉将军的封地，在一片狭长的约几十平方公里的陈汉河冲积平原上，居住着一万多"陈汉人"的十字形的陈汉沟古街道，数百年来一直是安徽、江西、湖北的客商云集的地方，老人们说只要是你能说得出名字的东西陈汉沟老街都能买到。那人烟繁阜货物山积的景象至今令人神往。

　　可是，1958年钓鱼台水库大坝的修筑让陈汉古镇彻底消失了，原先的陈汉人不得不四处迁徙，或者散居竹林深处与白云为邻，或者濒居水边成为撒网捕鱼的船户，连同那几十平方公里的肥沃的土地一齐没入一片汪洋水国之中，取而代之的是四面青山环绕绿水荡漾的湖泊。湖面上机帆船、小木船来往穿梭，轰鸣的机器声与欸乃的桨声过处，犁开翡翠的湖面，荡漾出一圈圈柔软的波纹；水鸟飞鸣盘旋于低空，雄鹰展翅翱翔于云际；湖面下锦鳞队队，从容游泳，偶尔跳波击水相戏，粼光与波光争丽。蓝天与山色涵融于湖中，湖水倒映着青山与白云。上下天光，一碧千顷，湖光山色，空明澄净，好一个美丽优雅的山水胜境！

在钓鱼台水库中部，有一个伸进湖心约五百米长的半岛，像一个椭圆形的绿色粑印浸在水里，只有北面与乌珠尖南麓相连，远远望去，这绿岛像一只小船，摇曳于绿绸似的湖水之中。涨水季节，湖水丰盈，恰似一朵漂浮于水面的绿云；枯水季节，水落石出，则围着一圈黄白色的沙滩，又宛如美丽的少女戴着金色的项圈。在小岛的浓荫之中就是著名的"陈汉中学"，原先是一所完中，后来也是我谋生就业的钓鱼台中学。在这里，最让人怀念的生活是手握钓竿垂钓于水边礁石，享受清风阳光的慰抚，倾听芳馨洁净的空气中传来琅琅的读书声；在这里，我不仅收获了我的爱情，还迎来了我儿子的降生，更有一批批成绩优秀的学子踩着我的肩膀飞出大山奔向广阔的天地；也是在这里，我收到了决定我命运的研究生入学通知书，从此地出发，携带我的妻子和儿子，荡舟湖面，走出大山，然后沿大江东下，泊船于芜湖码头，安家于赭山南麓，头枕大江奔腾的波涛，胸纳镜湖变幻的烟云。十年漂泊，辛勤萧瑟，心似片云飘荡于天际，身如轻舟不系于江湖，但魂牵梦绕的依然是钓鱼台的绿水青山与灵光仙韵。

阳春三月似梦，绿草芳鲜如茵；薄云轻盈似翼，蓝天娟洁如拭。桃花如霞点芳翠，一弯浅水泊轻舟。这时我与妻子坐在船尾的舢板上，小红桶舀起半桶清洁的湖水，等待群聚而至的鱼群。真个是："手持鱼竿丝丈余，青草窝里下香钩。且待浮标沉水底，一条锦鲤出深沟。圈圈靴纹情荡漾，笑声如铃波如眸。"这桃花三月汛期，是钓鱼的最佳时节，不到半天工夫，我们的小红桶里已经挤满了各种各样的鱼儿：鲫鱼潜伏于桶底，白条浮游于水面，游鲹穿梭于中间，还有挣扎奔命于水际的鲶鱼则泼刺着想逃出桶沿。皆为了贪那一口诱饵，用生命玉成钓者的欢乐。当然钓者也有失手的时候，被鱼儿抢去诱饵却摆脱锋利的金钩，摇头摆尾逃入深渊，甩下一串波痕。庄子曰："相濡以沫，相呴以湿，不如相忘于江湖。"诚哉斯言！

更妙的是仲夏之夜，清风徐来，水波不兴，月光如水，湖水如银。我与妻子徘徊于月光下的湖边，轻声吟唱甜美的情歌；或坐在临水的礁石上，双脚浸在温柔恬静的水中。我们仰望星空，看微云飘荡于河汉，听织女诉情于牛郎；我们平视湖面，观鱼儿跳跃于潋滟，赏荷花吐芳于幽微。一时间，仿佛身心俱化，大有羽化而登仙的飘逸感，宁静柔和的钓鱼台夏夜啊，我们灵魂永远的栖息地！

"秋风萧瑟天气凉，草木摇落露为霜。"湖水开始枯退，沙滩袒露金色的柔软。岸边的树林翻飞着萧萧黄叶，高粱玉米则挂满沉甸甸的金粟。我们也收获了爱情的果实，我扶着妻子走进五彩缤纷的秋色里，怀着对未来无尽的憧憬。我们的孩子已经躁动于腹中，希望的朝霞即将升起于东方。钓鱼台的波光秋色永远是我们相爱的见证！

冬天的钓鱼台银装素裹，湖面清冷凛冽，北风卷起白头浪，冻云飘洒轻盈雪。湖面上撒开了纵横交错的网箱，渔船唱响收获的渔歌。运输鲜鱼的船只，船舷贴着水面却迅疾如飞，满船烂银似的胖头、青鲩、红鲤、肥鲢走完了生命的历程，却将欢乐送到千家万户。我和妻子抱着我们的儿子，来到船边，挑选丰满肥硕的大鱼，准备庆贺新年。儿子兴奋雀跃，挥舞着胖胖的小手，一双清澈无邪的眼睛充满无限的喜悦。钓鱼台啊，你见证了我们一家的欢乐！

怎么感激我的钓鱼台呢？我生命停泊的港湾，我征途开始的驿站。于是赋诗一首，一泻思念与牵挂：

四面青山似画屏，一湾翡翠镜中心。
烟开碧叶香风满，岸落桃花锦浪生。
缎软轻舟摇夜月，歌穿白雪过重云。
魂牵难禁思乡泪，梦绕钓台暮霭深。

附　录

钓鱼台中学建造了第一栋两层的教学楼，为了感谢捐款的单位和个人，学校做了一块"留芳碑"，让我来写《留芳志序》。文曰：

宿松陈汉，人杰地灵。坐镇皖西，雄视东南。罗汉双峰，巍然护列两厢；一川翡翠，秀色不让西子。湖东半岛，钓中栖所。地不大而风景荟萃，校虽简而人才辈出。于是，有睿智者，择址而楼焉。

历时三载，集资十万。政府教委同筹划，月山铜矿首赞助。逢良辰而奠基，遇吉日而破土。千吨沙石，舟运肩担，万滴汗水，晶莹剔透。历炎夏，越素秋。于是，群峰邀红日，绿荫托新楼。

斯楼也，立向子午，聚山光水色；斯人也，皆励精图治，目接宇宙。众人闻而乐，见而喜，争曰："陈汉老区，

027

魂牵梦绕的钓鱼台

百代基业立也。"

为鸣谢八方志士，友于同仁，嘉其行，懿其德，故勒石铭芳而志之。

钓鱼台中学立　一九九三年十月

跋

这是二十三年前供职于钓鱼台中学时，为祝贺学校首栋两层教学楼竣工而作的序文，犹见当年还是一片励精图治、朝气蓬勃的气象。但是，转眼之间，随着学生数锐减，学校被迫搬迁合并，教学楼遂残破凋敝，水泥剥落，红砖裸露，缝隙中野草迎风摇曳，鸟窝与鼠洞相连；走廊上虫屎成堆，蛛网成串；教室里则天花板掉落，黑板及流芳碑均已损坏。遂不胜今昔之感，顿生黍离之悲。革命老区的首栋教学楼，就这样人去楼空，任其坍塌圮毁！环视四周，寂无人声，唯见天空高悬如故，白云飘荡如斯，绿树纷披繁茂，湖水清澈蔚蓝，倍增喟然之叹。遂作小诗一首聊抒情怀。诗曰《咏钓鱼台中学》：

二十年前风景美，而今只剩一湖水。

天蓝云白树犹绿，路断烟微心欲碎。

门窗破烂砖墙塌，遍地苍苔乱草堆。

琅琅书声渺逝川，窸窸虫叫鼠成队。

辉煌已过豪情在，人去楼空寂寞来。

重游感慨生百端，满目苍凉双泪坠！

附：《陈汉吟》

三省八县之通衢，皖西江北一明珠。
原属炎汉松兹邑，如今变成红老区。
长江浩瀚插边过，创造黄大下仓湖。
湖中水产名鹊起，湖边平原沃土富。
中部丘陵号墨烟，万顷香稻栽水田。
田间池塘星罗布，蛙声如潮说丰年。
西北葱葱蓊郁气，重峦叠嶂尽苍山。
罗汉双峰相对峙，沟壑纵横流清泉。
溪流奔腾汇陈汉，民间号称小四川。
陈汉本是明朝将，功成此地受封赏。
古街纵横号十里，陈汉河阔波浪起。
人烟兴旺物殷阜，商贾如云来聚集。
忽然工程计划下，古镇湮没成水库。
万亩良田成泽国，不长粮食只养鱼。
满山苍松与翠竹，云白天蓝倒映湖。
路入翠微皆崎岖，行人全靠船进出。
水晶宫殿如浴池，极目温柔楚天舒。
青春十年献陈汉，晨赏烟霞夜读书。
莘莘学子乘船去，纷纷扬鞭骑白驹。
我身已成渡人舟，学子成功我欢呼。
临近晚年犹清贫，须学颜回乐晏如。
今世今生陈汉人，乡音不改志趣殊！

魂牵梦绕的钓鱼台

游小孤山记

　　宿松东南50公里处为套口，属于富庶繁华的复兴镇，那里有一座中外闻名的小孤山，千百年来多少诗人赞美过它，民间流传了许多关于小姑圣母的传说。今年七月二十一日，我因为一个特殊的使命，和几个特殊的人，游览了小孤山，总算了却了一桩心愿，故作文以记之。

　　七月份进入炎夏，热得要命，自高考结束后，我就没有享受过一个安静的夜晚，整日唯一的愿望就是泡在钓鱼台的碧波之中。每天下午六点一到，太阳离罗汉尖顶还有丈把高，我就带上救生衣直奔水滨，到七点才恋恋不舍地返回。那水简直就是华清池的温泉，像无数温柔的手抚摸着你的肌肤，产生一种奇妙的感受，令人回味无穷。就在我尽情享受这夏天游泳躺在水面上"极目楚天舒"的时候，一位姓朱的驼背且有些残疾的老人，又来找我了，并且神情庄重地说：

　　"傅律师已搭信来，叫去。"

　　我一来想见见老傅，因为大约文如其人，他写的文章确实不赖；二来想为民办点实事（按：指写材料代钓鱼台库区人民去水电部上访，后来成功了，库区人民都得到了损失补助）；三呢，老待在山里憋闷得慌，出山晃晃，散散心，对自己也有好处，于是我答应了，明天早上出发。

次日天光见亮，我简单地整理了一下行装，带上必要的书写文具和清凉油、防痧油及毛巾之类，就出发了。清晨坐船还是挺惬意的，众山刚刚醒来，山谷里溜出来清凉的风，爽心爽意的，水面如绿油脂一般光洁柔润，木船不是很多，水面显得幽静而宽阔。除东面乌珠尖顶着一圈淡淡的粉红霞光之外，四面的天空和头上的穹顶都是纤尘不染的瓦蓝，这预示着今天又如昨天，还是38℃的高温天气。

船一靠大坝，早就等在那里的驼背老人，斜挎着一个大黑包，笑眯眯地站起来迎接我，同时旁边还钻出一个老报来。他的出现令我吃惊，他是我五六年前的同事，至今仍是独身，个性非常奇特，恋着自己的嫂子，嫂子去世后，担负起抚养侄子的责任，拒绝结婚，也算是个有情有义的人。莫非他也同行？果然如此。我们仨将要去完成一个特殊使命。

我的守信用显然感动了驼背老人，他马上张罗车子，很快我们就登上了一辆三轮车，发车时间七点整，此时的山村已经醒透了，为了全乡人民的利益，我们出发了。

八点半到达县城，在"陈汉人家"小餐馆吃完早点，我们搭上了去复兴的客车，老人经验丰富，竟然到驾驶室坐了下来，售票员见他是残疾人，也就随便他。一路上我们这样的健全人竟有许多地方不如这驼背老人。

车子十点钟到达复兴镇。这复兴是一块神奇的土地，多少年前，这里完全是一片汪洋泽国，长江浩浩荡荡地从这里一掠而过，留下龙感湖、长湖和下仓湖；多少年后，堆积的泥沙形成这一望无际的冲积平原，这一带的海拔不过十米，都种着一望无际的棉花、大豆、芝麻等经济作物。仅一个复兴镇的年收入就相当于整个宿松的三分之一以上，复兴的百万元户有几十个！不过因为这里地处两省数县交通的要冲，又是著名的港口，所以流动人口众多，难免鱼龙混杂，是最容易出乱子的地方，打架斗殴简直就是家常便饭，再加上这里是去小孤山的必经之地，所以坑害旅客的事情时有发生。

还未到复兴时，老人就告诫我："等一会儿到车站坐三轮时，由我讲价。"我出门在外很谨慎，从不轻易说话。老人走路非常慢而且吃力，我们只好走走停停。一到三轮车集中的地方，就有两三个司机迎上前来，要我们上他们的车，我和老报不作声，驼背老人跟他们讨价还价。他说："别宰人，我老跑这条路的，最多一个人三块！"司机坚持每人四块，老人大声抗议要去坐别的车，司机没法只得让他，说看他是残疾人份上，同情同情。正好拉满一车人去套口，还有几个是去小孤山进香的，我们这才安定下来。我坐在司机旁边的工具箱上，戴上墨镜，将背包扔给老人，脸色沉着而平静，一手抓住铁棍，一手抓住挡风玻璃的边柱。

三轮车奔驰在通往小孤山的粗糙而崎岖的马路上。路上车子不多，所见除了村庄，就是望不到尽头的绿油油的棉花和大豆等作物。今年棉花肯定又是大丰收，一碧千里，肥硕健壮的棉禾密密地遮住了地沟，在风中摇起一层一层的青色的波浪，煞是好看。大约十二点吧，经过几小时的颠簸，我们终于看到了一座奇丽秀美的山峰，兀立在一片绿色的树林之上，这就是小孤山，那林就是江堤上的防护林。江水浑黄地从山脚流过去，这山由于耸立在复兴平原上，孤峰插天，因此显得特别峭拔，气势雄伟。山上树木葱翠，庙宇镶嵌在两峰之间的凹槽里，黑瓦白墙，非常分明，石壁西面呈铁红色，上面刻记着一圈圈江水淹没的痕迹，东面则呈苍黑色，与对面的彭浪矶隔江对峙，犹如一道大门紧锁长江。

山寺名叫"启秀寺"，房屋都贴在石壁上，从山脚下望去，仿佛悬在半空中，令人惊悚震撼。寺前有一扇大铁门，是上山的唯一通道入口。门外夹道是小地摊，卖水果、香纸爆竹的，算命看相的，拆字点卦的，拆签指路的，穿着仿古的服装，煞有介事的样子，有几个还穿着和尚的僧衣，也有几个妙龄女郎，他们都以游客为生。这些人大都能说会道，抓住游客上山虔诚进香的心理，他们的生意非常红火。现在是十二点，游客很少，他们就懒洋洋地打起瞌睡来，我们沿着陡峭的石阶进了启秀寺，沿途石壁上刻着各朝名人官宦的手迹和题咏诗篇，磨光的石面和斑驳的古墙向游人展示她苍茫悠久的历史，显示出小孤山丰富深厚的文化底蕴。一座仅百米高的江边孤山，方圆不足一里，由于历代帝王、文人的题咏，不断翻新重建，变得遐迩闻名，被称为"海门天柱"，"镇海第一山"，据说海潮上溯至此就返回。

我们穿过回廊来到膳厅，一群和尚正在吃午饭，老人与他们一一点头微笑，就招呼我们去吃饭。这是一顿全素的饭菜，大海碗盛满白米饭，桌上是三盘菜：腌制的酸豇豆，红烧冬瓜，阔边海带。三个老和尚陪我们吃饭。我平生从未吃过这样的饭，每吃一口都要作呕，想倒掉又不敢，慢吞吞地吃着，非常小心地夹菜。好在有电扇，不太热。吃完饭，我就到走廊上来看大江，江轮上上下下，江风呼啸，江面上浑浊的黄浪滚滚东去，江鸥时起时落，风景千年如斯，顿时心头激起怀古的幽情。正在这时，老人和老报也吃完饭来看大江，我提议上山顶看看，老报说山顶危险并没什么好看的，于是只有老人陪我一起登顶。他拄着拐杖，一路上解说各处景物的特色。我们先上大雄宝殿，那儿有一百零八尊罗汉，有的慈眉善目，有的凶神恶煞，各有特色，我们见一个就拜一个。在大雄宝殿的西边，悬空凿壁用钢筋水泥建起一栋三层的楼房，这就是宿松佛教协会所在地，协会主席匡成和尚就住在二楼，他是驼背老人的师父。因此，虽然门口写有"游人止步"的牌子，但是我们几个特殊的游客却可以悠然地跨过去，径直推开门，来到匡成和尚的住处。驼背老人问过师父好，就坐在他旁边。只见大厅中央是一张大圆桌，天花板上挂着吊扇，地板上打了蜡，四面墙上有叶尚志、赵朴初等名人的条幅，还有名画家的赠画，那些书法绘画非常精美，大都以佛教劝人行善为主题。东边大柜子里摆着一台24寸的大彩电，西面墙角还有一台冰箱。连和尚庙里都电气化了，这么舒适优雅的环境，又是佛门净土，难怪人们心驰神往了。这时，一个二十三四岁的小和尚进来与匡成和尚请教佛学问题，他是佛学院的毕业生，抛弃了家庭和爱情，来到小孤山，与老和尚、小姑圣母一起度过他灿烂的青春。可惜无缘和他接近，我倒想知道他的追求和理想以及他的事业到底是什么。

告别匡成和尚，我们上到小姑圣母大殿，大殿装饰得金碧辉煌，三四个和尚在照顾香客。在我所见过的佛殿中，这是规格最高的，拜垫非常考究，有三四十个，每根柱子上都镌刻有对联，年代从古到今，每件都是无价之宝。小姑圣母看上去顶多20岁的少女模样，满头宝珠，坐在一片鲜花丛中，倘若她还活着，一定是有血有肉、能歌善舞的美少女，可现在满面红光，慈祥地坐在这永生的牌位上，歆享着四面八方的朝拜，保佑着虔诚跪拜的芸芸众生。仅凭这个豪华的佛殿就足见她阅历的深沉，她显然见识过各式各样的香客，几百年来她都坐在这里，目睹了刀光剑影、血雨腥风的世道烟云。她是宋朝人，没有结过婚，却非常喜爱孩子，人称送子娘娘。其实呀，小姑圣母的功劳在于因她的圣洁光环而为这满山的和尚与香客找到一个精神皈依的场所。我在驼背老人的撺掇下，捐了三元钱香火费，跪在小姑圣母面前抽了一支签，上面写着："尔有三般事未央，来求娘娘作主张。"后面两句不记得了，大约结尾说可以成功吧。确实，我的婚姻、事业、功名一样未遂，心境正处于痛苦徘徊的时期，不免期待能够功成名就。

走出圣母殿，我们沿石级登上峰顶，山顶有小姑圣母的梳妆亭，我在梳妆亭里对着江对面彭泽县的镜子山，把自己凌乱的头发梳理整齐，然后谢过老和尚，出亭看了一下御诗碑，这康熙皇帝的诗写得很一般，因为是皇帝的御诗，故特立碑于顶峰的一只神龟之上，千百年来接受风霜雨雪的洗涤磨蚀，经历人世苍茫。帝王如今已成过眼烟云，只有江山依旧。游客一代代也如江水不断流走，又不断更新。昔日的辉煌与显赫，可以变成今天的平淡无奇，看来每个朝代所崇尚敬仰的东西是不同的，谁料到当年皇帝手书的碑前，竟留下红裙少女不羁的倩影呢？只有脚下的大江如一位白发苍苍的时间老人，用他经久不息的涛声向苍天和大地述说着人世沧桑的故事。一切东西都如这浑黄的江水一去不复返了，在这样的人世间，只有自己的生命和因这生命而发生的故事最值得自己珍惜留恋记忆，江山只是培育这生命的历史舞台罢了。我感慨了一番，驼背老人只觉得陪我游山尽了一个熟人兼导游的任务而高兴，他未读过书，哪里晓得读书人的心思呢？

下山时候很快，我就这样游览了名山、佛教圣地——小孤山。

下午两点，我们乘轮渡到达对岸的彭泽县城，本想拜谒一下"五柳先生"墓，终因时间紧张，他们二人对陶渊明不感兴趣而作罢。第二天，我们完成了应做的事情，达到了我们的目的，于二十二日下午两点乘坐木机船返回复兴，沿途的平静与幽凉是无法述说的，四点钟登上复兴开往县城的中巴，六点钟到达大坝，七点钟到达钓鱼台中学。留在身边的唯一纪念品是将要送给爷爷的一根松木龙头拐杖，上面刻有"小孤山"三个金色大字。

谨记以上文字。

1994年7月24日深夜

遥远的青沙滩

后　记

　　二十年后的2015年春节期间（正月初四），我同妻子在江斌弟、何露妹夫妇的陪同下，再次游览小孤山，如今的小孤山已非二十年前的模样，除了游人如织，香客满山之外，小孤山已经被拥有强烈发财欲的人们累得气喘吁吁，小姑圣母需要全力保佑人们大发其财。匡成和尚的住处大门依旧，但紧锁着，他和当年的驼背老人早已去了西方极乐世界。庙内到处是缭绕的香烟，随处可闻手机拍照声、嬉笑声，随处可见虔诚跪拜的善男信女，山脚下万响鞭炮和冲天花炮震耳欲聋。江水退缩，裸露出乌黑发亮的淤泥，由于上游建了长江大坝，江水变得清澈平缓，没有了先前滚滚滔滔的气势，我想即使苏轼重游到此也难以产生"大江东去，浪淘尽、千古风流人物"的诗句。御诗碑前也摆上了拜垫，小额的人民币成堆地丢在碑前，让人感到很奇怪，人们是愚昧还是此碑真有灵验呢？更让人不解的是，梳妆亭前后有人在利用绑住了脚的孔雀与游人照相收取每次5元的费用，不惜戕害孔雀来赚钱，在他们眼里，钱就是一切。而作为文物的大殿则油漆斑驳，瓦楞里长满了野草，显出不堪重负的破败景象来。我不禁感慨万千，写下几首小诗，聊抒慨叹而已。

小孤山黄金树前留小照赠斌弟

苍枝道劲抚苍天，
雨雪风霜五百年。
斜倚彩云留倩影，
神驰大地锦江间。

启 秀 寺

凿岩架木寺凌波，
翠竹迎风影婆娑。
灿烂野花香阵阵，
游人跪拜竞穿梭！

题小孤山

孤峰突兀立江心，
镇海天神守山门。
泼墨春光如画卷，
挥毫欲写梵经文。

康熙圣旨御诗碑

康熙圣旨到孤山，
万众欢呼跪拜难。
孰料威严肃穆处，
如今也在进香烟！

游小孤山记

小孤山顶梳妆台

绝顶凌云学梳妆，
小姑已失当年样。
人声鼎沸孔雀舞，
无限江山空惆怅。

廿年后重游小孤山

绿草悠悠碧水流，
廿年小孤再重游。
启秀香烟依旧盛，
人生已白少年头！

2015年2月26日

遥远的青沙滩

火 赛 神

　　火赛神虽然没有人亲眼看见过，但是老家的乡亲却曾经坚信不疑：火赛神每年夏秋季节都会光临我们居住的百年老屋。

　　我们老家坐落在一个大约长一千米宽五百米的山谷，呈东西走向，地势西高东低，一条玉带似的小河从和尚尖下面的洞心坞发源，蜿蜒流过苗家坦、上屋村、吴家塘，在钱家冲与金牡丹河汇合，然后切开层层梯田，穿越社稷庙前面的峡口，奔出山外。你要是由山外走进来，转过社稷庙前的弯弯的月亮桥，展现在你眼前的是一个世外桃源般的美好村落。参差错落的黑瓦白墙的农家房屋，沿着河岸分布，高低起伏很有层次感，尤其是清一色的朝东敞开的门窗，显得很有气势。四面青山都是翠竹，山顶的轮廓线像波浪一样跟蓝天相接，山坡一律由西向东倾斜延伸，仿佛一群人迈开大步奔向太阳一般。村落下面溪流两岸是层层稻田，春夏季节一片绿油油的稻秧，田岸上栽种黄豆，青蛙鼓鸣此起彼伏，大有"稻花香里说丰年"的意境。在村落与竹林之间的半山腰上是"农业学大寨"的成果——层层梯田都种着小麦或山芋，像一圈圈圆弧围住那些小山坡。小满前后满山金黄，初夏之后则层层碧绿，很有新农村的气象。这就是我的家乡——方山村。

在整个方山村，上屋村和吴家塘最大，人口多，大多是同姓的住在一起，吴家塘主要姓吴，上屋村则主要姓张。都是几十户共一间祖堂，祭祀、庆典等红白喜事都是同姓人一起张罗，因此各家之间互相连接在一起，很难分清严格的界限。在我童年的记忆中，有两件事印象深刻，一件是过年过节到各家去串门非常方便，很少有人家关上门不接待邻家孩子的，尤其是结婚大喜，那简直要到新郎家吃几个整天，当然必须成天帮忙；另一件就是发生火灾时的守望相助，因为家家相连，所以各家无条件要去帮忙扑火。正是因为常常发生火灾，所以我们很小的时候就崇拜火赛神，祈求它不要光顾我们村子，最好烧回天上去。每年年终大祭时，祭完社稷神和祖宗之外，就是专门祭祀火神。

为什么会有火神住在我们山村呢？因为，整个村落都是土砖和木结构的房屋，围绕祖堂四周房屋相连，一条条走廊隔开每家每户，即使下雨天，从东家到西家不需要走湿路，通过走廊就能到任何人家。这些走廊也不是空着，而是塞满了茅柴和准备盖新房的木料，甚至提前准备的棺木也放在走廊的横梁上。从远处望起来，就像一个巨大的柴草仓库。一丁点儿的火星，都可能引起巨大的火灾。当然，我们很小就从大人那里接受了防火教育，没有大人允许，小孩玩火是要挨打的。我们知道"火惹灾星"！

那是1975年的秋天，已经持续六十天干旱了，庄稼基本上干死了，连水量大的金牡丹河也接近干涸，我们抬土龙祭祀河神也不见效，正急得要命的时候，却传出了不好的消息：据说已经通神的蔡嬷嬷有一天突然宣布说她昨夜看到了火赛神落到一户人家，但她死活不肯说出那家的名字，结果弄得人心惶惶。于是各家都谨小慎微，不敢有任何怠慢。由于有这个传言，于是走廊上的干柴都一律放在稻场上堆积起来，各家各户都只放当天烧饭的少量柴火。好容易熬过了秋天，终于迎来了降雨，雨很大，而且一落就是十几天，这样人们就把火赛神的事忘记了，纷纷将那些柴火移回了走廊。又过了一个月，进入冬季了，还没有火灾发生，于是人们认为蔡嬷嬷可能是故弄玄虚吓唬人们的，也就渐渐放松了防火灾的心弦。

　　终于，冬月的一天晚上，月明星稀，风轻树恬。我们月下玩耍到八点多才回家。大约二更天，突然听到上屋村的人惊慌失措跑到我们吴塘村来喊人救火！一时间空气仿佛变得异常恐怖起来，只见我父亲立刻披衣起床，拿起门角的粪桶就往外跑，接着邻居哗然一片，奔跑声、呼救声、哭喊声、工具撞击声连成一片，我们吓得大哭，拼命往被窝里躲藏。母亲披衣起床，叫我们不要害怕，她检查了一下我们家里有没有隐患，然后就推开窗户，透过窗棂，我们看到西北边一片通红，腾腾的烈焰翻卷着火星冲上几十米高空，衬着高大而黝黑的山峰，那火光特别凶恶，那气势仿佛冲天而上。老老少少的壮丁劳力都去扑火了，母亲索性带我们到面前山的空地上观看扑火场面，并教育我们切记小心火烛。原来这火起源于上屋村堂厅东头的一户人家，当天他们家晾豆粑，灶膛下只放了少量柴火，而烟囱里喷出的火星不幸落在邻居家的柴堆上，引起了大火，大火沿着走廊烧了起来，不到十分钟，火就上了房梁，整个村子三十多户连在一起，于是顷刻之间一片火海。这时人们才想起蔡嬷嬷三个月前的预言来，只见蔡嬷嬷双手合十，跪在大火前，不停地向翻腾的大火叩拜，并指着火团烈焰说，你们看火赛神正在得意地笑呢，弄得众人更加恐慌起来。看着蔡嬷嬷的虔诚样子，我当时是完全相信有火赛神存在的。

　　这场大火烧毁了十三户人家的房屋，第二天我们去看火灾现场，尽是断壁残垣，一片焦黑，到处是灰烬和没有烧完的衣服棉絮碎片，而且村民救火喜欢用小便，火气里更夹杂着难闻的尿骚味，令人恶心呕吐。一丁点儿的火花就能惹出这么大的灾难，尽管由于人员逃离及时，除了我父亲的手臂被刮破了之外，其他人没有伤亡，但是啼哭不止的十几家人这个冬天必须在稻场上搭建的草棚里过年了。上屋村此后三年多一直是一片瓦砾场，人们害怕火赛神，不敢重新建造房屋。

火赛神，我儿时心中最恐怖的神。但它教育我们终身谨防火灾，在惨烈的事实中学到的东西会铭记心头。此后，方山村几十年没有发生过火灾，蔡嬷嬷也去世了，人们是否还要感激这其实并不存在的火赛神呢？其实，火赛神永远徘徊在我们周围，只有永远谨小慎微，才能远离火赛神。珍爱生命，谨防火灾，请您切记于心。

三 月 三

　　"三月三"也叫鬼节。

　　传说这天晚上，所有的孤魂野鬼都出来游行，骑着纸马，唱着阴歌，点着漆灯，阴风萧萧，飕飕作响，山野坟茔墓地到处闪烁着鬼火，非常阴森神秘。如果某人不走时运，便能看见鬼火，那结果就肯定要倒霉，因此，这一夜人们都喜欢挤在暖炕上，不出门。为了不让鬼来纠缠，人们在这天晚上都要吃"缠脚面"，早上必须蒸"鬼头粑"吃。这个故乡的民俗节，我是经历了二十多年了，非常熟悉，但对大人们那迷信劲儿，总是不以为然。一方面觉得这样煞有介事十分可笑，另一方面则非常期待看看鬼火，神往李贺诗歌所描写的"笑声碧火巢中起""鬼灯如漆点松花""秋坟鬼唱鲍家诗"那种奇妙的意境，所以在这一夜总喜欢跑到野外，向坟地张望，可是一次都没有如愿。

　　今年的"三月三"，恰好碰上雷雨之后的第一个晴天，山村像缀在雨季里的一粒明珠，分外耀眼迷人。昨夜还是浓雾锁山，雨声淅淅沥沥，今天一早竟然云散天开，天空嫩蓝得诱人，太阳明亮得惹眼，那山那树那竹那草，从湿淋淋中透出清新的水气来，清朗明净，让人非常舒服。鸟儿的喉咙也解放了，抖落掉羽毛上的水珠，在丛林里纵情欢唱。路边的草丛里，野花缤纷灿然，走到哪里就香到哪里。

我走进春天的旷野中。我压根儿就不相信这么明媚的春日还有恶鬼出火害人。即使有，我相信，这么美好的彩色的春天，也一定会感化孤魂野鬼的。

我在河边散步，夕阳涂上一抹胭脂红，河水还是浑黄色的，急速地轰鸣着撞击着，翻卷着漩涡，溅起白色的浪花，带着跳跃的夕辉，向下游驶去。

"喂！小吴！"突然听到有人喊我了，心里一惊。

我抬起头，只见从那山谷里走出来一个人，原来是马胜友老师。他在乡下村小教书，离我们中心小学有四五里远，而他的家就在河对面的村里。我立刻明白了他是回家过"三月三"的。

"到我家吃面去！走！"他在远处向我招手。我正觉得有点孤单，面对他的热情邀请难以拒绝，于是就跟在他的后面，像孟浩然那样开始了过故人庄的经历。

穿过一丛密密的竹林，他家没有刷石灰的墙壁便出现在眼前，那个显眼的白色烟囱里却并不见炊烟袅袅升起，虽然已经过了六点钟烧晚饭的时间。

这时候，女主人出来迎接我们了，我连忙喊她"娘娘"，她腰间系着围腰，一边应着，一边四下里张望什么。她望见对面村庄里的人家烟囱已经升起了炊烟，才迅速回到灶下生火。我问她这有什么讲究，她回答道："三月三，要等人家先生火，以图吉利。"我笑着说："那第一个生火的就该倒霉了？"她只是笑着回答不出来。

马老师连忙倒来茶水，并递给我一支香烟，娘娘也过来同我唠家常。我立刻觉得沉浸在一种温馨的暖洋洋的氛围里，仿佛回到了母亲的身边。

马老师勤快地锉山芋丝，切猪菜，准备猪的晚餐。娘娘在灶上灶下忙活。不一会儿，腊肉的香味盈满一屋，大蒜的浓香夹在其中。真有一种喜洋洋乐陶陶的过年过节的气氛。娘娘揭开锅盖，一边吹着腾上来的白气，用长柄铁铲翻动锅里的菜，一边神秘地问我："小吴，你见过这种事么？"

"什么事？"我感到非常神秘。

"你去看那桌上的鬼头粑。"她一指客厅里没有涂油漆的松木方桌。

我走到方桌前，就着闪烁的灯火一看，那满笼的蒿子粑都闪着一种暗红色。

"红的！"我回答说。

"红的，这真是少见啊！在我们村子里，只有二姨、的伢、我家，三家是红的。"她非常得意。

"那有什么稀奇？只要加一点红颜色不就得啦？"我有点不以为然。

"那不行！这完全是一种运气。"她郑重地纠正，语气透着一种不容置辩的力量。

马老师在"嗞嗞"地切着猪菜，也放下刀来附和。从他们的脸色看，我知道他们是那么相信天神赐给了他们家吉祥的好运。这使我忽然想起母亲有一年做了红色鬼头粑同样喜悦兴奋的表情来，这些善良的希望我怎么能反驳呢？我也就非常相信地赞同起来，并预祝他们家今年鸿运当头，人畜两旺。

"爸爸！爸爸——爸爸！"这是他家孩子从爷爷家回来了。像好久没有见过面似的，大声呼喊扑过来。大孩子拖住马老师正在切菜的手，撒娇要抱抱。另一个小一些，连路都走不稳当，也嚷着要抱。马老师只好停下手里的活计，一手一个抱在怀里。她们见了我，并不觉得陌生，还举起手里的小玩具向我炫耀。我从口袋里掏出一把糖果分给她们，她们马上争着要下来，到椅子上数去了，那短而胖的小手里抓满了糖果，圆滚滚的小身子跑到灶下向妈妈报告："哥哥给了糖果。"

有了孩子，欢乐的气氛更浓了。我也兴奋起来，觉得沉浸在欢愉里，似乎又回到了童年，又体验着儿时的温馨甜蜜。

娘娘足足忙了一个多小时，面条煮好了，菜端上来了，大盆的大蒜煮鸡蛋，香喷喷的大蒜炒腊肉，白菜豆腐……摆了一桌子，两大碗冒了尖的白面条冒着热气，我和马老师一人一大碗。两个小家伙这时却很安静听话，端着各自的小碗，等大人夹菜。

娘娘在灶下给猪食锅添足了柴火，才端着一碗稀水面条吃起来。她一上桌子就劝我吃菜："小吴，吃肉，这腊肉肥的一样好吃。吃蛋，加了地菜花，吃了不头疼。"说罢，就满筷子、大汤匙向我碗里搬来，弄得我招架不住。我觉得不是吃面和菜，而是吃着一种温馨的爱。这让我想起孟浩然《过故人庄》的诗来，诗中洋溢着一种纯朴深厚的人间真情，那种没有任何机心的农家情怀，确实是永远滋润心灵的一泓清泉，是再多的金钱也买不到的啊！

吃罢晚饭，肚子撑得满满的，打着饱嗝。又喝了一杯罗仙云雾茶，我就要起身回学校。马老师一把拉住说："你哪里去？又不是歇不下！有空床。"

娘娘也说："今晚不能出门。住在我家吧！"

我并不当一回事，执意要出门。马老师死死拉住我，娘娘拦在前面，说："夜晚看不见路，明天早上吃饱了再走！夜里不能吃这东西——我们家的红粑一般不能送人，你还是明天吃了粑再走！"

我一个劲儿谢谢他们的好意，说学校里事情多，一定得晚上回去。

娘娘说："你不怕撞见鬼火吗？"娘娘担心我遭遇不测。

"不怕。我正想看看鬼火呢！"于是，我找了一只手电筒，走出了他们家那温馨的大门。

空气非常清新，像谁在空中泼洒了一层淡淡的蜜。黑夜沉沉地笼罩着恬静温存的小山村，天幕上蓝莹莹地缀满闪烁的星星，清晰得像水洗过的明珠。西边的山冈上挂着一弯金黄的新月，活像一叶浅浅的笑眉，河水依然"哗啦啦"迅疾奔流，两岸的村庄射出明亮的灯火，窗户红亮闪烁，令人感受到温暖的气息。我将眼睛睁得大大的，向旷野坟茔望去，期待出现神秘的"鬼火"。结果，除了看见一片繁星似的灯火外，什么也没有发现；除了听见远处村子里不时传来一声狗吠之外，什么也没有听见。路上没有一个人，除了我。我觉得分外的宁静。到了小街，也是静谧的，只有我的脚步声在响。我想，谁都沉浸在暖暖的希望里了吧，人间如此温馨幸福，我想神灵和鬼魂们也一定在享受这恬静温馨的氛围，不忍心出来害人吧。

"三月三"亦谓之鬼节，确实是家家充满了温暖的节日。我在路上想，也许母亲也在思念着我，就像白傅的诗里说："料得家中今夜坐，也应说着远行人。"

我想：人总该生活在温暖的希望里，否则人生就太阴暗无味了。

我爱家乡的鬼节啊！

1986年3月3日晚

报 日 表

—— 一次全家被骗的经历

这个世界上最可恶的是骗子，你同意我的意见吗？

1990年我在合肥读书，在图书馆里借到一本书——《骗子列传》。就如饥似渴地读了一遍，掩卷长叹一声，如果那时候早一点读到这本书该多好！如果父亲也读了这本书该多好！这本书以生动的实例，讲述了将近一百个关于骗子的故事，有骗钱骗色的，有骗公司企业的，也有骗婚骗心的，形形色色，五花八门，总不外乎先设一个局，然后以利益引诱你上钩，最后让你拱手交出你的钱财，最终那些许诺不可能实现，绝望之后，你会在万分后悔的日子里充满对骗子的刻骨愤恨。但是，也有像我父亲那样忠厚的人，明明知道上当受骗了，却还为了所谓的脸面，仍然活在自我安慰的虚幻里，所以一生被人不断骗下去。这也可看出父亲的忠厚善良。

我们全家被骗的一次经历发生在1983年夏天。一天傍晚，我和父亲从田间回家，肩上还挑着一担稻子，在大队部的石桥边，两个操黄梅口音的中年人向我们问路，他们说要到榜上屋去买黄表纸，其中一个手上戴着一只能显示日期的手表——那时候能戴手表的人都是很了不起的，更何况是能"报日"的手表！另一个人脸瘦皮黑，显然是主角，他说他是黄梅县供销社的主任，需要大量的黄表纸，与一个姓贺的人联系好了，但不知道他家的具体位置。父亲一看就相信他们了，这回他竟然表现出一点自私来，并没有告诉他们贺家的位置，而是说："你们需要多少纸？我们家就有很多。"那人犹豫了一下，说："那，就去你家吧。"我也很高兴，以为碰上大财神爷了，家里做了一大堆黄表纸，正愁没有销路，而且眼下又是大忙季节，如果就这样卖掉黄表纸，可以说是天大的好事呀！我就飞快地回家把这个好消息告诉了母亲，母亲也是喜上眉梢。大妹妹更是高兴，因为这些纸大部分是她一张一张揭下来的，父亲承诺卖了纸，就给她买件粉红的确良褂子。大弟、小弟也很高兴，因为他们晒纸、捡纸、点纸、磨边，也付出了很多心血。只有小妹还小，不懂事，在一边傻乎乎地跟着高兴。等父亲将两位"财神"带进家门时，一家人都非常兴奋，仿佛来了贵客一般，母亲赶忙张罗晚饭，正好家里有一条鱼（是准备请石匠师傅搭灶做中间碗的，现在就提前上桌招待贵客了），还有一点儿舍不得吃的腊肉和山芋粉圆子。总之，是倾其所有，竭尽全力。那两人看上去也似乎被我们的真诚所感动，一边夸赞父母的勤劳善良，一边夸赞我们兄弟姊妹五个都聪明伶俐，其中一人还一边故意甩一甩手腕上的报日表。我当时已经十九岁了，是小学教师，但是没有手表。就怯生生地问："能看看你的手表吗？"那人很大方，马上取下手表递给我，并帮我戴上，还告诉我怎么调准时间。我说："很贵吧？"他说："不贵，只要一两百元钱。"我吓得一吐舌头，这还不贵！你看我们家做的这一堆黄表纸有七八担，也不值这一块表的价钱！我无限小心而艳羡地把手表还给他，然后帮母亲做饭去了。这期间，父亲为了赚一点中介费，到上屋、下屋做黄表纸的人家去邀人卖纸了（那人承诺，每一担纸给父亲一元好处费），那两位"财神爷"就洗澡去了，他们在房间里嘀咕了很长时间。不到一顿饭工夫，父亲回来了，还买来了酒，带来几个家里有纸要卖的亲友。两位财神也洗好澡了，头发梳了一下，更显出一些派头来，并不时甩动手腕上的报日表。一时间，我家饭厅里人头攒动，好不热闹。那人说："你们的纸有多少我要多少。我老婆就是黄梅县供销社会计，按每担纸28元收购！"28元！我的天哪，平时有人来收纸最多出价24元。这真是再好不过的机会呀！人们很激动，但是一听说是赊账，三天后付现金，就有几个人动摇了，有一位相莲嫂子精明强干，出来对我母亲说："莲婶子，你要小心呀，我看那两个人靠不住，戴着那么贵的手表，怎么是赊账呢？我家有二十多担纸，赊账我不会卖。你又不知道他们的底细，要是万一……"我母亲犹豫了一会，说："不会吧，他老婆是黄梅供销社会计，肯定假不了。"相莲嫂子很怀疑地走了，其他人在她的鼓捣下也离开了，只有隔壁的花狗哥留下来一起吃饭。一边吃饭一边喝酒期间，花狗哥提出了很多疑问，那两人一一回答了，但花狗哥还是不十分放心，说："既然，你们三天后拿现金来拉纸，我家里给你一担纸，算是预订，你们能否抵押点东西留下来做凭证呢？"花狗哥显然是针对他们的报日表，因为那两人除了这块表实际上没有任何值钱的东西。脸瘦面黑的老徐（谈话中他说他姓徐）很爽快地取下手表交给花狗哥，并说花狗哥机警，能干大事，并许诺带他一起开批发部，赚大钱。我父亲在酒力的作用下，是完全相信了他们所有的话，说："不要抵押手表，我们相信你，黄梅供销社又不是找不到。"但是，精明的花狗哥还是笑眯眯地留下了手表，说从来没有见过报日表，开开荤，过过瘾，他拿走了手表，送来了一担纸。

一夜无话，那两人喝得脸膛红红的，很快就打呼噜睡着了。那一夜我们兴奋得几乎没有睡，因为家里房子紧张，也没有地方睡，天又热，我们弟妹几个挤在一张床上也很难入睡。第二天，天刚亮，那两人连早饭也不吃，挑着我们家全部的七担纸和花狗哥家的一担纸离开了，父亲还送他们一直到翻过滑岭岗，然后才道别回家，那两个人信誓旦旦，说三天后准时到我家赶中饭。

从此，我们开始了焦急的等待。第二天早饭后，花狗哥忽然将手表送回来了，说他那一担纸算借给我们，只要24元。我父亲不同意，说不就等三天吗，他们真的不是骗子。花狗哥犹豫了一下，说好吧，就算合伙吧，骗也只有一担纸，损失不大。

第三天终于到了，我们开始了按小时按分钟计算时间等待贵客的如约前来。父亲还去赊来猪肉和酒，他对相莲嫂子和花狗哥的怀疑与忠告置之不理，他是多么善良忠厚没有心计啊！他压根儿就不相信他如此真诚待人，别人还会骗他。我在大堂厅门槛上坐着，手腕上戴着那块报日表，大弟和小弟则在大门口石墩上望着金牡丹河方向，只要有动静立刻回报。父亲、母亲和花狗哥、香嫂子在天井谈论。时钟渐渐指向十二点，我说："应该过了滑岭岗，快到了。"中饭时间过了，母亲在父亲的吩咐下开始忙着做饭，我们还在等待。弟弟们回来报告了四五回都说没有看见人影。尽管有疑云徘徊在心头，但是我们还是真诚地相信两位"财神爷"正在赶往我家的路上。

快一点半了，饭在桌上都凉了，父亲和母亲还是不愿意吃，父亲说："再等等，他们不会骗我的。"弟弟妹妹们实在饿得不行了，这才开始吃饭，但是谁也不敢去吃那赊来招待贵客的猪肉，虽然谁都很想吃。最后，还是母亲说："算了，吃吧，给别人吃还不如自己吃。——要是听了相莲的话就好了！"我们那顿饭吃得很不开心，每一个人心情都很沉重。但是，我们还是相信也许明天他们就会来到。

第七天过去了，还是没有来。父亲这才相信是上当了，我们

遥远的青沙滩

开始焦急起来，因为几个月的辛苦全在那两百元的纸里，如果纸被骗，那么口粮没有了，下一次做纸的本钱也没有了，家里就遭灾难了。母亲每天都嘟嘟囔囔骂父亲瞎了眼，引狼入室。父亲待不住了，第八天早上他做出决定，亲自去黄梅县供销社找老徐。我们又怀着一丝侥幸等待父亲带回好消息。父亲是徒步走到黄梅县城的，自然需要时间。他出门时也没有带多少钱，当天没有回家，我们还没有在意，第二天还没有回家，我们就着急了，仿佛天要塌下来似的。母亲尤其焦急，不停地托泽群伯伯掐指算卦，伯伯安慰我母亲说："人应该没事，但是东西肯定要不回来。"母亲稍微稳定了一点，还是阴沉着脸，我们知道她非常难受。我们一面担心父亲安全，一面憎恨该死的骗子，几乎将我家骗得精光，还让我们付出如此多的真诚与期待！

第三天下午，父亲疲惫不堪地回到家中，又饥又渴，一连吃掉几个山芋，才将他三天的遭遇告诉我们。原来，他步行到黄梅县城，四处打听供销社老徐，还有他老婆。终于打听到老徐倒是确有其人，他老婆也确实是供销社的会计，但是两人早已离婚了，老徐就靠四处赊账过日子，到处欠的是债。父亲要钱无望，夜晚只好蜷缩在庙里，一天仅吃一顿饭。看来我们是永远也拿不回卖纸的钱了。花狗哥听了，既对父亲的遭遇表示惋惜同情，又为自己感到庆幸。当天晚上，他来我家拿走了手表，说是他也有份，先让他戴一年，然后还给我家。并说手表也值一百多元，吃不了多少亏。

我们也只好这样安慰自己。父亲在自责中继续养活着这个七口之家。从此，我的担子重了，两个弟弟的全部负担都交给了我。两年之后，父亲亲自去黄冈卖纸，我家才渐渐缓过来。

报日表的故事并未就此结束。一年后，花狗哥很有信誉地把戴了一年的手表交给了我家，说是从此永远不再戴这只手表，因为他已经买了报日表，我们问他价格，他只笑不回答。我们已经知道那种表其实并不贵，后来我买了一只宝石花的十七钻机械表只需 55 元钱，也对父亲的报日表不感兴趣，而父亲戴手表又不伦不类，报日表一直成为家里的笑柄和父亲的累赘。但他还是相信老徐是个好人，等他情况好转了会来我家还钱的。四五年过去了，老徐终于没有来，父亲才彻底绝望了。

有一年，他戴着手表去广济卖黄表纸，偶然碰到一个养蜂人，说他有最好的蜂王浆，那蜂王浆一瓶价值上千元，有健身强体、舒心养肾、延年益寿的功效。父亲动心了，说他的手表也很值钱，经过一番讨价还价，父亲加价十五元连同手表一起换回了一瓶蜂王浆。那蜂王浆装在一个打点滴的盐水瓶里，封口就是一块胶布。在我们看来那肯定不是蜂王浆，父亲又一次被骗了。他每天倒出一小勺像粘东西的糨糊似的"蜂王浆"冲开水喝，还鼓励我们也喝。但是，在母亲的极力反对下，我们拒绝喝那"糨糊"。我们是绝对不相信世界上有比父亲更傻的人。父亲每天在他那充满"清香"的蜂王浆的享受中做着延年益寿的美梦。

现在想起这些心酸的往事，总是对父亲怀着一丝歉疚。他的一生过得很是凄凉，母亲离开他已经二十年了，他一个人在家里独立生活，而且不听所有人的劝告，非要坚持他的养猪事业，每年弄得一个"平局"（即卖猪的钱刚好还清赊欠猪饲料的钱），还劳累不堪，他为什么是这样的命运？

老树悲歌

人老了会生病发出痛苦的呻吟，如果一棵有灵性的树，到了老年会不会也发出痛苦的呻吟呢？我想人和树应该是相同的吧，不然我们祖堂西头屋角的那棵古老的朴树为什么忽然每夜都发出幽微的哭泣之声呢？你只要在冬天起风的时候静静地听，即使是月白风清的夜晚，也会听到令人伤心的哭泣声。那呜呜咽咽时断时续的声音，有时强大，有时细微，有时高昂，有时低沉，让人产生世界末日般恐怖的感觉，奶奶和母亲确信那是古树在哭泣。这样神奇古怪的事在村子里一直持续了好多年。但是一到春天，这种恐怖的声音就会消失，因为焕发生机的古树又长出了新叶，浓密的绿荫几乎遮盖了我们共住的十几户人家，树上成百上千的鸟儿整日叽叽喳喳开会一般吵个不停，老树遒劲嶙峋的千万枝条间做满了鸟儿的新窝，连树身上的树洞里也住着鸟儿，真个是鸟儿的天堂。人们习惯了来到树荫下休息、乘凉，在树下的小河里翻石块抓螃蟹和捞鱼虾。

据老人们说，这树是一位张姓祖老在唐朝时种下的，有一千多年的树龄，那主干有几十米高，伸出的枝条也有几十米长，褶皱很深的树皮被千百次的抚摸弄得很光滑，起码要十几个小孩子手牵手才能围住树干。有一条特别突出的根，暴露出地面足足有一米高，伸向东边的一间厕所墙基，积年累月，很快就要将厕所掀翻了，因此厕所主人未经村民同意，就私自将这条树根斩断，两丈八尺多长，足足有一千多斤，做了他家整整一年的柴火。从此之后，老树就开始了哭泣，而且向东面的树枝渐渐枯死，经常有几尺长的枝条折断掉到地上，一到冬天枯枝断叶纷纷而下，小鸟的巢都显露出来，老树一片凄凉，难怪它要哭泣。原来是人们伤了它的根。俗话说："人怕伤心，树怕伤根。"老树整整哭泣了三年之久，在风调雨顺的1972年突然停止了哭泣，那一年雨水充沛，老树叶子长得很茂密，我们都以为老树的伤痛已经痊愈，就照样春天听百鸟的歌唱，夏天享受它带来的阴凉，秋天等它身上熟透的朴子（青乌色的果实，很甜爽）掉下来，捡起来吃，冬天则提着小背篮到树下干涸的河床上拾掉落的枯枝，拿回家当柴火。老树给我的童年带来了无穷的欢乐。

谁知，在1973年老树又哭泣起来，这回可是人人都能感觉到老树的痛苦了。这年非常干旱，从初夏开始就很少下雨，黄梅季节，竟然是个空梅，弄得水稻几乎都插不下去。好容易等到一点迟到的雨水，谁知仲夏季节又闹起了虫灾，先是山上的松树被毛毛虫吃个精光，然后波及竹林，竹子从来不开花的，这年竟然开花了，然后成片成片死去。后来我们才知道是盲目学大寨开辟梯田梯地带来的恶果，最极端的是将竹林里所有的柴草连根掘起，然后施化肥和人畜的粪便，说这样会长出更大的竹子，力争每年都是"当年"（竹子有"当年"和"花年"，"花年"生长竹笋很少，隔一年后就是"当年"，竹笋非常多）。树林也是这样只留树不留草，结果植被遭到破坏，生态系统失衡，带来虫灾泛滥。

老树的痛苦也许是因为这个原因？我不得而知，只知道树下的小河从春天起就见底了，一滴水都没有，老树的枯枝特别多，不需要到冬天，只要一阵风雨就会有很多枝条落下来，仿佛容易骨折一般脆弱。这一年结的朴子也较往年少，难道它真的流尽了它的乳汁了么？即使我们这群八九岁的毛孩子，也能感觉出老树的反常来。住在离老树最近的隐娘娘和我奶奶最担心，她们本来就最害怕听到老树的哭泣，而且她们相信老树已经成了精怪，或许在某天夜晚会突然倒塌，肯定会将她们的房子砸得粉碎。因此，她们四处散布老树呻吟哭泣成精的神话，还特意拉人到她们的房子里听老树的哭泣声，弄得人心惶惶。最后引起了大队书记的注意，在一天晚上，奶奶特意请书记吃饭，书记真的听到了老树的哭声。第二天就亲自察看老树，说应该去蕲春找锯木匠来将老树砍伐，以免倒塌伤人。奶奶和隐娘娘十分高兴，希望早日砍掉老树。于是，隐娘娘让他的大儿子跑了一趟蕲春，带回了两个锯木匠，围着老树转了几圈，说这么大的树砍了可惜，只要多填土，让老树受伤的根恢复，老树会恢复生机的。而且，老树绝对不可能自己倒塌的。但是众人都不相信，加上那时并不知道这老树就是珍贵文物，人们也没有保护意识，最终的结果还是："砍伐！"成交价是五百元钱！

　　大概知道了自己的死期，老树开始整天地哭泣，在夜晚全村的人都真切地听到了，没有人能够拯救它，很多人还因为恐惧而希望锯木匠早点将它砍倒。终于蕲春人带来了一帮木匠，在老树周围摆开了屠场。他们十二个人分成三班，轮流砍伐，足足砍了一个星期，老树身上绑上了许多绳索，像五花大绑的犯人一样，为了让大树倒向北边的大操场，老树朝北和朝南的两面被砍出三四尺深口子，木屑像雪片一样飞溅在四周，原来老树并没有真正枯死，树心还是水淋淋的，一斧子下去，甚至能斫出水来。真不知道人们为什么这样愚昧，非要置老树于死地。第七天后，一个灰蒙蒙的下午，寒风扑面，冻得我不停地流清鼻涕，奶奶、隐娘娘带我到面前山去看老树倒下的壮观景象。她们非常开心，有说有笑。嗬！山上坐满了人，只听得一阵齐心协力的吆喝声，"一，二，三——倒！"轰然一声，几十米高的老树倒下去了，溅起一阵巨大的灰尘，老树走完了它的人生旅程，让我欣慰的是它临死前将那个厕所掀出半米远变成一堆废墟，并震裂了一块巨大的白虎石，将操场砸出一个半米深的巨坑。它悲壮地躺在地上，任人宰割，人们像分割大鲸鱼一样将老树的枝条斩断，将树干锯成长短不同的树段子，连同所有鸟儿们的美好家园，顷刻之间化为乌有，同时也终结了我们童年时代的梦幻天堂。

老树死后，蕲春的木匠，在操场上还工作了半年之久，将直径三米多的树干，锯成了一千多块木板，然后请人运出山外，他们赚了多少钱，已经无从知晓了。我们虽然还住在老堂屋，日子也没有什么大改变，每次走过老树生活的地方，心里总好像失落了什么东西一般，而且希望出现奇迹，在老树根上再长出一棵新树苗来，但是老树的根彻底枯烂变黑，那希望的树苗始终没有长出来。而我的心里却始终记得老树的婆娑倩影，愿我的这篇小文成为对老树永远的祭奠。

老树永远活在我的心里！童年记忆中最美的老树啊！

过 年

　　为了事业，在江城求学已有三年没有回老家了，但思恋故乡的情怀却没有一天不萦绕在心际。昨天，父亲打来电话说接近年关了，家里的过年腊货已准备充足，他非常想我和我的儿子，希望我们今年一定要回老家过新年。并告诉我：这几年，由于落实了党的富民政策，特别是真正减轻了农民负担，家里的日子又上了新台阶，弟妹们在外打工也赚了不少钱，家家都盖起了新楼房；过去我们祖祖辈辈居住的老屋都拆了，重新规划，建起了一条崭新的街道，乡亲们也过起了城里人的生活。一条宽阔的盘山公路伸进了山村，彻底结束了肩挑背扛的历史；政府出粮出钱让农民将所有的梯田梯地全部还原成绿水青山，父亲也结束了犁田锄地的传统农耕方式，开始了绿化荒山栽花种树的新生活。这些好消息让我兴奋不已，故乡的新年将肯定是一番全新的气象！我不禁心旌摇动，思接千载、视通万里起来，思绪悠悠地飘入了魂牵梦绕的故乡。

　　我的故乡在皖西南大别山深处，那里水碧风清，云白天蓝，群峰竞秀，花果飘香，绿竹似海，松涛如潮。既出产远近闻名的竹麻手工黄表纸，又盛产板栗、柑橘，还有享誉海内外的黄梅戏。虽然山区交通不太发达，但风景秀美，民情淳厚，风俗古雅。过年，就是故乡民俗的最集中体现。

在我儿时的记忆里，最企盼的莫过于过年了，因为"大人盼插田，孩子盼过年"。父母们操劳全家的生计，总是希望早点到农忙，在田间地头辛勤耕耘，以期收获丰硕的果实；而孩子们则因为过年，全身轻松，既不要读书，又不会受到父母的责难，还有好吃、好玩、好穿的，可以无忧无虑地享受过新年的快乐。腊月初八一到，过年的气氛就开始显出来，这天早上，母亲总要头蒙破毛巾，身披蓑衣，用一把柄特长的笤帚打扫墙壁和瓦沟，将积了一年的灰尘全部扫除。清扫以后，窗明几净，各样家具也仿佛旧貌换新颜一般令人赏心悦目。接着，我们要把厅堂弄尾，房前屋后的阴沟和天井等有脏秽的地方弄干净，并将门贴两旁清洗一遍，以备除夕之夜贴对联。这就是"腊八除尘"清洁居室运动，全村妇女和孩子齐上阵，场面甚是壮观热烈，从这一天开始，我们就要分外注意整个村子的卫生，有些地方家禽、家畜都必须赶走，要准备接祖宗了。

敬祖尊长是故乡的礼节，到腊月二十四正式接祖宗回堂厅，那祖祖辈辈居住的老屋大都是同姓宗族传下来的，一般十几户、几十户共一个大堂厅，平日红白喜事都在这里举行，两边各有一条能坐三四十人的长木凳，"天地国亲师位"的中堂下是一张厚重的古式黑漆雕花八仙桌，桌上两盏锡烛台，一副铜香炉。从这一夜点起长明灯后，人们非常注意语言和行为的自律，因为列祖列宗就坐在那两条长凳上。我们孩子就整天在堂厅玩各种游戏，唱儿歌："二十四，接祖宗；二十五，打豆腐；二十六，割年肉；二十七，舂糯米；二十八，杀鸡鸭；二十九，家家有；三十夜，乐万家……"在一片拍手欢笑声中，仿佛新年就在眼前。

正如歌中所唱，父母们主要精力由农事转移到年事上来。父亲主外，准备充足的过年费，要买一对大红鲤鱼、几十斤猪肉，给全家置办新衣服，购买走亲访戚的礼品。母亲则主内，二十五打豆腐，那可是货真价实的粒粒圆黄豆打出的豆腐，家家几乎都在这一天打豆腐，从清晨开始，那些石磨就旋转不停，婆婆、媳妇、姑娘们群策群力，东家西家，互相帮助，笑逐颜开，其乐融融。在收浆之后，母亲总要将一根竹筷投进大黄桶里，如果筷子能笔直地插在豆腐里，则预兆明年将是大有年，于是母亲喜上眉梢，在围腰上揩一下手，麻利地将豆腐收进纱布袋里，用石磨榨干豆腐里的水，然后将那洁白、厚实、切得方正的豆腐漂在水桶里，除了留出一部分做臭豆腐外，其余全部用于过年。腊月二十七春糯米蒸年糕，则更慎重，爷爷、奶奶亲自上阵，爷爷准备竹蒸笼，垫好粑叶，燃起火力最好的罗汉松劈柴；母亲则协助奶奶做年糕，用各种粑印做出"万""寿""双喜""步步高"等喜庆字样的年糕，其中最上格只有一红一白的两个无字大年糕，称为"福宝"，留到新年元宵节吃。腊月二十八则要宰一些家禽，一般是一只公鸡、几只鸭子，母鸡是千万不杀的，因为那时母鸡是鸡蛋的唯一来源，为了过年最少也要从冬月就开始积累鸡蛋。凡是亲邻家上门的新媳妇、回门的外孙外孙女，母亲总必须用一方手帕包四个或六个贴了红喜字的鸡蛋送给他们，然后在一片和悦的温馨中相互祝福。也就在这几天，裁缝却最忙，不是东家接就是西家请，加班加点地为各家赶制新衣，孩子们也是各处穿梭，相互观赏、比较新衣服，心情无比激动。腊月二十九的这一天，家家都"有"了，父母则开始准备大祭祀了。这是最重要最庄重的年事，爷爷准备香纸爆竹，父亲准备蒸猪首、干鱼、猪血、豆腐、柑橘等祭品，放在一个朱红的托盘里，等除夕辞岁用。

大年三十终于在兴奋而忙碌中到来了。这一天所有农事都停止，要大祭祖了，上午是去祖坟山扫墓，在祖老墓碑前烧香、放

遥远的青沙滩

爆竹、挂黄表纸、献祭品，鞠躬默祷希望那些灵魂在阴间能安息，并祈求他们保佑活着的人们。这种庄重和虔诚是世代延续的，虽然意识陈旧落后，但充满了对未来新生活的热切期望。扫墓归来就是辞岁，一般根据家庭状况，根据各家喜事的多少，来确定燃放爆竹的多少，最少是五千编的，有特大喜事，如我1979年考取师范（村里第一个读书人），就特地定做了双万编的炮，足足放了三十分钟，全村的人都静静地欣羡地听着，认为是最荣耀的喜事。一时间，鞭炮齐鸣，山鸣谷应，那带着硫黄香味的蓝色烟雾，一团团从黑瓦白墙的村落里升起，烟雾里不时冲上一片闪亮的火光，接着是一声巨大的爆响，最后，连成一片的爆竹声如澎湃的波涛轰鸣不息，辞岁达到高潮。所有的人都穿上了新装，家家都贴了红春联，到处欢声笑语，安乐祥和的氛围笼罩了人间。接着便是年夜大餐，每家都是相似的套路，全部是十样大菜，象征十全十美，中间是大年糕，象征阖家团圆，鸡鸭鱼肉、美果佳疏宾列四周，象征时和岁稔。筵席开始，少长有序，相互敬酒，互道祝福，杯筷交错，其乐融融。同时，许多美好的禁忌开始约束人们的言行举止，如不动鱼头鱼尾，叫"有头有尾""年年有余"，不乱扔骨头，叫"家有年宝""财不外出"。饭后就开始守岁，等爷爷将盛满栗炭岁火的铁火盘摆好，奶奶便摆上了精制的"罗仙云雾"茶，妈妈搬出了瓜子、糖果、糕点。我们则等着长辈们的压岁钱。随后就是玩牌、下棋，这一夜是不论输赢的，只是比较一下手气（电视普及后，一律改为看联欢晚会）。一到新年的钟声敲响，爷爷和父亲就准备好鞭炮去"出天方"（祭天），实际上就是迎接新年。于是，一家家都聚到公共的社庙里，炮声再次大作，火光四射，在子夜里，在静寂的夜空，在繁星闪烁下的幽深山谷里，传得很远很远。新的一年就在这样的礼炮声里到来了。于是，一切新的秩序、新的希望、新的信心重新开始。

初一到十五，称为"新年"，主要任务是走亲访戚，相互拜年。这期间最有意思的事是玩龙灯和看地方戏。那龙灯晚上也来，先听得一片悦耳的锣鼓声，跑出门一看，则见一条火龙在山谷里蠕动，煞是好看。家家的门先关着，让掌灯人说"左手开门金鸡叫，右手开门凤凰啼"的好话才开门迎接，然后整条龙在堂厅里游一圈，锣鼓声停，祝福声起，舞弄歌毕，锣鼓声又起，主人就用鞭炮送龙出门，并赠送新年的"喜钱"。戏呢，主要是黄梅戏，有《闹花灯》《天仙配》《春香闹学》《张羽煮海》等，真个是人山人海，欢天喜地，人们一边品茗评戏，一边嗑瓜子唠嗑；穿红着绿的孩子穿梭在人群中，嬉闹游戏；青年姑娘和小伙则在以戏会友，暗送秋波，寻找爱情的归宿。看戏是快乐的，演戏则更快乐，既传播了文化，又体验到新年的喜乐气氛，还有不菲的收入。因此，看黄梅戏成为春节里最重要的文化生活内容。

元宵节一过，我们还没有收心就必须上学了，而大人们又投入到新一年的忙碌之中，重新准备来年的新生活。我们就在年复一年的企盼中渐渐长大。过年的风俗留给心灵的印迹太深刻了，甚至影响我们性格的形成和发展。在年复一年近乎相同的模式中，既有纯朴的乡情，又有对新生活的向往和对高尚情怀的追求，我认为那是生活的底蕴。

儿子放学回家了，一进门就唱起了《过新年》："过新年呀，咚咚咚咚锵，喜洋洋呀，咚咚咚咚锵，鞭炮声声锣鼓响，唱歌跳舞多欢畅，幸福的生活甜呀甜又香。咚咚咚咚锵。"这稚嫩甜美的歌声，让我心驰神往。儿子有着与我们完全不同的童年，他从一开始就享受着大城市文明的熏陶，为了让孩子体味故乡的"年味"，我决定带儿子和爱人回老家过年。虽然不像古人那样"三年已制思乡泪，更入新年恐不禁"，但激潮思绪早已飞越到万山

丛中的故乡。愿天下的普通百姓都能过一个幸福祥和的新年，愿
所有父老乡亲的日子一天天真正好起来。

过
年

雨落回马岭

　　回马岭是安徽与湖北交界的一座马鞍形的峻岭，大约高八百米，非常陡峭，只有一条石级路通过，是从我的家乡宿松钓鱼台方山翻过滑岭岗穿过柳树坪通向黄梅珠山的唯一道路。我们祖祖辈辈都从这条道上将家乡生产的竹器和竹麻黄表纸肩挑背扛运送到湖北去贩卖，然后换回湖北特产的稻米和木器。回马岭在20世纪六七十年代是一条热道，当时搞的是计划经济，我们方山的优质黄表纸都是由这条道运到湖北去，那时候是按照一家人口多少和劳力的数量平均分配任务，一年能轮到五六回，一行十几个汉子挑着盖有大队公章的松黄松黄的黄表纸，提着马灯有说有笑地送到珠山公路车站旁的收购站，再拿回收据。人们从半夜出发，每走五里就要歇脚一次，一般到次日中午赶回家里吃午饭，下午再去干农活。既不耽误农业生产，送一次货又能挣到二十个工分，挺划算的。有时候，也允许孩子为父亲提马灯或打手电筒照明，我就曾经在七岁时候得到过提马灯的机会，算是亲自到过珠山车站，湖北的公路是雪白的沙路，平整宽阔，公路两边是高大的杨树，非常漂亮，但我那一次没有看到汽车，因为父亲将黄表纸送到收购站，揩一把汗就要沿原路返回。我们就是在这样的年复一年的劳作中度过了艰难的60年代。

改革开放后，土地承包到户，农闲的时候多起来。父亲除了制造黄表纸外，还搞一些竹器加工，比如削扁担、弯桶夹（一种挂木桶的竹器，很奇怪，湖北人会制作木桶，却必须买我们生产的桶夹）、做竹箔（一种扒松针的竹器，湖北的山多松，而我们故乡的山多竹）、剖竹片（湖北人编篱笆和做竹板喜欢用六尺长一寸宽的竹片）。这样，母亲和我就必须帮忙。

记得十三岁那年的夏天，我正读初二，父亲正式让我作为一名挑夫帮他一起到珠山搭车去黄冈卖黄表纸。我非常高兴，总算朝大人方向走出了关键一步。一大早，我和母亲各挑一担黄表纸跟在父亲后面，朝滑岭岗进发，滑岭岗五百多米高，也是石级路，路很窄，两旁巴茅高达丈余，茂密的草丛中常有黄蜂和毒蛇，必须用一根竹竿敲落草叶上的露水，以免沾湿黄表纸。这黄表纸见不得水，沾水即糊，一糊就卖不出好价钱。我的任务是敲露水，挑的纸很轻。我看到母亲很吃力，但是她脸上挂着笑容，因为这回卖的钱都是自己的，不需要交钱给大队。我们一路说说笑笑，很快就登上了滑岭岗，展现在眼前的是一条弯弯曲曲的下山路，半上午我们就来到了柳树坪，这里是一个狭长的小镇，一条长约两千米的街道，有我们需要的所有日用品，街道人口有几千人，因为发现了大型磷肥矿，整日机器轰鸣，很多当地人就在矿上做事，收入不错，因此他们就退出了制造黄表纸的行业，卖纸的几乎都是方山人。大约中午时分，我们来到了回马岭前，一条青灰色的石级路伸进浓密繁茂的竹林深处，一条清亮欢快的小溪从山谷里奔腾而下。我们坐在溪边歇息，父亲紫色的脸上挂满汗珠，他在水里搓了毛巾擦擦身子，然后拿出一点儿干粮吃，母亲也是汗湿了衣服，借父亲的毛巾随便擦了一把，她不吃东西，说不饿。我穿着筒口衬衫，那袖子老不听话，卷起来蚊子叮手臂，有时候一扬手，袖子就会缩成一团，手臂又伸出来了，所以我当时最大的愿望就是能有一件袖口有扣子的衬衫，但是这个愿望始终不敢提出来，因为那种衬衫要多费工钱。

简单吃完饭，我们向竹林深处进发，进山时候还很热，但一到竹林里就变得阴凉起来，要不是那些讨厌的花脚蚊子和虻蝇打扰，那么你走在这大山竹林里，听着一路蜿蜒潺潺的溪流之歌，欣赏扁担在肩头上下跳跃发出单调而优美的脆响，心里想着即将实现的愿望，可以说也是人生的一种享受吧。我们当时就是在这样的憧憬中忘记疲劳的。父亲估计这次的黄表纸可以卖四百多元，除掉本钱，可以纯赚二百元，这是先前大集体时一年的收入，他计划买一百斤大米回家，然后建一个大猪圈，扩大养猪规模；母亲则要求添一口大菜缸，她准备下半年多腌白菜，还说买一些布给我们弟妹做夏天的衣服；当父母问我有什么要求时，我迅速回答："我想做一件袖口带扣子的衬衫。"母亲很爽快就同意了。当时那高兴劲就甭提了。我们满怀信心走在回马岭的山路上。

夏季的天气，经常出乎意外地突变。正当我们将各自的希望寄托在仿佛即将变成钞票的黄表纸上的时候，竹林突然阴暗下来，而且变得很阴冷，原来天空在迅速布满乌云，父亲在一处开阔的地方看看天，说："糟了！"脸色开始变得阴沉起来，那是极度着急时特有的凝重，我从父亲脸上感到了恐惧，知道即将大难临头。天空越来越暗，起风了，是浩荡的山风，从很遥远的地方扑来的大风，像汹涌的波涛渐渐逼近，铺天盖地地淹没了整个回马岭，仿佛要把我们这三个弱小的生命碾碎一般。我们身边的草树和竹子在摇晃，不一会儿就在疯狂地摆动，发出滚滚而来的轰鸣声，像溃堤的洪水朝我们涌来。我们知道大雨即将扑来，我们一家的所有愿望将被毁灭。我们急得要哭出声来，纷纷大声诅咒老天爷不讲情面，不迟不早，偏偏在这荒山野岭前不着村后不着店的地方下暴雨。我们知道离回马岭七百米高处有一个山亭可以避雨，但是到那里至少还要走二十分钟。就是在这致命的二十分钟里，暴雨不按我们的意志倾盆而下，还夹着滚滚轰雷，我们绝望了，只得躲在竹叶稍密的地方，三个人挤在一起，脱下自己的衣服，尽量盖住黄表纸。但是，那雨实在太大了，遮了前面，露出了后面，遮了东边露出了西面。眼看着松黄的黄表纸被打湿变成糊状，我们的心在流血！真希望有一张塑料纸或雨衣，哪怕是一件蓑衣也好呀！但是，我们什么也没有，只有三件早已湿透的棉质衬衣。就在我们绝望至极的时候，从山冈上走下来一个人，头上也是用湿衣服遮头，看着我们的纸，遗憾地叹了口气，原来他的纸已经全部让雨淋坏了，干脆就回家算了。过了不久，又有两个人走下来，其中一人打着伞，母亲哀求他用伞帮我们遮盖一会，那人看了我们一眼，没有理睬，下山去了。再过了一会，又下来一个人，头上举着一块薄膜，在我父亲和母亲的再三恳求下，他终于答应用薄膜帮我们遮盖黄表纸。就这样，半个小时后，我们辛辛苦苦的成果，总算在好心人的帮助下，幸存了一半。等到雨停云散天开，我们好容易来到凉亭时，先前的三担纸只剩下一担了，其余的都变成糊状被雨水冲走了。我和母亲没有必要再去送父亲了，只好沮丧地穿上湿透的衣服踏上归程。而父亲还要将那剩余的希望继续变成现钱，他的心情肯定也是一片灰暗，而家里的弟妹们还等着我们的好消息呢！

怎么回到家我已经不记得了，只知道母亲大病了一场，高烧犯迷糊的时候还在乞求老天爷不要下雨，请求老天爷不要收走我们的黄表纸。母亲的眼泪是浑浊而带血丝的，那是从她心里流出来的苦涩绝望的泪水，也成为我们一家人心中永远的痛。最终的结果是，父亲三天后回到家，只买回了三十斤大米。剩下的钱连

雨落回马岭

本钱都没有还掉，也就更谈不上修猪圈和买菜缸了，我那微小的希望则更无从谈起。

　　据说，回马岭是当年徽商从江西婺源经黟县宏村穿过绩溪越过长江贩卖食盐与布匹的南北通道；也有人说太平天国时候长毛就是从这里杀入安徽的，将我们整个村子的木质结构通楼烧成一片灰烬；还有人说两广战争的时候，李宗云的广西佬军队就是穿越这条峻岭进入安徽作战的，由于驮运货物的马匹或战马到此必须牵行，故称此山为"回马岭"。如今回马岭隧道已经修建成功，从柳树坪到黄梅珠山仅需十二分钟，回马岭古道已经失去运输功能而成为历史的记忆了，回马岭的绿竹苍松非常繁茂，已经成为一座森林公园，那青灰色的光滑石级古道只有守林员巡山时偶尔走走，热闹了几个世纪的回马岭终于回归了大自然的宁静。谁还知道它曾经承载过的悲欢呢？

湖北卖纸记

　　改革开放的春风真正吹进我们小山村，是在 1980 年之后，随着责任田包产到户，家里渐渐解决了吃饭的问题。1982 年，我师范毕业后当了一名小学教师，又带走了家里两个能吃的弟弟，因此那几年家里的米瓮常年是满满的，我看见母亲脸上有一种丰衣足食的自豪感，每当我星期天回家，她总是带我看看大瓮和小瓮，说去年的谷还没有吃完呢。我们回家总能吃一顿饱饱的白米饭，饭里再不需要掺山芋丝或野菜了，萝卜丝煮腊肉，鲜竹笋烧肉，干扁豆烧肉，都是能够常常吃到的美味。随着温饱问题的解决，提高生活质量的要求渐渐强烈起来。虽然盖新房这样大项的投资还没有经济实力，但是像大妹要求买一台缝纫机，我希望买一块宝石花手表等，还是可以期待的。不过，父亲有一条要求：必须暑假跟他一起去湖北卖黄表纸。因为湖北收黄表纸的价钱比老家当地高出一倍！

　　造黄表纸也成了各家各户的副业，父亲本来就是造纸高手，他舍得下料，做的纯麻黄表纸，纸张厚而均匀，放榔液汁（一种润滑剂，能够使两张纸不互相粘连）也充分，所以母亲和大妹在揭纸时非常轻松，我们家的黄表纸没有破损，松黄光亮，卖相很好，在湖北罗田、阴山一带有很好的声誉，许多老客户专门等我们家的黄表纸用。我家的纸点着之后就会一直烧完不会中途熄灭，而且那纸灰雪白，还带着一种竹子的清香味，对湖北信佛的人来说，那是非常好的礼佛用品，一般的人家都会藏几十刀纸（那纸需要三折，每三十张成为一叠，烧化前裁成四份，称为一刀纸）。我们也从不会在黄表纸张数上作假，所以都是货真价实的硬货。卖纸成为父亲的一件得意事情，他挑一担纸出门往往只要三天就卖光回家，而别人则需要五六天，所以我们家需要更多的人手，尽量缩短做一趟纸的周期，从先前的一个月卖一次纸发展到一个月两次，每次父亲回来都能带回二百多块钱，交给母亲。

父亲卖纸的名气在村里传扬开来，就有一些亲戚提出一起去卖纸的要求。有一天夜里像约好了似的，义父和姨夫一前一后来同母亲商量能不能带他们一起去卖纸。母亲是个善良的热心人，她不知道父亲好容易闯出来的销路，不能随便让给他人，因为他们的纸质量不如我家的好，成本比我家低，他们会压低价格抢夺我们的市场，断送我家黄表纸的销路。母亲只知道要帮亲戚一把，就同意了他们的要求。谁知临出发前大表哥也挑了一担纸跟来了，这样我与父亲，带着义父、姨夫和大表哥一起，浩浩荡荡搭车到湖北阴山、罗田去卖纸。他们都是急性子，恨不得一天就卖掉纸回家，当他们知道我父亲是挑着纸挨家挨户叫卖的时候，他们后悔了，都说花的时间太长要在外面住好多天，不划算。义父当天就回家了，将纸作了价全部盘给了父亲。姨夫为了将来的市场，倒是跟在父亲身后。我们在罗田的一家小旅馆里住下来，次日早上我与姨夫一路，父亲与大表哥一路，分头到不同的村子去卖纸。我们早上运气真好，碰到一个村子正在做道场，需要大量的黄表纸，我们以稍微便宜的价格，整捆整捆地卖（一捆七十刀纸，零卖是每刀两毛五分，整捆是每刀两毛三分），很快就卖出了七捆。我们卖了一百多块钱，心里特别高兴。而父亲非要每刀两毛五，少一分不卖，所以那天早上他和表哥一刀纸都没有卖出。原来有人之前来过父亲常常卖纸的地方，已经将价格降了一二分钱，所以他的老价格卖不出去了。晚上，正当我们在小旅馆里商量下一步的打算时，突然闯进一个戴红袖章的人，从口袋里掏出一个蓝色证件，说："我是税务局的，有人举报你们的黄表纸，没有缴税，请赶快交税，不然的话明天全部没收！"这可是第一回遭遇这样的事情，我父亲说："我们刚到这里，一分钱的货都没有卖出，怎么交税呢？"那人就说："你们可以用纸作价抵税嘛。"问要交多少，他说："交一半纸给我就行了。""什么？交一半纸给你？你抢劫呀！"那人一听就火了，大声说："你们不交是吧？好，我回去叫人来，全部没收！"小店老板也说这人非常横，让我们赶快走，不然一分钱的货也留不住。我们只好连夜逃走，四个人挑起所有的纸消失在阴山深黑的山谷中。等那人第二天叫人来没收我们的黄表纸时，我们已经进入了浠水县境了。浠水是一条向西流的大河，河面宽阔处有二百多米，苏轼曾有词曰："山下兰芽短浸溪，松间沙路净无泥。潇潇暮雨子规啼。谁道人生无再少？门前流水尚能西。休将白发唱黄鸡。"我们沿着浠水岸边的沙路逃奔，可没有苏轼当年的潇洒。我们必须不停地回头，看有没有穿制服的人追上来。这样连夜急行军似的十二个小时，大家都累得精疲力竭。大家分成三路去卖纸，父亲姨夫各一路，我与表哥一路，大家约好在一个地点会合。

我这表哥是个闷葫芦，不喜欢开口说话，他的纸全由我做主卖。我对他说："你将纸移到山芋地的树荫下藏起来等我，我到对面村庄去弄点吃的。"然后我扛起一捆黄表纸，蹚水过河。这浠水是汉水的支流，流域面积也不小，全长有数百公里，比我故

071

湖北卖纸记

乡的那些只有几十公里的河流气象开阔，那河刚刚过汛期，袒露出雪白的沙滩，足足约有一百五十米阔，真正的河面不足五十米宽，水底也是这种洁白细软的沙子，脚踩上去怪舒服的，要是没有卖纸这档子事，我真愿意在这沙滩上待上一天，享受儿时玩沙战的乐趣，可惜我现在必须首先解决饥饿的问题。于是将鞋子插进纸里，裤脚卷到大腿，纸扛在肩上，朝对面的村庄进发。

上得岸来，我穿好鞋子，放下裤管，开始叫卖："卖糊黄表哦——"听到叫卖声，一些小孩子跑出来看热闹，以为是买手表的，当得知是卖黄表纸，就回到各自的家里不再出来。我感到了这里的人都不需要黄表纸，好容易有一位老爷爷让我进了他家的大门，我说："老爷爷，您买点黄表纸吧？我们的纸质量非常好。我求菩萨保佑您全家！"老爷爷有气无力地说："菩萨不保佑啊，今年发大水把田都冲毁了，收成不如往年了。"我问他的家人哪里去了，他说："都下田去了。"我说："老爷爷，我走了一夜的路，非常饥饿，能不能用几刀纸换口饭吃？"他说："灶上饭钵里有粥，你随便吃吧。"我非常感激，一口气吃了八碗稀饭。我留下四刀纸做饭钱，并千恩万谢地告别了老爷爷。然后又在另一家以同样的方式给表哥弄到一些剩饭。

我们吃过饭，继续沿着浠水的沙路前进。浠水西流，我们却溯流东去。沿河岸一二公里才有村庄，我们到了一个村子就进去叫卖，表哥说挑得太累了，情愿早点贱卖了回家。但是今年这些村庄大多遭了水灾，有闲钱买纸烧香敬神的很少，即使贱卖也没有人买我们的纸。快到中午十二点了，我们又开始饥饿起来，更糟糕的是天边隐隐传来了雷声，乌云渐渐遮盖了火毒的太阳，沿河的风很凉爽，我们加快了脚步。

大风扬起尘沙扑面向西，我们走起路来挺困难，还得眯着眼睛以防沙尘吹进来。那前面不远的地方就有一个村子，但是走起

遥远的青沙滩

来却要绕几个弯子。天空暗下来了，风也越来越猛烈，我看到收工的农民们相互呼应着朝家里跑。我们的黄表纸之所以又叫作"糊表"，就是因为它见雨就变成糊糊。这鬼地方一片旷野，没有任何地方可以躲雨，因此我们必须加快步伐。已经开始发雨点了，东一点西一点，砸在地上很重，砸在脸上很凉，砸在纸上就成为一个湿点。我急忙喊道："快跑呀，表哥！"表哥几乎要哭出来了，他是第一次出来卖纸，没想到是这样一个结果。终于在大雨铺天盖地落下来之前我们赶到了一家农户的凉棚中。一家人正在吃午饭，其中一人对我说："来啦，快上桌子吃饭呀！"我犹豫了一下，也许因为太饿，就不客气端起饭吃起来。原来这家是请一大帮人帮忙插田，他们以为我也是帮忙的人，而那位真正帮忙的人上厕所去了，等他回来桌上已经没有他的位子和饭碗。他疑惑地看着我，我只好站起来解释我们是过路人。幸好那家主人是个通达的人，说："没事没事，加把凳子，添碗饭来，出门在外不容易，顺便赶上的饭就吃吧。"我说非常感谢，指着我表哥说那里还有一个人。他们也请表哥吃饭。绝对不能白吃，我们又拿出四刀黄表纸，他们怎么也不收，在我们一再坚持下才收了纸。其中一个农民说："你们的纸质量怎么样？"我说："正宗纯麻黄表纸，点上就不会熄灭！"他试了试，果然好纸。他又说："什么价格？"我说："每刀两毛五分钱。"他说："能不能便宜一点，我们多买点，赶巧不如碰巧。"经过讨价，表哥同意以每刀两毛钱全部卖给他们。那人知道这个价是最巧的，就撺掇别人也买，于是表哥的纸就这样一会子全卖完了，我带的纸不多，当然也一并买完了。最后那根扁担作为礼物送给供我们吃饭的主人，然后我们一身轻松地朝约定的地点前进。

在与父亲和姨夫会合后，发现父亲的纸没怎么卖，姨夫则几乎全部卖完了。父亲很是生气，因为姨夫的降价使他的好纸卖不出好价格。姨夫贱卖了最后的纸与表哥先回家了，只有我跟父亲还要继续乘车去黄石石佛寺卖纸。幸好，那寺庙很大，烧香的人特别多，我们的纸竟然卖出了每刀三毛的价格。父亲笑了，说："好东西就应该卖好价钱！"他卖完纸专门走访了一下那些开香纸店的老板，问要不要大批量的竹麻黄表纸，那些店老板说："这里的人礼佛喜用染色的黄表纸，纸小一些，每刀二十张，每刀一毛五分钱，你们的纸质量虽好，但是太贵了。"父亲说："这染色的纸我们也能做，每张大小只要调整纸簾就行了，虽然价格不便宜，但是我们的纸质量好着呢。"父亲发现了新的商机，很兴奋地说："走！回家，我们也做染色的黄表纸。"

染色黄裱纸确实给家里带来了一些不菲的收入，那结果是1984年，父亲添盖了一间新房子。一家人住得宽敞起来。

第一次下城

下城，对大山的孩子来说是一种莫大的荣耀，但对我来说却是一次万里长征般的考验。

那是 1977 年的暑假，我读初二。我父亲由于肩上的担子太重，很急切地希望我成为他的帮手，两年前我就帮他一起送过竹货，那时是做伴和引路，如今两年过去了，我虽然没有长高身体也还是那样单薄，一副吃不胖养不壮的样子，但是走路的耐力明显增强了，扛三四十斤东西走二十里山路是没问题的。因此，父亲拉一板车干竹杪（近五百斤重），遇到上坡路，就需要我在后面帮他推才能上去。

我们从红星广福出发，我背上那草绿色的军用茶壶，父亲在凉开水里放了二两红糖，说是在夜晚力乏干渴的时候，可以解渴，还能补充体能并防中暑。晚霞烧红了西边天空，公路旁高大的垂柳浑身披着红绸，轻轻地在晚风中摇曳，很像徐志摩诗中"夕阳中的新娘"，脚下的陈汉河泛着金波向下游的墨烟平原蜿蜒流去。我有点兴奋，父亲拉着堆了三四尺高干竹杪的板车，竹子堆成一个倒"A"字形，末梢朝后，开口朝前，父亲就夹在中间，手捏住车把，肩上套一根粗绳，我从后面只能看到他的后脑勺和他挂在脖子上的一条灰色毛巾。我在后边扶车，并随时报告后面来车情况，相当于父亲的一个反光镜。我们怀着生存的希望向县城进发。

第一站是隘口，其实就是进入陈汉的重要关口，两面耸立着陡峭的高山，中间是峡谷，西边悬崖之外是湍急的河流，地势非常险要，古代打仗时，这是兵家必争之地，如今公路穿谷口而过，两边的坡度都在三十度以上，行车最危险的地方就在这里。下城的人都知道，出了这道关口，就是一马平川了，只是到破凉亭时还有几道上坡路，而那里已经是柏油路了，比这段砂石路好走得多。我在后面用力推，父亲在前面像牛耕地那样拼命拉，他的身子与地面成三十度斜角了，粗绳深深勒进他的肩项，颈上青筋条条暴出，可那车子却不听话反而向后退。我们走几步歇一下，好容易上了岭子，下岭的时候，父亲让我压在竹子上，他则拼命仰起板车，降低车行的速度，板车没有刹车的闸阀，全凭拉车人的技术，更需要强大的力量控制车子。一上一下，把我们累得满头大汗，我开始知道下城不是一次轻松的旅游，父亲需要付出多大的辛苦啊！只有等这些竹子变成钱，买回白白的大米，我们一家人才能活下去。父亲瘦弱的身躯里含有无比坚忍顽强的意志与力量。

夕阳已经消逝在高大的罗汉尖西边了，霞光散尽的天空由浑红渐渐变成青苍色，东面的天空已经出现了几粒星星。晚风吹拂着公路两旁的墨烟平原上一望无际的绿色稻田，中稻已经开花吐穗了，清香四溢，蛙声如潮，粉虫成群结队在路边飞舞，不时扑到我们汗流如注的脸上，黏在汗珠里，我们不得不经常擦一把汗。三三两两的农民牵着水牛扛着农具沿公路回家，像我一样大的孩子们则无忧无虑地在水塘里游泳嬉乐，水塘边疏密相间的高大槐树林中的村庄，已经升起了袅袅炊烟，恬静而温馨。七月的平原乡村的黄昏，很有田园诗般的意境。我想起了大山竹林深处我的家乡，母亲肯定也在烧晚饭了，弟弟妹妹们一定围在灶台前，他们一定在推测我们现在该到了什么地方，并祈求菩萨保佑我们一路平安吧。

　　天完全黑下来，公路上很寂静，除了偶尔奔驰而过的拖拉机，只有我们的板车慢行在一平如砥的白沙公路上。路旁高大的行道树成为两道黑色的屏障。当大型货车要穿过时，先是听到远处巨大的发动机轰鸣声，接着看到车灯雪亮的光柱照射到我们微小的板车上，在一阵地面剧烈颤动之后，那强光中巨大的黑影带着一股呛人的灰尘向我们扑来，它飞驰而过，带着两道探照灯一样的光柱消失在我们走过的路上。

　　好容易到了墨烟与二郎交接的街道小镇，我们稍微歇息了一会儿，吃几口临行前母亲煎的香油面饼，喝几口凉红糖水，然后又出发了。很巧的是，同行的一位从柳坪丘山下来的也是拉竹子到城里去卖的板车师傅成了父亲的好朋友，他是夫妻俩一起进城，并说父亲不该让一个十几岁的孩子压车，父亲说家里还有四个孩子，妻子要照顾孩子走不开。那板车师傅的妻子很健壮也很温柔，她摸着我的头，说："你坐到板车上吧，我来帮你们扶车。"我谢了谢她，坐在竹杪上，一双已经磨出血泡的脚得到了休息，浑身轻松。在三个大人闲聊家常的时候，不一会儿，我就进入了梦乡，梦中还是跟父亲到竹林里去砍柴偷竹杪，天上明星闪烁，夜风温柔……回到了家里，母亲端上了香喷喷的大米饭，还有一个月才能吃到一次的猪肉。一走一颠，口水顺着嘴角流下来。突然，一阵猛烈的颠簸，父亲说："谢谢你们，现在好了，到了破凉了。"他叫我下来，说已经到了柏油马路上，我从竹子上面跳下来，赤脚踏在柔软平坦的马路上，路面还带着余温，脚板真舒服，但父亲还是让我穿上鞋，说已经到了四更天，再走十几里就到县城了。我们两辆板车摸着漆黑的夜，穿行在柏油马路上，虽然我听不明白他们说话的内容，但是我能感到在那样的岁月，人与人之间真挚无私的关怀，也能感受到人们为了生活表现出的坚忍与顽强。

在东面天空泛出鱼肚白的时候，我们翻过了进城前的最后一道长长的斜岭，山岭两旁是号称八里的一片绿油油的茶林，茶事已过，但仍然泛着一股浓郁的茶香。我们歇息了一下，再鼓足劲，穿过豁口，在霞光万丈中，我们两辆小小的板车，终于走进了开始苏醒的县城。为了减少竞争的压力，他们的板车去了西门，我们则去了北门。在一间上了锁的门前，我们停住了板车，父亲说这就是菜市场，这家无人居住的房屋大门口，将成为我们卖出竹杪买回大米的宝地。

不断有人来询问竹杪的价格，有人说："太粗了，细一点就好了。"有人说："你们不该把节枝都砍掉，有杈子更好，用两根就可以晒衣服了。"又有人说："你们有没有新鲜的竹子？我不要干竹子。"我们一次又一次的失望。有时几个小时没有人问津。好容易有人有意要真买了，讨价还价大半天，明明要一块钱的竹杪，他偏偏只愿意出九毛钱。卖一根是一根，父亲只好同意。而那人付了钱，却又要拿一根更大的，我父亲不同意，但他已经拿走了。原来城里人这样精明而小气。中午的时候，我们一夜未睡，实在太困了，父亲和我都打起盹来。突然一个人要来买竹杪，讲了大半天价格，最后还是以八毛五分钱成交，那人又挑拣了半天，最后在我们无比厌烦中扛走了一根竹杪。等他走远了，我突然想起来，脱口而出："他还没有给钱！"父亲迅速跳起来去追赶，让我看好竹子。我惶然气愤地拿着黑色布包，望着父亲追赶的方向，街道灰暗狭窄，电线像蜘蛛网一样密布在参差错落的房屋之间，有一些卖米、卖布、卖日杂用品商店的招牌就挂在电线下面。等了半个时辰，父亲一脸灰暗地回来了，他没有追上那个人，白白损失了五斤米钱。除了叹息，没有别的办法，城里还有这样龌龊的人！

这一车竹子，并没有想象的那样好卖。晚上我们就在门口蜷缩着睡觉，那蚊子如狼似虎，汹汹不休，要到下半夜才能睡一会儿。第二天随便买一个饼子吃完，又继续等待买干竹杪的人。这样一直卖了三天，最后几根以一块钱贱卖给米店老板了。我们总共得到三十六块钱，父亲买了一百斤大米，放在车上，我们踏上了归程。

我第一次发现父亲原来是这样为我们带回雪白的大米的。太不容易了！

遥远的青沙滩

我的家乡远在千里之外的大别山，那里山清水秀，风景优美。高大的松树，青翠的竹子，密密麻麻地掩映了梯田梯地，田边地头是农家的果园菜地，四季瓜果飘香，很是诱人。

父亲黑夜历险记

　　还是回马岭遇雨之后，家里经常缺粮食吃，每到青黄不接的时候，父亲都要挑竹杪或黄表纸到湖北阴山、广济、浠水、黄石等地去贩卖，遇到风雨黑夜惊险的情况是常事。我们弟妹们很喜欢听父亲讲述一些他历险的遭遇，听到恐怖的地方吓得躲进母亲的怀里，对父亲充满了敬畏。

　　下面是父亲卖纸经历的黑夜恐怖经历。

　　阴山是湖北罗田县的一座阴森恐怖的大山，山里有老虎出没。父亲在阴山卖纸时，不知为什么，每次都是夜晚通过那座黝黑巍峨的大山。那一年，江西的一个捕虎队正在阴山潜伏，设下了满山的铁夹、陷阱等着老虎上当。父亲当时并不知道这情况，还是通过石级路翻越阴山。一天夜里，满天星星，没有月亮，阴山山谷里一片寂静，父亲挑着一担黄表纸，手里捏着一根打狗棍，趁着星光赶路。突然，被路上的一根绳索绊了一跤，一个趔趄，黄表纸滚下了山崖，呼啦啦一阵响声，四周猛然射出十几支雪亮的电光，父亲吓得魂飞魄散！捕虎队的人都以为是老虎中夹子了，当他们围拢上来，原来是一个人！他们帮助父亲捡起了黄表纸，告诫父亲千万不要再一个人走夜路，说不定就会遇上老虎，丧了性命，并说那虎已经伤了三四条人命了，所以才请捕虎队来除害。果然，不久便从山谷深处传来了老虎的吼叫，像打破锣鼓一样，震荡山谷。捕虎队的人也不敢久留，就与父亲一起下山，等明天再来下套。

父亲告别了捕虎队，朝有灯光的村庄前进，想找一户人家投宿。他明明看见前面有一个村庄，但是不知怎么的那距离与方位都没有判断准确，竟然走进了一片坟场，开始他不知道，等他停下来休息时，发现坐在一座坟前的石级上，他吓坏了，原来自己正身处一片密密麻麻的坟地，仿佛四周都有孤魂野鬼出没，进退无路。——我们白天都害怕经过坟地，听到这里都毛骨悚然起来，拼命往母亲怀里躲——父亲于是壮起胆子吹着口哨继续前进，有时还故意在墓碑前停下来撒尿，他说再厉害的鬼最怕的就是活人的尿。也真是出奇事，怕什么偏偏来什么，坟堆中间忽然闪起绿莹莹的火光，仔细定睛一看又不见了，心情稍一松懈下来那火光又出现了，这是鬼火——其实就是夏夜里的磷火——飘忽不定，父亲不敢再吹口哨，而是紧紧握住棍子，快步前进，不敢看两边的坟墓。等他确信已经穿过了坟地时，再定睛一看，吓了一大跳，眼前竟然闪烁着千万个绿色的光点。他大叫一声！那些光点依然四处闪烁，还有几点撞到父亲的脸上来。嚯！原来是一场虚惊！竟是成百上千的萤火虫。父亲说他从来就没有看见过那么多的萤火虫。

穿过坟场不久，父亲又遇到了更可怕的情况。他听到了一片嘈杂凶猛的狗叫声，一群野狗在旷野上搏斗起来。开始它们并没有注意到有人在旁边，它们发现了父亲后，就围了上来。父亲想：完了，碰上狗群了！要是被它们扑倒撕咬，非死即伤。父亲惊慌失措，赶紧拔腿逃跑。野狗疯狂地嗥叫，拼命追赶。只有几十步远了，父亲能闻到野狗身上浓烈的血腥味。手里仅有的一根棍子显然没有多大的作用，但又不能坐以待毙。父亲在很短的时间里做出了一个重要的决定：他放下黄表纸，将自己夹在纸中间，手里捏住棍子，准备随时扫荡扑上前来的狗群。第一只冲上来的野狗中了一棍，惨叫了一声退了下去，但是狗群还是不散，汹汹狂吠。跟父亲对峙了一会儿，又有几只狗扑上来，显然双拳难敌众狗，父亲用棍子向四周横扫，很不幸由于用力过猛，竟然将棍子甩丢了，这可是非常要命的意外！狗群犹豫了一下扑上来了，发出骇人的怪叫，这时候父亲也不知是哪里出来的力量，他突然猛然一蹬地，就势抓住两只大狗的颈项，死命朝地下一按，然后使尽吃奶的力气将两只狗提起，砰然将两狗一撞，一阵凄惨的怪叫，其中的一只顿时瘫倒在地脑浆迸裂而死，另一只则惨叫着夹住尾巴一瘸一拐地逃走了，父亲手里有一把狗毛。狗群显然没有遭遇这样的情况，也跟着一起逃走了。父亲扔掉那只死狗，惊魂未定地离开，他说他已经没有力气了，幸好走了不久他敲开了一户人家的大门，一位老爷爷接待了他，让他终于安全了。他说，卖纸从未经历过那样的夜晚。

我们小时候，一直将父亲当作大英雄，黑夜斗狗的故事使他的形象变得更加高大。而那些粮食原来包含这样危险的经历，使我们很小就形成珍惜每一粒粮食的习惯。我们认为这是对父亲最好的尊敬。

惊恐的瞬间

你有过魂飞魄散的惊恐瞬间经历么？身陷险境的瞬间那是多么可怕的一种遭遇啊！我十一岁那年经历的一件事，让我至今回忆起来依然毛骨悚然。

那是1975年夏天。在连续两年的干旱之后，我们全家七口人的生活成了严重问题，每天只能吃两顿，每顿还吃不饱。弟妹们都是你看着我碗里，我看着你碗里，不时因为争抢饭食而大哭起来。母亲总是教育我们大些的孩子说："哥哥姐姐要让弟弟妹妹一些啊，多吃一口不多长一块肉，少吃一口也饿不死人！"每当我听到母亲上楼取米时瓢擦着瓮底发出一声刺耳的尖响，我就心里一惊，因为米又吃完了，明天又要挨饿了。这时候，父亲必须想办法，光靠向邻居借米显然不是长久之计。我们山村像我这样的人家还是很多的，他们大都选择了去偷一些死封山上的竹梢趁黑夜穿过回马岭扛到珠山搭车到湖北去贩卖，然后换回大米。人们都是约好了似的，相互偷邻村的竹子，以免被自己村的人发现，那时还是"文革"期间，若不幸被抓住，是要以"破坏山林罪"游村示众的。但是，为了活下去，只好铤而走险。

我们提前一天就做好准备，下午我与父亲去廖家荫乱的深竹坞砍柴，那里竹林茂密，蓊郁蔽日，白天很少有人进入竹林深处，晚上则更只有野兽们才来这里。在这样的地方砍十几根竹杪是很难被发现的，守林员一般只检查地面上有没有新鲜的竹苑，不大注意竹子的上面。我们的方法是取竹子上端一丈来长的竹梢，每根大约十斤重，竹子没有杪还能活，而且基本上不影响主要功能。由我爬上竹子，在父亲砍柴的时候，我轻轻将竹杪四周砍出十几道伤口，保证夜晚一摇就能掉下来，这需要精细的技巧，我能熟练掌握。这样即使白天守林员来查山，也只能看到我们正常地砍柴，决不会怀疑的。我们分散着将十几根砍了伤口的竹子做好标记，然后挑柴火回家吃晚饭。晚上十二点钟的时候，父亲叫醒我，我睡眼蒙眬地跟着他摸黑偷偷穿过森然恐怖的竹林，一棵一棵找到我们做标记的竹子，用力一摇，竹杪就晃晃悠悠掉下来，等确信四周没有其他的人存在，父亲迅速用破麻刀（刀背厚重的铁制弯刀）将枝丫脱掉，成为赤条条的竹杪，湖北人喜欢用它们来搭棚子盖猪圈什么的，每根可卖一元钱，或者用两三升米换。我们现在最需要的就是大米。父亲将十几根竹杪捆成两捆，先扛到滑岭岗上森林的草丛中藏好，然后做成一担挑子——将竹杪捆扎起来，中间平衡处夹一扁担形成一个"A"字形。走那样的山路全凭白天对道路的熟悉，肩上还要扛一百多斤的东西，那种苦不是一般人能吃得的，为了生存，父亲必须冒这样的风险，我当时只能给父亲做伴和引路，不能帮他减轻负担，现在想起来，真要感谢父亲！

滑岭岗有五百多米高，荒无人烟，但是岗下两百米处的林业管理站每夜有守林员值班。我们必须等守林员睡熟了，还要悄无声息的才能过去，转过前面的山梁进入了柳坪界，就不会有人过问了。我在前面探路，拿一根长棍，轻轻拨开路边的深草，好让父亲顺利通过，他紧紧按住肩上的扁担，不让它发出声音，我们一步一步摸索前进。好容易绕过了管理站，没有听到任何声音，终于可以松口气了。正在这时，忽然草丛中传出一阵"沙沙沙"的响声，我吓得一声惊叫，以为是豺狗扑过来了，腿脚都要瘫软了。父亲说："别紧张，那是猪獾，它逃走了。"果然那响声渐渐消失在远处的树林中，它们是来路边的山芋地偷吃未成熟的山芋的。哦，原来为了生计我们都是同类的小偷啦！

穿过一段狭长的山谷间的苞米地、山芋地，就进入了安全地带。我们听到了"隆隆"的钻机声，柳坪磷矿的矿区就在前面，光芒四射的电灯照着几个穿着工作服的工人忙碌的身影，四周的夜空一片漆黑，天上只有稀疏的几颗星星，那小路隐隐约约看不分明，但我们凭感觉还是走得很稳健并且速度不慢。

我把父亲送到回马岭前，就必须返回。父亲消失在深邃的竹林深处，只剩下我孤身一人，寂寞与恐惧立刻将我包围。虽然走的是公路，但是这路穿行于深山的密林中，尤其那深幽洞黑的竹林，仿佛其中藏着猛兽奇鬼，随时都会扑上来，要我的性命。你试想一下，一个十一岁的小孩，走在黑夜深山中，孤零零一人，那是何等的惊恐万状啊！先前有父亲的依靠，还不十分害怕，现在只有一个人，心里就非常恐惧了。偏偏这时，又记起景阳冈上武松打虎的故事来，那些森然苍黑的巨树和密密挺立的草木中，一有什么风吹草动，我就汗毛倒竖，心惊肉跳起来。我几乎是一路小跑，公路虽然宽阔，眼下也只是一个灰蒙蒙的影子，依然不敢快跑。耳边有风呼呼掠过，那些草木仿佛在动，竹林里越来越恐怖。有时候，一种超人的力量会在人极度恐惧的情况下被激发出来。记得五六岁时到大姨家去，看新娘子结婚跟大人走散了，夜晚回大姨家恰好要穿过一片黑森森的竹林，我是一边高声唱歌一边飞快跑过了那片竹林，大姨前来抱住我，不停地赞叹我的胆子大，并说歌声也好听。这不又是当年的情景再现了吗？我忽然放声高唱起来，大踏步沿公路跑，山鸣谷应，我反而不怕了。歌声惊醒了栖息的鸟雀，呼啦啦惊飞四散，柴草里的野兔或猪獾们反而惊恐逃逸。我将黑森森的竹林甩在了身后，已经能看到磷矿的钻机了，前方传来了震荡山谷的轰鸣声。

　　我来到旷野的钻机棚里，看工人们忙碌，他们问我是谁家的孩子怎么深夜还不回家，我说帮父亲送货到山外，想在这里歇歇，等天大亮了再翻滑岭岗回家。工人们对我很赞叹，说我有胆量，并嘱咐我回家时小心，因为他们经常看到野狼在钻机旁出没，还说最近一段时间滑岭岗好像有野兽，叫声古怪，或许也有可能是老虎吧。这是确凿的事实，由于连年干旱，深山里食物缺乏，野狼夜晚进村子猎杀小猪或者家禽的事时有发生，更为可怕的是滑岭岗西面，和尚尖的深谷里，经常传出一种"啊嗷——""啊嗷——"的怪叫，像饥饿至极的野兽疯狂觅食的声音。母亲说，她和隐娘娘在钱家坪砍柴时看到过这叫声古怪的野兽满身花纹，奔跑速度极快，父亲也说他在滑岭岗脚下的深涧中遇到过这种野兽，他当时站着不动，拼命朝林场那边喊："老虎——老虎——出哦——"那浑身花斑的野兽飞跨过一丈多宽的山涧，坐在山芋地头用炯炯的猫眼盯着父亲，父亲依然镇定地喊："老虎——老虎——出哦——"那野兽犹豫了一下，转身消失在树林中了。工人师傅的话加上我平日的经验，那滑岭岗顿时变得异样的恐怖起来，我几乎瘫软了不敢站起来。一看那阴森险恶雄峻矗立的山冈，我就浑身起鸡皮疙瘩。

　　天已经大亮了，四周的景物清晰起来，天空蔚蓝如洗，滑岭岗一片青葱苍翠，岗下的峡谷也是茂密青色的庄稼地，路上没有一个人影，除了紧紧攥着棍子踏上归途的我。我不敢吹嘘自己的勇敢，其实当时我是非常恐惧的，又无可奈何，要有一个人相伴，哪怕是一头牛或一只狗也好啊！可是，四周一片寂静，空荡荡的寂静，一个十一岁的小孩子握着一根棍子，惶恐地走进峡谷之中，那是多么无可奈何的事啊！我必须在清晨回到家中，不能让邻居知道，以免引起怀疑。这是父亲反复叮嘱过的，如果有人问起，就说是到丘山亲戚家有事。

　　我翻过了滑岭岗，已经看得见村子的房屋顶了，密密的竹林像一块绿色的绸子披在山坡上，静静地沐浴在清晨的霞光之中，青绿的稻田里还没有人影，只能偶尔听到几声犬吠传来。滑岭岗下面是一段陡峭的石级路，大约有一百多步石级，只有五尺来宽，两旁巴茅高达丈余，路边的野草蔓延过来交织在一起，大有遮盖石级的意思，走起来老缠在脚上，很不方便。再远一点就是森林，我们昨夜就曾潜伏在那森林的草丛中。

　　正在我一步步挨下山岗的时候，突然山梁上似乎只有几十米远的地方传来了那恐怖的声音："啊嗷——啊嗷——"凄厉而急切，我能想象得出肚子饿得干瘪的猛兽正在寻找食物，而我就即将成为它的美餐。我感到了空前的绝望，突然大叫一声："救命啊！"我狂奔起来，那石级上的草茎绊住我，我连滚带爬飞速前进，巴茅将我的脸和手割出了几十道血口，我顾不得疼痛，拼命狂奔，脚几乎没有点地，我扔掉了棍子，以最快的速度想逃离险境。那古怪的饥饿的叫声一声紧似一声，我只顾逃命，耳边呼呼生风。当我惊魂甫定站在村口稻田边的时候，才敢回首看一眼那险恶的滑岭岗，发现并没有猛兽冲下来，这才稍稍平静了一些，那怦怦猛跳的心仿佛提到了嗓子眼，我咽了一口唾沫，深深为自己英勇的行为赞叹，这山冈平日走下来少说也得半小时，而我今天最多用了十分钟！那猛兽的怪叫消失了，只见一群乌鸦飞越山冈而过，抑或刚才那古怪的声音就是乌鸦？是因为恐怖的联想才变调成为虎豹饥饿的吼叫了吗？我自己也无法解释。

　　我满脸血口走进家里，母亲惊慌失措地抱住我，问我怎么了。我向她和弟妹们讲述刚才惊恐万状的经历……

遥
远
的
青
沙
滩

一张借条

　　你有过借钱的经历吗？我曾经以为自己这辈子大概永远都要在借债中度日了。其中最惨沮的一次借钱经历发生在1988年深秋。

　　我那时工作已经六年多了，家里依然只有两间黑屋子，孩子们都长大了，还挤在一个房间里住，很不方便。家里房屋紧张的问题，成了母亲心头的一块病。我已经二十五岁了，还是光棍一条，大妹妹的孩子都快一岁了，母亲心里有多急呀！两个弟弟从小学三年级起就一直跟随我读书，一直将他们供养到初中毕业，我们兄弟仨同住一张大床达六年之久。这些年之所以不找对象，一大半因为家里贫困，最直接的原因是家里没有结婚的新房子。那时候在农村盖三间瓦房最少要花三千多元钱，而父亲已经年老，体力衰弱，在迅猛如潮的改革开放中，他那种原始的小农经济生产方式显然不能满足家庭日益扩大的开支，更别说盖房子这样的大事了。我也非常不容易，兄弟仨一年所有的费用都由我负担，自己还要搞自学进修，每月工资仅仅九十元钱，连生存都够呛，何谈盖房子。母亲有时候不是不考虑家里的经济承受能力的，但她急于抱孙子，几乎一见我就要提盖房子的事。经过仔细商量，我与母亲约定：她和父亲负责地基和土砖及屋上的瓦的钱，我负责门窗及屋上的横条、桷子等所有的木材钱。

从暑假开始，责任田里就开始打土砖了，还在一块靠近菜园的田里辟出三间房基，砌墙的石头也是我承包的，花了四百多块钱，本来是父亲的任务，但是他张罗工程开工后，却把付钱的任务交给我，我毫无办法只好去借钱。等到下半年地上所有的工程均结束了，父亲来催我的木材了，我原先没有计划到的一些钱都来找我要，在父母看来，我永远是一个有办法的人。为了让父母宽心，我不得不承担这些艰难的任务。

到金秋十月，木叶金黄的时节，已经没有退路了，就差横条和门窗的木材没有到位，而我东挪西借，几乎向所有的老同学开口，他们境况和我没有多少差别，也都是已经盖房或者已经成家，负担很重，只有陶霞姐顶着很大的压力借给我500元，说千万在半年内还清，否则就会出问题。那钱当时真是雪里送炭啊！正好一个新分配的师范生到我班上实习，他家住在大明，是著名的产木材的村子，他答应帮我买木材。过了几天就搭信说有一家有树价格也还合理。我与那位叫曹兴旺的树主讨价还价了半天，最后以750元钱成交。那确实是一堆漂亮的杉树木材，全部都干透了，松黄的树皮，每根都有两丈多长，除了截下一段做门窗，剩余的做横条相当扎实。我非常满意，约好日子带钱来扛木材。

眼看取木材的日子一天天接近，但是我搜尽所有的角落也只有600元钱，还差150元。明天就要去扛木材了，人员都定下来了，就等那关键的150元钱到位。从清晨起，我就徘徊在月山大桥上，心里想着借钱的事，只要是认识的人从这里经过，我就要跟他攀谈一会儿，然后向他借钱，我希望出现奇迹，有善心的有钱的熟人，肯借给我150元钱，哪怕几十块也好。但是这样的奇迹并未发生，一直到晚上八点钟，桥上行人已经断了踪迹，天黑

遥
远
的
青
沙
滩

下了，满天都是星星，晚风凉爽地吹拂我焦虑得发热的脸颊。我不想回学校的房间休息，一天没吃饭也不觉得饥饿。我沿着灰白色模模糊糊的公路，信马由缰地溜达，渐渐穿过三合村子，向下走，竟然来到了钓鱼台粮站，站长张俊是我的好朋友。对！到他那里去坐坐吧，反正也没地方可以去。正这样想着，突然从厕所里出来一个人，正是张俊兄，他对我仔细看了看，说："是吴老师吧？你这么晚有事吧？可吃饭了？"我摇摇头。他说："灶上有热饭热菜，你赶快去吃一口，然后上楼喝茶，我正有事找你呢。"

我突然感到了饥饿，就不客气地将灶上的饭菜一扫而光，上楼与张俊兄喝茶闲聊。我问："你有什么事要我帮忙？"他说："最近县局要开展五洁粮站评比检查，需要写一份材料，你是高手，能不能请你代劳一下？"我看了一下文件及他们准备的材料，说："没问题。什么时间要？——只是这几天家里盖房子，要去大明买树，没时间呀！"他说不是很急，一个星期内完成就行。我答应了。

他见我一脸沉重，还不时叹气，就问："看你脸色很沉重的，有什么心事吗？也许遇到什么难事了吧？"我就将明天要去大明扛树，缺150元钱的事跟他说了。也不好向他开口借钱。他说："你要去大明曹兴旺家买树，缺150元钱吗？这点小事，你怎么不早跟我说呢？"我眼睛顿时大放光明，难道绝处逢生的奇迹发生了吗？只见张兄走到大衣柜边，拉开一个抽屉，翻出一张纸来，对我说："你看巧不巧？曹兴旺是我的好朋友，他是我们粮站资助的养猪专业户，我们常年为他提供饲料。你看，他欠了我150元钱，你把这张欠条还给他，不就解决你的难题了吗？"啊，天哪！竟然有这样的巧事！我当时是多么兴奋啊！简直是欢呼起来啦！在最关键时刻向你伸出援手的人是你最好的朋友，张兄在我最焦急的时刻提供的珍贵帮助，是我这辈子永远难忘的温馨记忆。我也必须对得起朋友，当夜就开始写材料，一直到东方泛出鱼肚白，我才写完，他还在睡觉，我将文稿放在桌上，揣着那张珍贵的借条，兴冲冲向大明进发。

　　曹兴旺老人得知我是张站长的好朋友，当面撕掉了那张借条，还留我吃了早饭，并另外送我一根杉树。我感受到了人间友情的珍贵。当我看到弟弟带来的一群同学，扛着杉树穿行于大山的山路上，蜿蜒像一条长龙，心里充满了一种前所未有骄傲与自豪。

　　一个月后，新房建起来了，搬进新居仅仅三天，就有一个姑娘愿意嫁给我，母亲的心里乐开了花，但是谁也无法预料后面将出现悲惨的"拆房"风波，并最终导致了母亲的离世，建新房竟然成为我心中永远抹不去的痛。

遥远的青沙滩

雨姑的故事

婆婆（家乡话唤曾祖母为婆婆）是我心中最善良最温柔的女人。

说来奇怪，婆婆的一生很少有阳光灿烂的日子，从生到死都和雨有关，在雨中来到这个世界，又在雨中去往另一个世界。

到我四五岁能记事的时候，婆婆已经八十岁了。但是她的头发依然乌黑，眼睛依然明亮，竟然能辨别出三四十米远处我的身影，手臂也很有力，能整个上午背着我到处玩耍。据爷爷回忆，婆婆应该生于清光绪十五年（1889），她娘家很穷，住的是草棚，婆婆出生时正下暴雨，草棚漏水，外面大落里面小落，雨水滴到她还拖着脐带的身上，因此她的小名叫"雨姑"，大名好像叫"朱凤英"，但我喊她永远是"婆婆"。

假如她有很好的记忆力，那么她的经历、回忆应该是一部活的历史，有据可查的是：她的亲弟弟朱毓琦是我们家乡最早参加红军的革命者，曾在罗汉山脉打过游击，还配合过湖北游击队司令李先念将军，但不幸在1929年因叛徒出卖而被捕入狱，死于国民党反动派的屠刀之下。然而可惜的是这些往事婆婆都不记得了，她除了慈爱还是慈爱，她是由慈爱组成的勤劳俭朴、默默无闻的女人。她只生了三个孩子，一个是我爷爷，一个是我的姑奶奶，头发比她白得早，还有一个叫"四爷爷"的是爷爷的胞弟，过继给他人了，我从没有见过。她八十岁之前的经历我一片迷茫，只偶尔听她讲一些清末太平天国时候长毛烧毁我们村子全部木楼的故事，和她母亲让她裹脚她不愿又没有办法的往事，其余一概不知。我能够真切回忆的都是她八十岁之后的事情。

有一年夏天，稻场上晒满了新收获的稻子，奶奶交给婆婆的两个任务是：看好这些稻谷，别让麻雀偷吃，如果下雨就要及时收起来；另外要照看好我，别让我掉进河里。我当时四岁半的样子，体重虽然只有二十来斤，但是却好动异常，从不愿老老实实待在一个地方，对天上飞的红蜻蜓、灰蜻蜓、花蜻蜓特别感兴趣，更喜欢到河岸边对着水里的影子说话，并捡石块投进水里，看水面溅起浪花。只要婆婆放下我，去翻晒稻谷或者用棍子赶走来到晒薕（一种竹篾制成的圆形有边框的直径约一米六的器具，主要用来晒稻谷、麦子和山芋丝等）下面的猪和鸡鸭时，一转眼工夫我就跑到了河边。婆婆迅速扔掉棍子，迈开她的粽子般的三寸金莲，快步跑到河边，一把抓住我，说："你这个非常（家乡话，谓不按规矩行事）的孩子！当心掉进水里呀！"她做出要打我的样子，我一点儿都不惧怕，因为她的手永远只是帮我抓痒痒，从来没有打在我的身上。她把我背在背上，回到墙根下的阴凉处。几分钟后，我就挣扎着要下地，因为我很讨厌她随身带着的粪箬子，她用一根柴火将猪狗的粪便捡进箬子里，随见随捡，也不知猴年马月能够拾满一筐粪便。但她并不着急，说"一点点积累就多了"。大集体时，谁都愿意挑婆婆家厕所的粪，说施了肥的瓜儿特别大，种的菜也特别壮硕。而我则非常讨厌她背我的时候，还带着那发臭的粪箬子，一群苍蝇"嗡嗡嗡"地跟在她身边，令人恶心。每次都是手舞足蹈大声假哭抗议她抱我的时候还捡猪粪，但婆婆依然心平气和地说："儿，过来呀。"我指着粪箕子，向后退，她一边使眼色，一边抿嘴唇，并伸出青筋暴出的枯瘦的双手，示意我过去，我死活不依，她没有办法，只得妥协，把粪箕子放进壁角里。

我们玩的地方除了这大稻场之外，永远只有两处：一是村里的两个堂厅，一是屋后面田畈边一条优美寂静的小溪，小溪上有四五处小瀑布，瀑布下面是绿色的翻着波浪的深潭，潭上巴茅等草木覆盖，有很多花蜘蛛结网在河道上，不时可以看到苍蝇、蚊子、蝴蝶等飞虫撞到网上，被蜘蛛逮住，偶尔也有我最喜欢的浑身青色头闪金光的夜蜻蜓被网住。溪边的沙滩上可以玩耍，溪水的石缝里可以找到小螃蟹。过年过节时，我不愿出村子去玩，而今是夏天了，我则渴望去小溪边看花蜘蛛捕小虫了。

这是一条清澈透亮的小溪，溪水都是山坞竹林里淌下来的清泉，即使是夏天，也非常凉爽清冽，水中有许多光滑的鹅卵石，石缝里是紫色小螃蟹和黑花石斑鱼的家。我穿着凉鞋到溪边捡鹅卵石，把它们一一排列在沙滩上，而婆婆却神不知鬼不觉地拿出脏衣服和皂荚（皂荚树结的果子，可以用来洗衣服，在没有肥皂的山村，清洗衣物主要用这种褐色的皂荚）在青色光溜溜的捣衣砧上洗起衣服来。那主要是奶奶换下的脏衣服，奶奶五十岁了，但还要忙农活，她的衣服总是婆婆洗刷，甚至连同做饭洗碗扫地等都是婆婆的活计。婆婆毫无怨言默默做了几十年，仿佛就是家里的一个仆人。

"婆婆，快来！"我发现石洞里有一只小螃蟹，瞪着两个凸出的小眼睛，好像很不高兴我们惊动了它的幽居。我呼婆婆来帮忙，但她有点儿耳背，没听见，依然在全神贯注地洗衣服。于是，我大声喊起来，她终于听见了，放下手里的衣服，挪动她的粽子脚，过来了。我指那螃蟹给她看，她说："水浑了看不见，要等一下水清了才能抓到它。"于是我来到岸上，蹲下来扶着大腿，眼睛一眨也不眨地盯着水潭，盼望它早些清起来。

潭水终于澄清了，我又看见螃蟹两只凸出的眼睛了，并伸出一对钳子般的金黄色的螯子。婆婆蹚着水过来了，那螃蟹一闻水响，立即搅起一团浑水，退回洞里去了，我十分失望。只见婆婆用她那双枯瘦得像竹节一样的有力的手，掏出很多沙子，在石洞边筑起了一道圆形的沙堤，然后摘下一片大叶子做成一个简易的瓢，一瓢一瓢舀光沙堤里的浑水，蟹洞露出来了，婆婆揭去石盖，螃蟹完全暴露出来，仓皇向沙堤逃跑。婆婆按住螃蟹的硬壳，轻轻将螃蟹一翻，就抓在手里了，螃蟹在空中还晃动一对大螯和八只小脚，但已经无济于事了。婆婆伸直了腰，向我笑了，她嘴里光秃秃的没有一颗牙齿。我急切地伸出小手，要拿螃蟹，婆婆说："它会夹人的，等回家用个瓶子养着玩吧。"我执意现在就要玩，她只好教我抓住它的方法。我用四根指头按住螃蟹的硬壳，拇指却不敢伸进它的腹部将它翻过来。这螃蟹大概知道我的力气小，在我手里挣扎得更厉害，我的小手根本上就控制不了它，大拇指一滑，正好就着螃蟹的一只大钳子，白嫩的小指头被夹住了，我痛得大哭起来，一甩还甩不掉。婆婆赶紧过来掰开螃蟹的钳子，一把将它扔进了水潭里，它慌忙躲进了深潭下面的石缝中。婆婆一面骂螃蟹，一面给我揉伤处，还不断向伤口吹凉气。我很讨厌螃蟹这个横着走路的丑八怪。婆婆说这螃蟹肚子里有米粒般大小的山蚂蟥，吸人的血，从此，我见螃蟹就怕，不敢碰它，更别说吃螃蟹了。

小溪两岸丛生着巴茅、掌叶草、刺禾、春藤以及一些连婆婆也不知道名字的草木。草叶之间可以看见一个个蜘蛛网，与老屋天井四角及阴沟里黑脚蜘蛛网不同，这是长肚子花脚蜘蛛的网，中间是一个白色的"X"，花脚蜘蛛悠闲地待在中间休息，等待送

遥远的青沙滩

上门来的花脚蚊子、绿头苍蝇、白翅黄须的蝴蝶。那细密的网丝上沾着许多白色的丝包，里面都是飞虫们的尸体。我很喜欢这些美丽的蜘蛛网，一路走一路数着有几张网。碰到小得像筛箩般的小网，我就嗤之以鼻；遇到米筛般的大网，就啧啧称奇。突然，我眼前有一个花花绿绿的东西，振着两支轻纱般透明的翅膀箭一般从眼前飞过。原来是美丽的大头蜻蜓。平日里，它总在高空矫健地飞行，还不时停住它那宽阔的翅膀，却不料今天在这条小沟里也看到了它。我的目光锁定它，目送它远去。正在无限惋惜它的消逝时，突然它又折了回来，从深沟中飞了出来。就在它经过我眼前的一刹那，我看清了它的圆圆的脑袋像镶嵌了各色珍珠那样晶莹闪亮，翅膀有一寸来宽，黄绿相间的身躯足有半尺多长，非常美丽，比经常停歇在路边石头或草叶上的灰蜻蜓大好几倍。我一直想得到一只这样的大蜻蜓，可惜没有办法逮住它。

我拉着婆婆的手，沿着溪边的平路往回走，在即将走出溪口的时候，我听到一阵猛烈的"沙沙沙"的挣扎声。抬头一看，只见一张麻筛（比米筛更大的筛子）大的网上，刚才那美丽的大蜻蜓正在拼命挣扎，想逃出罗网。它强健的身躯使整个丝网剧烈摇晃，那花脚大蜘蛛吓得躲在草叶后面不敢上前攻击它。"沙沙——沙沙——"那声音分明就是在喊"救命——救命——"。我知道它是绝难逃出罗网的，因为蛛丝虽然细，却有无比强的韧劲。等蜻蜓累得筋疲力尽，蜘蛛就会扑上来吃掉它，然后重新修补破损的网。那张网并不高，婆婆完全可以解救网上的大蜻蜓。婆婆也看到了，她说："儿，你等着，我去捉住它。"说完就跳进河里，拨开巴茅向蛛网挨过去。蜻蜓好像知道有人要搭救它似的，忽然停住了挣扎一动不动地等着。婆婆竹节似的三个手指钳住了蜻蜓的翅膀，摘下蜻蜓，轻轻抹去它身上的蛛丝，让它活动活动身子。那张网被弄出一个巨大的破洞，蜘蛛无可奈何地躲在边远的地方，仿佛在叹气。

我得到了这巨大而美丽的蜻蜓，童心得到了极大的满足，用无限感激的目光看了看慈祥而充满智慧的婆婆。

我问婆婆："蜻蜓吃什么呀？"

"它专门吃稻田里的飞虫，尤其喜欢吃蚊子。"婆婆回答。

"那我们怎么养活它呢？"

"它的家在稻田里，你这样捏着它，一会儿它就飞不起来了，下午就会饿死的。"

"我不想它死，怎么办呢？"

"那你放它回家吧。"

我伸开手，大蜻蜓拍拍翅膀，趔趄了一下，划了一道弧线，飞进绿油油的晚稻田间去了。"蜻蜓回家啰！蜻蜓回家啰！"我拍手欢呼起来。婆婆赞许地看着我，说："不能杀生，蛇虫蚂蚁都贪生，更不能伤害这些对庄稼有好处的东西。"我的婆婆简直就像佛教徒那样仁慈善良，虽然她并不知道佛教的教义，我也没有听她念过什么"阿弥陀佛"之类的佛号。

我们来到一块晚稻田边，那密密的秧苗绿油油的非常可爱，有许多彩色的蝴蝶在跳着令人眼花缭乱的舞蹈，一群蜻蜓正在捕捉这些蝴蝶。这时，婆婆发现生产队里晒的黄表纸有一帖被风吹落到田坝上，她叫我不要动，等她去捡起那纸张。她捡到那帖纸后，又发现上面还有几贴纸，就又爬了上去，并且在那里发现了几堆猪粪。就又向我喊道："儿，你等着，我回家拿粪箕子，马上回来啊。你不要走远了呀，听话啊！"我知道从那里回家只要翻一道小山，便坐下来，神情专注地看草丛里蚂蚁抬青虫。过了好长时间，婆婆还不回来，太阳晒得我满头大汗，我就到河沟阴坐下来，两脚浸在水里。在河边大约两尺多高的地方有一片白芋，像荷叶一样的边沿圆润的叶子很好看，我看见热天的时候人们举着这叶子挡太阳。那叶子下面既干净又凉爽，于是我爬进了白芋叶中。

　　婆婆来到了田边，喊了我几声，没有听到回答，就急切地沿着小溪向上游找去了，沿路不停喊我的名字，我相信她会返回的，就故意不答应她。后来，我竟在芋叶下面睡着了。中午我还没有醒。天却下雨了，接着是很响的炸雷，雨点很大，打得白芋叶"哗哗"响，我被震醒了，吓了一大跳。外面的雨水像瓢泼似的倾泻而下，天地之间织成了一张密密的雨网，还夹着气势磅礴的轰鸣声，从山后的深坞里涌出千百条山洪，很快就将小溪涨满了，洪水迅疾地从我身边涌过去，我已经全身湿透了，冷得瑟瑟发抖，由于极度的恐惧，我放声大哭起来，同时万分后悔不该跟婆婆开这样大的玩笑。

　　我哭了很久，终于被一个人发现了，她便是四处寻找我的母亲。她是在小溪上游听到哭声才发现我的。她蹚过洪水一把抱住我，一面骂着婆婆："老糊涂的东西，把孩子丢在这样的地方，万一有个三长两短，我看她怎么交代！"我只是哭泣，但是心里觉得委屈了婆婆，这都是我调皮带来的后果。

　　经过稻场时，我看见晒着的稻谷都收起来了。同时听到奶奶正在厉声责骂婆婆："你把孩子丢到哪里去了？找一个中午都找不到，肯定被狼吃掉了，我看你怎么交代！——孩子没找到，你还有空去帮别人收谷？"婆婆一句也不答应，像一尊菩萨入定，一半因为理亏，一半大约因为听不清。妈妈把湿淋淋的我甩在婆婆跟前，奶奶这才转怒为喜，让婆婆赶快准备热水给我洗澡。婆婆帮我洗完澡，抱着我默默地流眼泪，什么话都没有说，只是不停地抚我的后背。

　　等我洗完澡，奶奶找来一把大扫帚，让婆婆拖着我的湿衣服，到我待的地方去帮我叫魂。母亲背着我走在中间，奶奶在前面边走边喊："华儿哎，别受惊吓呵——"

婆婆在后面回答："哦。"

奶奶又喊："华儿哎，吓着魂上身呵——"

婆婆回答："来了。"

奶奶又说："华儿哎，沿原路回家呵——"

婆婆回答："来了。"

奶奶又说："华儿哎，日爱茶饭夜爱寝呵——"

婆婆回答："来了来了。"

……

我伏在母亲背上，既感到丢人现眼，又觉得深深对不起婆婆，始终不敢抬起头。奶奶奇怪的声调引来了很多人围观，邻居纷纷探问发生了什么事情。知情人啧啧惊叹危险，也责备婆婆的严重失职。

然而，也有几个人同情婆婆，说："也不能怪她，她寻找了一个上午，我见她又爬山又下河，累得满头大汗，还重重摔了几跤。"

"要不是她帮忙，十几薁谷都要泡到水里了。"

"她的粪篼子不知丢到哪里去了，为了找那个孩子。——孩子也太调皮了。"

"唉，随你怎么骂，她不还一句嘴，真是个无性子的老人。"

也许，这些才是最公正的裁判，责备她多么不合理呀！

这就是我的婆婆。

如今，她死了，是在雨中死去的。据说，她临死前，天天叨念我的名字，她的头发终于全白了，眼睛也看不见东西。拄着一根九十岁生日我送给她的龙头拐杖，埋怨我回了家也不去看她，看到和我差不多模样的孩子就用棍子打，她是思念之极而犯糊涂了吧。我亲自送她的灵柩上山，我看见她的黑棺材被一群穿蓑衣的人放进挖好的土坑中，然后垒起一个圆锥形的土堆，竖一块没有写任何字的大理石墓碑。这个九十五年前在大雨中来到人世的"雨姑"，又在大雨中被我们送进了另一个世界。我跪在大雨中虔诚而内疚地埋葬了我善良的婆婆。

　　我是在雨里送走我婆婆的，那年我十八岁，我流了很多泪，不知婆婆晓得不。我很遗憾，她临死时我还在外地读书，没有看到她最后一眼。我跟婆婆睡了六七年，她在寒冷的夜里总是把我的双脚抱在她的怀里，我也曾经将她的三寸粽子脚抱在怀里。她粗糙的手抚摸过我每一寸肌肤，她在夏夜里用破芭蕉扇给我驱赶蚊子，她拄着拐杖在村口等我放牛归来，她给我烧洗澡的热水，她给我炖排骨汤，她还在我生病的时候给我叫魂。我在她背上度过了我最调皮的烂漫童年。她将她的善良永远烙进了我的心里。

　　我深深怀念我的婆婆——雨姑。

爷 爷

回家后，我处理完琐事，就去看爷爷。可是他家的门关着，下午才看见他，看见他的时候，正是我惊呆了的时候。

爷爷，这就是我爷爷吗？他似乎缩小了一倍，轻瘦得我似乎只用一只手便可以把他提起来；头顶上露出鲜红的发饼似的秃顶来，除了这个红饼，便不剩别的了。他那么瘦，脸上的皱纹显得特别深。脸色蜡黄，一双小眼睛十分混浊，黯淡无神；他双手紧搭在脐间，身躯蜷曲着，弓着一个凸起的驼背，脸上满是痉挛的表情；他的手，握过千百次锄、犁、镐、竿柄的手，现在像干竹节，毫无力气！

穿着倒没有变，还是黑便当裤，不过料子由老布换成了的确良；褂子还是布扣子的老式褂子。他坐在那儿，像一尊变了形的奇怪的雕塑。看着他，我的心里不由一阵酸。对比自己的丰腴健壮，心里不由升起无限的哀怜。我是从爷爷那儿来的，如今我长大长高长胖了，而劳苦了一辈子的爷爷却衰老不堪。

"爷爷，您生病了吗？"我的鼻子有点酸。

"嗯，我要回去了。"他的话很短，很低，像从喉咙里滚出来似的。因为他说这话时嘴似乎并没有动。这奇怪的声音，在我听来仿佛来自另一个世界。我战栗了，忙安慰他说："不，不，爷爷，您不会的……您……"

"……"他很沉重地摇了摇头。

"爷爷，这是我买给您的罐头和糖，您吃一些吧。"

"我不要，我吃不得。"他想站起来但没有成功。我分明看见他很激动，这激动也许又让他更痛苦了，他的手分明按得更紧了。

从他那儿回来，我便坐不住，头脑里的爷爷的几幅肖像凑到一处了。

大约一个月前，正是花明柳暗的四月吧，我在沙滩上玩耍，捡鹅卵石。一边拣，一边想着童年的趣事，自然想起爷爷来。想起小时候曾在爷爷的怀里撒娇，扯他那稀疏的黄胡子。想着想着，猛一抬头，一个穿着黑便当裤，黑布扣褂子，戴着草帽的老人向我走来。这不正是爷爷么？面色黄白，小眼睛，黄胡子。我迎上去，叫他。

"您从哪儿来？爷爷，到我们学校去吧。"看着他风尘仆仆的样子，我问，并诚心希望他能到我们学校去看看，因为我工作两年了，他还一次也没有去过呢。

"不，不去吧，要回家。"声音很低，但很柔和，很平稳。不过，不难听出是带病的声音。

他说，他在山里看"东西"回来，我知道那指的是棺材。

他积存了许多年，为自己准备归宿。

爷爷走了，我看见他的背影在明媚的春光里飘忽。对于他，是正走向坟墓。

这个形象似乎并不像以前的爷爷。

农业学大寨时，含笑抢着农具在田地里挥汗如雨的爷爷……

生产队的绿油油的中稻田里，戴一顶破草帽，顶着烈日薅草的爷爷……

在漆黑的林间，一个勇敢的青年，肩上垫着一块老蓝布，扛着二尺粗的木材，向东方的黎明奔去，那是想象中更年轻的爷爷……

清凉的早晨，鲜红的太阳，青山，绿水，爷爷站在石头桥上，向我笑……

做新郎时，亲自抬花轿装轿夫的爷爷，红润着脸膛满面喜气向我走来……

一张接一张，新的叠旧的，最后都变成一个蜷缩、清瘦、穿黑便当裤和黑布扣子褂的奇怪的雕塑。

啊，我的爷爷！这是我的爷爷吗？

遥远的青沙滩

今天是圣诞节，一个祥和宁静的日子。阳光明媚，风和日丽。四处欢声笑语，城市街道五彩缤纷，一片节日的喧阗气象，人们相互赠送礼品祝福，而我却孤坐在家中看书。因而想起遥远的家乡，想起儿时的伙伴，心中充满了另一种幸福甜蜜的感觉。

我的家乡远在千里之外的大别山，那里山清水秀，风景优美。高大的松树，青翠的竹子，密密麻麻地掩映了梯田梯地，田间地头是农家的果园菜地，四季瓜果飘香，很是诱人。但最令我不能忘记的是跟祖母去一个叫"观音桥"的地方玩，那是一个叫"水尾"的处所，我们小时候吃到的毛鱼都来自那个神秘的地方。

祖母没有自己真正的娘家，她的出身是个谜，挺有传奇色彩。有人说她父亲是一个很有钱的大地主，娶了九个老婆，我的祖母便是那最小的妾所生，一生下来大地主就把她娘儿俩抛弃了，当然是给了一笔生活费的。后来她们四处漂泊，来到了安徽，她母亲后来又神秘地不知所终，而她却来到了我家，给爷爷做了童养媳，因此有了我父亲和我们。祖母是一个很聪明的人，从那女红活计的精湛，就知道她一定出自名门之后，她不知从哪学来的手艺（她从未对我们讲过），能在鞋帮、鞋尖上绣出形象逼真的各种小动物，猫儿、狗儿、鸳鸯等，丰富多彩，我至今还记得那金红色鸳鸯的黑眼睛和小狗的翘尾巴。祖母还是有名的厨师，能够主持并亲手做全套的三元大酒席所有的菜肴，因此远近都闻名，凡有婚丧嫁娶，总有人来请她去主持宴席或做重要参谋。这样一来，她逐渐培养出另一个才能——做媒。也果真有眼力，她撮合了许多对夫妻，这些夫妻婚后均相当和谐满意，每年总有几对来给祖母拜年，我小时候就曾见过多次，每回他们总要给我一些糖果、花生之类的小礼物。因此我对他们有很好的印象，也因此非常佩服祖母的口才和审美判断能力。但祖母只给那些漂亮姑娘和帅小伙做媒，这大约与祖母爱美有关，她不仅一年四季穿着打扮得整齐洁净，而且连家里吃的、用的东西都收拾得整齐清爽，她住的房子虽然不大，却让你感觉非常舒服。也就在有一年秋天，祖母因做一个远媒要乘船去外地，在一个叫"观音桥"的地方出了些意外，被一个姓陈的船翁救了命。为了感激他，祖母答应给他大儿子说媒，后来竟说成了，这样一来两家就走动起来，逐渐发展到两家红白喜事都礼尚往来了。最终，祖母干脆认了陈老伯作义父，并真正当娘家走起来，这样祖母就有了一个"归省"的地方了。也就因为祖母的这一层关系，我认识了一个没有血缘关系的表哥——叫小明哥哥的伙伴。

那时我七八岁吧，上了小学，整天想跟祖母到她娘家去找小明哥哥玩。因为小明哥说，夏天之后，大水退去，他家门口就是一片青沙滩，沙滩上有许多小贝壳、螺丝、小蚌，非常有趣，而且还可以做许多陆地上没法做的游戏。那沙滩松软、柔细，躺在沙里浑身舒服，不远处就是水尾，可以用小网逮鱼虾。我摸着小明哥送给我的光溜溜的贝壳，神往那个美妙的地方。

终于有一年暑假，祖母同意带我去，那高兴劲儿就甭提了。我生平第一次坐船，从大山里一出来，顿时豁然开朗，好大一片蔚蓝而平静的水面，在群山丛中，水面宽阔无边，把我们所有的村子扔进水里，是不可能填满的。夏天热，但水面却凉风习习，不时有鱼儿跃出水面，船老大说了鲢鱼、鳊鱼、白条、胖头、青鲲、草鲲等我从未听过的鱼名。船有时摇晃，我吓得要哭，只有依在祖母怀里，不敢动一动。终于到了"观音桥"，其实所谓桥早已被水淹没，只有一座很小的庙还在半山腰里，招来远近四方求子心切的信徒，祖母这回肯带我去是为了给大叔求子，说带上我让娘娘喜欢吧。总之，我是见到了时常想念的小明哥。他个子大，皮肤黝黑，一双大手很有力气，又是游泳能手，还会捕鱼，因此在同村的孩子中最有威信。他能指挥一大群孩子玩耍，而且向他们宣布：谁都不许欺负我，因为我是客人。那些叫作什么铁蛋、羊儿、牛儿、狗儿的小伙伴一个个都主动来招呼我。我只对鹅卵石、贝壳、蚌壳之类的东西感兴趣，于是在那一大片水退后的青沙滩上，一群小孩子在骄阳下尽情地玩耍，他们帮我捡了几百只小贝壳，还有五光十色的鹅卵石，足够我带回去向同村的小伙伴炫耀了。然后我们掘沙筑堤，到堤外引水，蓄水，然后决堤，看谁做的堤能够经受住考验，当然是小明哥那一组力量大，总是取胜，于是欢呼雀跃。不胜的一方突然发动进攻，接着展开一场"搏斗"，在那沙沙作响的沙滩上，一群光屁股蛋的小孩互相摔跤角力起来，然后一起倒下，后来的堆上去，形成一堆横七竖八的"孩子山"，最后又"轰"的一下散开了……我只能做看客，为小明哥喊"加油"，紧攥着手里的鹅卵石，急得干冒汗。清风从湖面上吹来，略带一点腥味，碧蓝碧蓝的水面上，点点小舟，如蚂蚁一般缓缓移动，也不时传来摇船的小伙子和姑娘们的欢笑声，天上是白云朵朵，晴空瓦蓝无际，四周是青山耸立，而眼前就是那宽阔、松软的青色沙滩，和一群天真无邪的孩子……

　　短暂的做客很快就结束了，祖母办完了事，又带我乘船回

遥远的青沙滩

家，我挥手向小明哥告别，许诺明年再来玩。但是，这一去就再也没有来过，一直到现在。而今祖母也去世了，她的坟墓就朝向那"观音桥"，而所谓的"观音桥"据说已经是一片烂泥田了，儿时的青沙滩早已被日积月累的淤泥吞没，也同时永久地吞噬了那儿时的一片梦幻。而当年玩沙战的小伙伴也已为人父，他们还会在某一刻记起青沙滩上的往事么？

雪地英雄

　　明天就是大年除夕，一个中国人最看重的日子。一年将尽新的一年又要开始了。此时思乡之情犹如游丝绕树，交错缠络难以排解，尤其昨天与父亲通了电话之后，心中升起了一股深深的内疚。已经四年未见过他老人家了，自母亲1993年去世后，他一个人独立支撑，在家茹苦含辛，已属不易；更何况当今世界，经济发达，物欲横流，许多我熟悉的儿时伙伴，大都不喜欢读书，可刹那间却成了暴发户，个个腰缠万贯，其中四五个还开着私家车回家过年，真让我们这些十年寒窗却依旧清贫者自愧不如。已经是大学教师了，犹不能让父亲过上安逸的生活，我的心中也是油煎火熬一般啊！古语说："养儿防老。"而今父亲已老，我辈却不能养，真愧为人子啊！也许，老天懂我内心的愧悔，总是这样阴沉着脸，四面低垂，白茫茫的，饱含着雨气，还不时刮来一阵刺骨的北风，间或下一阵冷雨，甚至降一阵冰雹，看来非下雪不可了。干脆来一场大雪吧，最好是"千山鸟飞绝，万径人踪灭"那样的酷寒境界。这样的雪境才能让我忆起父亲的伟大和坚韧来。

　　那一年，父亲大约三十五岁，我十二三岁，正念初二。好大一场兆丰年的瑞雪！足足下了三四天，一直到腊月二十九早上才肯停下来，地上积雪有两尺多深，千峰万壑所有裸露的地方全部是柔白圆润的一片，草木都被白雪覆盖，连那些高大的松杉竹木都只是稍微露出一点儿凸起的大白雪团，成堆成堆地连在一起，远看就是一朵朵厚重的白蘑菇。天地之间一片沉寂，没有风也没有声音。而大年在即，明天就是除夕。我和父亲必须上山去，因为没有蒸年糕的劈柴。我们必须去刨开积雪找到砍伐过的松树苑，把它们挖起，劈开，做柴火。早上母亲很早就催我们起床，穿上便于砍柴的轻便衣服（必须脱去棉袄、棉裤、棉鞋，戴上手套，在胶鞋底上绑稻草绳防滑），拿起扁担、角锄上山挖树根，要挖死掉一年后的干透的松树根。父亲打扮更精神，破夹袄半敞着领口，铁一样坚硬的手不戴手套，握一柄挖生地的大锄（我当时很羡慕那挖地的姿势，期望自己早日长大长壮，能像父亲一样轻巧地挥动大锄），脚上穿破解放鞋，裤脚扎起来，十分灵便。我们来到上屋凹，爬上林家冲尖顶，展现在眼前的是一个完全纯白的世界！四周群峰连绵簇拥，脚下是一片白茫茫的斜坡，成片成片的"白蘑菇"之间有一些稍微平缓倾斜的山地，那里便可以找到我们需要的柴火。父亲紫酱色的脸上满是笑意，是那种很自信的笑，两眼闪着机警而坚毅的光芒，这种虽然清贫却坚韧的精神风貌是父亲留给我最深的印象。这雪野深山，只有我们两个人，地上弯弯曲曲留下我们两个人的足迹。这些山梁山坞本是我们平时打柴常来之处，所以很熟悉，很快我便用角锄在雪地里找到了三四个松树苑，呼喊父亲来挖，只见父亲摆好姿势，刨开积雪，挥动大锄，只十几锄就将我必须挖大半上午的树苑完整地挖起来了，雪地上留下一片新翻出来的黄土和树根草须。让我们惊讶的是竟挖起了许多已发芽的绿草，父亲也叹息说："你看，这些草，真不怕冷，还是黄绿的呢！"我接道："天地间也有我们两个不怕冷的人。"父亲和我相视一笑。

雪地上留下了十几个布满新翻泥土的坑，一大堆松树根叠在路边，足有一百多斤。这些死了一年多的松黄发黑的树根，依然泛着一股松木的清香，虽然不十分干，但由于有充足的松油，只要一点火就能着，是最上等的罗汉松柴火。父亲说，这些柴火除了供家里需要外，还可以出卖一些。他现在只穿单夹袄，红球衫，十分英武，而且还满脸流汗，叫我把他的破夹袄披着，简直有一种征服天地严寒的意味。我们忘记了一切，只有一种劳动的快乐；也忘记了贫困，只有一种战胜自然的豪情。父亲把树根整理好，做成满满一担，扁担在他的肩头上下颤动，欢快地跳成一个个圆弧形，我扛着两把锄头走在前面。雪地上印上我们返回的脚印，稻草绳在鞋印里又添上一些美丽的花纹。我们朝山谷里升起炊烟的地方走去，那里正在忙着过大年呢！

　　中午，父亲把劈柴分成两份，一部分留着家里蒸年糕，另一部分挑出山外，据说卖给了一个在供销社工作的主任，只得了三元钱。那三元钱做了什么，我已记不得了，只记得父亲简直是一个真正的雪地英雄，记得他那在雪野深山刨雪挖树根的十分英武的形象。

　　这是贫穷年代留下的深深记忆，也是我印象中关于父亲的最亲切动人的一部分。如今，父亲已经年迈体弱，而我也过了当年父亲的年龄，但我深深觉得：现在生活安逸了，富裕了，却仿佛缺少某种东西，可能就是那种征服困难永不低头的精神意志吧。

　　正在这时，妻子和儿子逛商场购年货回家了，儿子一进门就喊："外面好冷！"我赶紧把儿子抱在怀里，一边帮他暖手，一边给他讲我小时候跟我父亲在雪野深山挖树根的故事，并希望在那双清澈见底、天真无邪的眼睛里注入一些坚毅顽强的种子。

雪地英雄

围巾的故事

我有一个小小的愿望：就是想得到一条真正的围巾。

你也许会奇怪，这有什么难呢？花钱去围巾店里买一条不就得了吗！真是故作崎岖。但是，你还没有了解我想要一条围巾的曲折经历。这其中每一次的刺激，都给我的心灵带来一次不平凡甚至可以说是辛酸的震颤。

还是让我来慢慢讲给你听。

记得大约五岁的时候，我要开始上学了。我们家有一幅油画像，一个青年夹着一把油纸伞迈步向前方，身边是他的夫人，背后是风起云涌的天空和远山。他们身上显眼的就是各有一条白围巾，围巾的一端潇洒地飘起，有一种说不出的美。这张油画由我的姑姑保存，还特地做了一个镀了金边的玻璃框子。姑姑那时二十来岁，圆圆的脸蛋，黑黑的眼睛，是全村最漂亮的。她还是文艺宣传的骨干。她非常疼爱我，不管在哪儿她都喜欢带着我，还和她的女友们经常逗我玩。我也总是黏着她，每天晚上都赖着跟她睡。

有一天，姑姑从箱子里拿出一条白围巾系在我的颈上，对我说："华儿，今天要念书了，从此要听老师的话，不许逃学，要用心念书啊！"我心里多么高兴！就这样被姑姑背着上学了。只是很遗憾，那条白围巾仅仅在我颈上系了一天，姑姑就要回去了，说是搞宣传要出远门，并许诺明年过年织一条新的给我。可是不到第二年年末，姑姑就远嫁他乡了。我牵着她的手哭着送了她很远。让我最不能接受的是，那条白围巾竟然系在满脸笑容不停地给我糖果的姑爷颈上，我嫉恨地盯着他，把糖果全扔在地上……从此，我的第一条围巾就这样失去了。

以后，家里很穷。弟妹们一个一个来到世上，父母连吃都忙不过来，哪还管你身上的装饰。顶多在隆冬时节，看着露出颈脖的我，说一句该买一件夹袄了。我也就在不敢有任何奢望的日子里度过了我漫长的童年。

1982年参加工作以后，我是家里唯一"吃皇粮"的人，每月拿工资养家糊口。那一年正月初四，我去安庆参加自学考试，十四岁的大妹妹，拉着我的手，眼里露出无限的渴望，说："哥，听说安庆有很多很多的围巾，你一定给我买一条啊！买一条别的女孩没有的啊！"

"嗯。"我答应了。

在安庆，我省吃俭用，给妹妹买了一条鲜艳的夹着闪光丝的围巾。妹妹那个高兴劲儿就甭提了。然而又有谁想到我也该买一条围巾呢？且不说围巾能挡住钻进领子里的寒风，单是护住领子避尘也是万分必要的啊。可是，我已经实在没有钱给自己买了，因为每年的钱似乎永远不够用，弟妹上学，自己自学，给家里买米买油买柴买菜……需要钱的地方似乎无穷无尽。

我始终没有属于自己的围巾。

随着时间的流逝，妹妹已经长大成人，那条围巾——曾让她在同伴面前靓丽骄傲过几年的围巾，已经被丢弃在房子的角落里没人理睬了。她脖子上不知哪来的一条紫色羊毛长围巾，至少要几十块钱才能买到。她进出都围着，风大的时候，干脆连下巴也藏进围巾里去，那个美呀，是没法用语言来形容的。莫非，这孩子开始她的"雨季"了么？

果然。

有一天，我从外面回来。见她正在用白毛线织东西，就说："妹，你看我买什么给你过年啦？"

"什么？"她抬起头，丢下手里的活计。

"是一双皮鞋！"她叫了起来，但试过之后，不再像小时候那样激动了，只是随便放在一边，又专心致志地织她的东西。

"妹，你织什么？"我问。

"围巾。白围巾配上黑呢大衣，可帅啦。"

"给我织的吗？"我心里好一阵高兴。

"不是。给他。"

"谁？"

"少华呀。"她很奇怪我竟不知道她的未婚夫。

我心里很失落，脸上大约很尴尬。她于是说："哥，以后我再织一条给你吧。"

"不，不啦，"我忙说，"她会给我织的。"

"她？嫂子？那……太好啦。"

"……"其实我连对象都没有，不过为自己解围，虚诳一下罢了。

"我什么时候能有一条自己的围巾呢？"是夜，我躺在黑暗里问自己，久久不能入睡。

似乎终于熬到了那一天。

有一个姑娘和我订婚了。照片上的她很美丽。据说她会所有的女红，她肯定会给我织一条真正的围巾吧！我遐想起来。

这时的我，经济上已经略为宽裕，可以去商店里实现自己的愿望了。但总觉得那是美中不足的，这围巾要是由未婚妻织给我那该多好！因为围巾里如果凝聚着她的真情与执着，那会更加温暖而珍贵的。

1990年，我在合肥上成人大学。要放寒假了，我几乎跑遍了省城所有的商店，寻找一条我认为最美的纱巾送给她，并想象她系着这纱巾的秀丽迷人模样。终于寻到了，那是一条纯白的真丝方巾，白得闪眼。我把全部的爱凝在这美丽的信物上。

她接过方巾，非常高兴，系在颈脖上，对着镜子看了又看，脸上露出幸福而甜美的笑容。的确，使她显得更加秀气，使她的外表更漂亮了。

然而，我呢？依然还是一身朴素的学生打扮，敞着领口，让风吻着；冷得刺骨时，打个冷战咬咬牙就过去了。我真诚地想：她一定会给我织围巾的，不是说心可以换心吗？

终于，我看见她织围巾了。我心中的那份甜蜜是不用提了，于是装着看书，故意一上午不看她。围巾织成功了，雪白的，长长的，的确很美丽。她织完最后一针，抬起头，对我说："手艺怎么样？"

"很——很好！好！"我太兴奋了。

"试试吧。"

我飞快地围上，对着镜子看了几遍，还不停地做着得意的鬼脸。

"谢谢你！"

"不，这是给我哥织的。"她冷不丁一瓢冰水泼来。

"什么？——不是我的？"我尴尬地解下围巾。

"这是他买的线。——你妹妹不是很会织吗？叫她给你织一条吧，嗯？"

"好吧。"我把围巾还给了她，同时也把所有的喜悦还给了

围巾的故事

她。看来我的心思她全然不懂，她也许永远也没有想到我想要的并非只是一条围巾。

她依恃自己的漂亮，生活在"男人应该什么都给我"的逻辑之中。两颗心之间的距离越来越远，最终导致了崩溃，她扯碎了那条方巾，同时也扯碎了我的心……

这些辛酸的往事早已如过眼云烟，对围巾的渴望也渐渐淡化。但是，今年冬天却发生了一件出乎意料的事，为了我39岁的生日，远嫁新疆的姑姑三十多年来第一次回家探亲，带着她的小孙女圆圆不远千里来到江城芜湖，特意带给我一条洁白如雪的天山纯羊毛围巾。围上围巾抱着小圆圆，看着姑姑的满头银丝，我流下了激动而心酸的眼泪。

这是让我珍藏一生的真正的围巾。

暖　鞋

　　记忆的帷幕拉开了，心灵的日记上记载着二十五年前的一个风雪之夜……

　　天空灰蒙蒙的，沉重地压在被北风扫得光秃秃的山顶，风卷着雪花怒吼。在一条幽微狭窄的山路上，一个中年妇女正挑着一担干柴，一步一滑地挨下山来。她头上包着的蓝色破毛巾，已沾满了雪花；她的鼻尖冻得通红，但眼里却闪烁着坚毅而顽强的光芒；一双手尽管冻得开了裂，还是紧紧地握住扁担。她，就是我的母亲。

　　昨天，母亲接到我告急的信：学校缺柴了！今天，她就急急忙忙地冒着风雪从十几里的崎岖山路上挑着柴赶往学校。

　　当她艰难地走到学校时，已是黄昏时分，学校里很寂静；同学们早已用过晚餐，都聚在寝室被窝里取暖。突然，我听到屋外一个好熟悉的声音在叫我的名字，就迅速地跑出来，不由得惊呆了，叫道："妈妈！您——来了……"

　　妈妈仿佛很高兴，她把柴挑进厨房，取下毛巾掸掉身上的积雪，温柔地说："孩子，冷吧？看，妈给你带来暖鞋了。"说着，她从柴火里取出一双崭新的灯芯绒暖鞋，要我穿上。我顿时觉得一股暖流流遍了全身。我有一种说不出的感动。因为，在一个工分只值两毛钱的年代，做这样一双仅凭手工千针万线的暖鞋，妈妈必须省吃俭用好几个月，还必须熬十几个夜晚！我望着正在满意地笑着的妈妈，她脚上却只穿着破胶鞋，我的泪水禁不住流了出来。

称过柴，妈妈就要回家了，等待她的又是那无情的暴风雪，我不禁打了个寒战。这时，妈妈拿起扁担，一边走，一边说："孩子，你念书要用心，缺柴缺米，只要搭个信，妈就送给你，饭要吃饱，特别要用功啊！我们穷人家念的是苦书啊！"

我嗯嗯地答应着，把妈妈送出了大门，突然一阵寒风撞进我的领口，我冷得浑身像刀割一样。这时，我忽然记起妈妈还没有吃饭，便说："妈，你还没有吃晚饭吧？天晚了，歇着，明天回去吧！"

"不，你回去吧，我不饿，饭票留着自己吃吧！"她一边说，一边又戴上破毛巾，蒙住头，青花棉袄立刻被风雪包围了，她把扁担夹在腋下，双手插进袖筒里，迎着北风一步一步地踏上归程。

我立在风雪中，看着妈妈的背影渐渐地缩小……我的新暖鞋上落了几朵雪花，而母亲却穿着旧胶鞋在风雪之中远去……

难忘的风雪之夜。

终于，度过了那段艰难的岁月，1979年我顺利地考取了师范，结束了我们家祖祖辈辈没有读书人的历史，妈妈高兴地流下了辛酸而骄傲的眼泪。随后的日子，虽然还是比较艰难，但是，我们全家一直都和睦地生活在希望之中。然而，平静的生活只维持到1993年。这一年，妈妈刚好五十岁。端午节给她祝寿时，她看见我十年求学依旧清贫、单身的艰难状况，突然对我说："儿，我可能等不到抱我的孙子了。"我慌忙说："不，妈妈，您一定会健康长寿的，等我考上研究生，一定给您生一个好孙子。"妈妈因为常年操劳，常发心脏病，她的话给我不祥的预感。

　　这年冬月初五夜里十点钟，母亲为了我二十九岁的生日，正在熬夜赶做一双新的灯芯绒暖鞋，白市布折叠的"千层底"每只正好二十九圈，第二只刚打完四圈，她突然晕过去了，从此就再也没有醒来。当时，没有一个儿女在她身边，她也没有留下任何遗言。我抱着还插了打底针的鞋底，不知哭了多久。妈妈没有享多少福，一生都在操劳艰辛中度过，她刚把五个儿女拉扯大就匆匆去了，把沉重的黑色悲哀永远留在我们心头。我只能祈求上苍：如果有来生，但愿再续母子缘。

　　今天正是母亲逝世十周年的纪念日，漂泊江南的游子谨以此文祭奠您的英灵。妈妈，我的好妈妈，您安息吧。

暖鞋

悼念亲爱的母亲

人生如白驹过隙，刹那间就过去二十年了，母亲，您在那边过得好吗？

我是常常惦记着您哪。您没有穿过皮质的棉袄、柔软的羊毛衫，没有穿过带毛的皮暖鞋，没有见过彩电、冰箱、洗衣机，从来没有任何金银、翡翠、珍珠的首饰，没有住过宾馆，没用过抽水马桶，没有看到弟弟妹妹们建造新房子、购买新车子，甚至没有出过家乡的大山，去看一看都市的高楼大厦。您这一辈子太苦了，我们做儿女的好内疚啊！最悲惨的是：您这辈子最盼望的就是抱孙子，可是您没有等到看一眼您的大孙子，就匆匆离开我们了。您为什么走得这样急呢？天国有什么急事请您去帮忙吗？

"子欲养而亲不待"，我们心里一直很痛。母亲，在您离去二十年的时候，我又回忆起您离去的情景，我的眼中再次噙满泪花。

一、泪水浸透的夜晚

1993年冬月初五之夜。

这是我命运中最悲惨的夜晚，我那坚强的心差一点儿碾碎在人生的悲痛中。那天下午，我再次遭遇爱情的滑铁卢，心爱的姑娘坚决与我分手，将她那决绝的背影扔给我，然后消失在冬月的寒风之中。我坐在水库边的礁石上，死死盯着在寒风中涌着波浪的湖面，木然地注视着水面上小木船悠闲地来来往往，直到夕阳落到罗汉尖的西面，才万念俱灰地回到房里。得想个办法离开这里，我在逼迫自己做出决定。

一番思想斗争之后，我决定请病假。说近期胸闷，须外出就医。但担心母亲万一知道了我离开学校出外看病，会很着急，所以想回家打个招呼。母亲前些天砍柴跌了一跤，据说摔得鼻青脸肿，很想看看我，可是那天阴雨霏霏，没有船只，只好作罢。心里一直惦记着，但转念一想，等到了合肥再写封信回家解释吧。我真实的意图是去合肥强化考研英语，将失恋的苦痛化成考研的动力，拼死一搏或许能够成功。我重整衣衫，理好书本，将抽屉里全部积蓄（500多元钱）放进皮箱。当我把请假条装进信封之后，心里又有一些犹豫，明天当校长和同事们发现我的不辞而别，肯定会大惊失色，学生们也肯定茫然不解。唉，心里实在难受极了，埋头向前闯吧，不管那么多了。于是，我睡下了。

大约由于连续几天的折腾与焦虑，怎么也睡不着，一双眼皮竟然猛烈跳动起来，心情更加烦躁。横着竖着都睡不着，那双红肿的眼睛会自动睁开，脑子里不由自主想起一些莫名其妙的事情。坐起来又冷，还是躺下，思绪纷乱如风中的蓬草。没办法只能吃一片安眠药，谁知反而更加兴奋，头胀痛得仿佛要爆裂一般。我要哭出来了，但是一贯的坚强让我忍住了泪水。心中升起一片阴影，莫非大难临头了么？——其实这就是所谓的母子连心吧，在我痛苦难眠的时候，母亲正在鬼门关前挣扎，可惜的是没有人来救她，她的痛苦传到我的意识里，或许正是我感到难受的原因。

辗转反侧了几个小时，估计十点钟左右，终于朦朦胧胧睡着了，像躺在一片棉花似的白云上，飘飘悠悠，飘飘悠悠，任意西东，眼前是迷茫一片，看不见山和树，也看不见房屋人影，看不见小河湖泊，总之是到了一个奇怪的地方，我挣扎着努力寻找一块能够踏实落脚的石头或者稳实可靠的东西。正在空落落的时候，突然之间，梦境破灭了，我被一阵急促的捶门声惊醒，我坐起来，迷迷糊糊地问："谁呀？这么晚捶我门干啥？"隐隐约约听到门外是父亲带着哭腔在喊："儿呀，儿呀，你开门哪——你快开门——"这从未听到过的奇怪的声音，在这万籁俱寂的夜晚显得十分响亮而令人毛骨悚然。我颤抖地穿着内衣起来开门，又迅速钻进被窝里。父亲来到床前，拉亮电灯，他悲苦无力地说："不好了，你妈要死了！""胡说！"我在被窝里说。以为又是他和妈妈吵架了。见我不相信，他竟然哭起来了："真的呀，你妈要死了，她中风了，在床上不能动，也不能说话……""真的吗？你为什么一个人来？为什么不把我妈抬来？你……"我还是不信，同时头脑渐渐清醒过来。这时，和父亲一同进门来的摇船的姑娘也开口了，说这是真的。我的心顿时一沉，立刻意识到事情的严重，迅速穿好衣服，说："快！到医院买抢救药！"并嘱咐船家在我房间稍等一会儿。

其时，是仲冬之夜，月亮早下山去了，只有满天的繁星，冷然地闪烁，霜花很重，地上的草叶已经是白白的一层了。我和父亲迅速来到医院，敲开管药房的吴伯伯的房门，要买抢救药，谁知药房竟然没有。于是我们奔向桥头药店，好容易买到一种"安宫牛黄丸"，每粒四十元，买了两粒。另一种叫"甘露醇"的药也没有。为了争取时间，只得赶快摇船回家。船舷上的霜花很厚，我由于往来奔跑，浑身发热，只觉得周身冒热气，根本不觉得寒冷。心里只有一个念头："愿上天保佑！保佑母亲平安，等

遥远的青沙滩

我的药到家，她就好了吧！"

我们的小船接近靠岸时，小店里有几个人在用电灯向水面照射，听他们说话的声音，我知道是几个堂哥哥。我慌忙问："花狗哥吧？——我妈怎么样？"

"情况还好。"他说。

我的心里轻松了一些，迅速上岸，等到小店门口时，他们却说："婶娘已经走了。"那是令人惨沮绝望的低沉声调。

"什么？"我脑里一片空白，手和心顿时发抖，要不是他们扶住，我一定倒下去了。

父亲开始嘤嘤哭泣。

我只知道打战，失去了思考的能力，也失去了哭的能力。木头人一样，拖着沉重的双脚，一步一步挨回家。

回到村公所母亲住的那间房，只见木柜上点着一盏台灯，几个老妈妈坐在床前，两个妹妹坐在床边的椅子上，两眼肿得通红。我扑到床前，叫了一声："妈，我回来了！救命的药我买回来了！"但没有回声，她安详地睡着，脸色平静而苍白，嘴边还带着一丝血迹。我歇斯底里地大叫一声："妈呀——"扑通跪在踏板上，扑到母亲遗体上，大哭起来，眼泪如大河决堤，汹涌奔流。任凭我再怎么哭，她还是那样安详地睡着，脸冷冰冰的，我抱住她满头麻发的头，亲她，吻她，想唤醒她，然而，她还是一动不动。妹妹们也一起哭，其他人也在哭。小小的房间，哭声地动山摇。

不知过了多少时间，我的喉咙沙哑了，眼泪也流干了。只记得最伤心的时候，我的双手乱捶乱打，手心手背全部青紫，汗水已经将隔两层内衣的毛线衣全部湿透。这时，隔壁的老妈妈在喊，说母亲没有内衣穿，怎么办？我不假思索，就脱下自己身上的毛衣，硬要她们给母亲穿上。我说："母亲生前最疼我，我只有这件毛衣，给母亲穿上吧！"老妈妈说："不行，要穿寿衣，不能穿人身上的衣服。"我这才作罢。母亲被老妈妈们净身后，仰卧在一扇破门板上，穿着没有扣子的青布寿衣，戴着青布帽子，神态安详，像天国的修女！在煤油灯的光圈里，是那么圣洁而美丽！我再次跪在她的遗体前，把头贴在她的胸膛上，想听她的心跳，可是她那颗善良而刚强的心脏永远地停止了跳动，奇怪的是她血管里的血还是暖的，只是四肢冰冷。我突然说："快叫医生来！我妈没死，她只是手和脚冻冷了！"但是，最终的事实还是残酷无情的。我又绝望地用沙哑的声音哭起来，直到我没有力气为止。

接下来的问题更为棘手，没有棺木怎么办？我们谁也没有想到母亲会突然去世，不曾预备棺木，也没有预制寿衣。刚才的寿衣是从爷爷那儿偷来的，现在缺少棺木只有对爷爷实情相告了，但大家都害怕爷爷撑不住，他已经生病一个多月，而且七十八岁高龄了！经过一番商议，还是先把爷爷骗到叔叔家里，进了材再说。

于是，按照古老的风俗，他们把母亲放在一张凉床上，头朝前，脚朝后，在她头边烧一堆黄表纸，把她生前的衣物烧掉。（不过，她贴身的一件衬衫却被我保存了下来，我将衣服清洗干净，做了一个袋子装着。母亲没有留给我们任何纪念品，只剩下这件带着她体温的衬衫了，二十年来我搬过多次家，这件衣服一直珍藏着，这是母亲的印记。）

清晨五点钟，老堂厅里，摆着一具黑棺材，棺材前面点着一盏煤油灯，母亲就睡在棺材里面。

母亲逝世时刚满五十岁。她属羊，一生命苦。死在村公所里的一张黑色的破床上，临去前她的三个儿子都不在身边，只有两个女儿坐在她的床前，她是握着大女儿、小女儿的手去的，她离开的时候没有留下任何遗言，她的眼睛是睁开的，她有很多的心愿未了，就这样不甘心地走了。她死的时候，没有棺木没有寿衣没有寿鞋。她死后没有留下任何遗产，只给我们留下了沉重的黑色的悲哀和永远无法抹去的惨痛记忆。

她的英年早逝，铸成了我们终身的遗憾。我没能侍奉她老人家一天，未能与她说最后一句话。她最需要我最想我的时候，我却在想着离家离开她。啊！母亲，请您原谅儿的不孝吧。儿子家未成业未就，愧对您老人家的在天之灵！

母亲啊，我的好母亲，我永远爱您。

那个浸透泪水的夜晚啊，那个终生遗憾的夜晚！

二、母亲去世之后

母亲的眼睛很美很大，又是双眼皮，黑白分明，给人耿直率真没有心计的印象。她死的时候双眼一直是睁开的，仿佛想把这个她没有看够的世界装进眼睛里。别人覆了多次她的双眼依旧睁着，妹妹一边哭一边覆还是睁着，弄得大家莫名其妙，也很恐惧，谁都不敢走到床边去。隐娘娘说："可能是没有看见她的儿子回家，放心不下，等她儿子回来自然就合上了。"果然，待我抱着她的头哭过一阵之后，再默默在心里发誓说："妈呀，我知道您是想看我最后一眼，您放心睡吧，我一定孝顺父亲，爱护弟弟妹妹们，做起新房，为您争气，决不负誓言！"我用手轻轻一抹，母亲的眼睛终于闭上了。她闭上眼睛之后，众人的议论开始了。

甲说："她是个好人，一生性格直，就是脾气不好……"

乙说："阎王爷真是瞎了眼，许多该死的想死的不死，像她这样没病有福的人，偏偏收走了……"

丙说："她一生真苦，生了那么多孝顺儿女，也做了屋，就是大儿子媳妇没有到家，没有见着孙子……"

丁说："唉，我去年，为了那点儿小事，竟和她吵得那么厉害，真没想到她如今……唉，要知道是这样，我真不该和她吵呀。其实，她是性格最直的人。唉，人哪，命数有一定……"

"……"

总之，怀念她的也有，诽谤她的也有，大家不约而同，争着评论母亲，有几位平时与母亲不和的人，竟然在这时泄愤，说的话实在有点出格。于是，我红着眼睛大叫一声："我妈是最好的人！她已经死了，不会再跟你们计较了，你们再不许说她不好！她就是有一万个不好也只能由我们讲！"

于是乎人们这才停止了议论。

我们在凌晨四点多把母亲的遗体用竹床抬到老屋大堂厅，她安详地睡在黑棺材旁边。入殓时的仪式非常庄重。邻居张大妈（母亲娘家的大堂姐）叫人拿来一顶蓑衣，要我倒穿在身上，然后在一阵鞭炮香火之后，让我到河里去打来清水，要激流上头的水。我喊着："妈呀，回祖堂啊……妈呀，回祖堂啊……"然后跳下河舀了半碗激流的清水，又喊着相同的话回来，跪在母亲遗体前，用一块棉絮沾着水在母亲的胸口倒擦三下，据说，这样母亲来世就不会投生为哑巴。啊，我现在能做什么呢？只能希望还有来生。母亲一生吃苦无数，但愿她来世能享清福。入殓时还要把母亲生前遗物的灰烬装进布袋里垫着她的头，还要在她脸上放一些茶米，在棺材底部铺一层石灰，放几枚硬币在她手里。当我将几枚五分的硬币放进母亲手里时，我摸着母亲粗糙如松树皮的手，我的眼泪又来了。母亲一共生了八个儿女，但只留下我们弟妹五个，她一生忙忙碌碌，最后却只能捏着几个硬币离开这人世，多么惨沮！棺材终于盖上了，于是堂屋里一片哭声，父亲伏在棺材上啜泣，我与妹妹们跪着哭得死去活来，同屋的其他女人们也都扶着棺木，号哭起来，这哭声送走了一个灵魂。我一直哭到天亮，再也见不到我亲爱的妈妈了，我的心苦痛万分，只有在母子彻底生死相隔的时刻，你才会明白母亲对你的意义。没有人能劝阻我眼泪的倾泻，直到清晨要去舅舅家报丧时才止住。

清晨，我跌跌撞撞来到舅舅家门口，敲门。他还在床上睡觉，蒙眬中，他问："谁呀？"

我答："我呀，小舅舅，我是华佬啊！"

"这么早有事？"

我以哭代答。他终于起床打开门，然后又钻进被窝里，还不打算起床。我在床沿上坐下来，一边哭一边说："小舅，我妈走了！"在这个清晨，我不愿意说出那个可恶的"死"字。

"走了？跑到哪里去了？怎么不去找？什么时候走的？又是吵架？"

他还未明白，我只好说出实情。

"入殓了吗？"

"刚入殓。"

"你们怎么不去叫道士关个灯！我姐还是在黑地里走的！"他似乎有极大的不满。

我原以为他听到亲姐的死讯时会哭的，谁知他竟这样冷漠。谁要是知道我们昨夜伤心忙碌的情景，也不会提出这样的责难。我的心凉了半截。

这时，他的儿子问："爸爸，娘娘怎么啦？"

"死了。"他淡淡地回答。

小舅对母亲的离世竟如此无动于衷，我只好去大舅家报丧，得到的是同样的冷漠。

母亲呀，您真可怜！您小时候驮大的两个弟弟，竟然对您的死如此冷漠。他们小时候曾经伏在您背上，不高兴时还咬过您。我还记得他们长大后，有一回从外地回家，到我家里来说："姐，我饿了，两天没有吃饭，煮点东西给我吃吧。"您煮了一大盘山芋粉圆子，还心疼他们挨饿而流下了眼泪，当时我在旁边，他们只顾自己大吃，一个也不给我吃。吃饱之后不说一句谢谢就走了。如今，您死了，他们竟没有一滴眼泪。

接下来就是要给母亲办理丧事。根据我们家当时的经济情况，只允许花上一千多元钱，做个"超亡祭"，父亲也同意。因为我确实没有钱，1989年家里做屋拆屋，花费了五千多元；1991年我与女友分手，又损失三四千元；去年大弟弟结婚，今年又分家，花去四千五百元，四面八方都是债务，哪里有钱来摆排场？而且下个月我要去考研又要花钱。当我把这一切哭诉于众人之时，谁都叹息，小舅舅当时也在场，也同意丧事从简。谁知，第二天，小舅托人捎来话说："姐姐一生吃苦受罪，她三个儿子不比谁差，仅华佬一个也能把娘葬出去，不闹热一下像话吗？如果真难，我做母舅的出一百元！"

啊！舅舅们对我妈生前没有孝悌亲爱之心，而我妈死了却来抬杠子！我咽不下这口气，于是决定："做破狱礼转道场！我只有一个娘，闹热一次吧！拉债一万我也甘心！"最后花去四千七百多元，又平添两千多元的新债！其时的情况是：大弟弟刚结婚又分家，害过肝炎的身子还未恢复，还生了一个女儿；小弟弟还在常州打工，才十九岁；我三十岁了还没有找对象，这几年考研身无分文；小妹妹只有十六岁，还懵懂不晓世事。父亲养猪种柑橘的全部收入都拿出来了，母亲死后的日子怎么过？我感到茫然而心痛。

母亲啊，您生前没有人看得起您，您死后却有这么多人要闹热您，您在天之灵感到安慰么？您肯定不希望我们风风光光送走您之后过着更加艰难、债务缠身的生活，对吧？但是，世俗的力量强大，不花钱他们心里不舒服，毕竟看别人花钱自己不心疼啊！

我的心被深深刺痛了。我的亲人在我最艰难的时候没有对我产生丝毫的怜悯，也没有人理解我的奋斗与追求。

很快，堂哥去请的风水先生来到了。经过精密的推算，决定冬月十七日出殡，停棺堂厅十二天。未来的十二天要完成这些事情：发电报叫在常州打工的小弟弟回家奔丧，派人搭信叫在广福小学代课的大弟弟回家料理丧事，请道士来扎做道场的器具等，分派各位堂兄、堂弟、侄子、嫂子、弟媳们做各种后勤工作，去借两千元，去买大米、猪肉、石灰等各种物资，去砍或买毛柴一千斤。所有的人都来找我要钱或商量每一件事怎么做，用什么标准办理，等等诸事。十二天之后，我变得又黑又瘦，体重下降了十二斤。

三、两弟归来

母亲遗体入殓之后，接下来的第一件事是叫两位弟弟回家奔丧，再派一个人去叫大弟回来。大叔正要去城里买些杂物，顺便就沿路通知各路亲戚，也顺带通知大弟。打电报给小弟的事就委托一个堂哥去。电文的拟定是颇费斟酌的：如果直接说母亲病故，别说是弟弟，连他的老板也不会相信的；如果说是病危，他也许半信半疑而耽误行程；如果说是奶奶病故，他因与奶奶感情不深，肯定不回。怎么办？怎样让才十九岁的幼弟承受并相信这残酷的事实呢？加之，我与前女友虹谈恋爱时，曾写信给他，叫他带一架电子琴给他未来的嫂子，他回信说钱已经准备好，过年时即抱琴回家。唉，现在虹都消散了，还买琴给谁弹呢？于是，电文这样拟定："母病危速归不买琴，华。"后一想不妥，又改为："奶病故不买琴速归，华。"

电报发出之后，第二天在隰口高中教书的大弟回家了，由他再去发一份电报，因考虑到奶奶病故的消息恐怕不足以让小弟回来，只好这样拟电文："母病故速结账不买琴归，华。"

两份都是加急电报。我在拟电文时，内心如刀绞一般苦痛，别人是无法知晓的。母亲平生最疼我们兄弟仨，如今她忽然离我们而去，最小的弟弟，刚刚出校门，举目无亲地在外面闯荡，他还是个乳臭未干的孩子，如何能承受这巨大的悲痛？他也是我的学生，我们在一张大床上睡了整整七年，从他小学三年级一直到他初中毕业再加复读一年，所以他对我——他的大哥和老师——一向亲爱顺从，当他听说我找到对象时，他是怎样的欢呼雀跃啊，而他那未来的嫂子又忽然飞走了，他还要承受母亲忽然离世的悲痛，这对十九岁的他来说是多么巨大的压力啊！想到这里，我禁不住又淌下了眼泪。

在我那段悲惨的日子里，虹不知是怎样度过的。我曾经爱过的女孩，在我最困难最悲痛的时候没有给我一丝安慰，反而庆幸她明智地选择了离开。我母亲都没有了，我心已经木然。母亲生前最大的愿望就是想去偷偷地看看未来的儿媳虹，还要把家里最甜的橘子送去给她吃，而我阻止了母亲，现在看来并没有什么遗憾。可是虹却没有去我母亲灵前烧一炷香，是不敢去还是不愿去而最终没有去呢？只有苍天知道。

上午，大弟弟回来了，他从水库大坝一路问人，人们说："你母亲死了。"

他笑笑说："鬼话，不可能，你们简直是瞎扯！"他说什么也不相信。的确，母亲才五十岁，一天都没有病过，怎么会突然去世呢？岂不是天方夜谭吗？他当时所处的环境也相当困难：他是正月结婚的，婚后十一天，就生下一女，那时他还是代课教师，每月工资和其他收入加在一起只有200元；幸好是大家庭，有父母兄弟帮衬，收入不算少，我们兄弟仨仅他结婚生了孩子，日子还算过得去。谁知，自孩子出生后，由于弟媳与我母亲不和，母亲执意要他们分出去单独生活。恰在这时，他害了一场甲肝，一病一个多月，光诊病就花了四百多元；病未痊愈，又被学校辞退，在家闲着养病，一分钱收入没有，还要分家单过，他如何不烦恼？在这时节，我回了一趟家，狠狠批评了家里的做法。但是，母亲的哭诉，似乎也有道理，让他早早独立成家立业，也许不是坏事。我这才知道，母亲与弟媳之间有很深的隔阂，是无法消融的，与其让母亲每日生气抑郁，不如让大弟分家。就这样大弟分出去单过了，只是在财产上多分了他们一点儿，并给了他一笔钱让他足以置办炊具。但是，我至今还觉得母亲不应该在那时分家，至少得等大弟病愈之后。也许由于这些，大弟在母亲去世后，仅守了两次灵。

大弟弟回来了，许多人都注视着他，他一副病未痊愈的样子，因为原学校辞退他后，广福中心小学又聘请他代课，此时刚刚满一个月。从金牡丹河起，他就开始哭，我扶着他，两个妹妹都红肿着眼睛，我们一路哭到灵前，在灵前又一次汹涌哭泣，并开棺让弟弟再看一眼母亲遗容。面对这残酷的事实，弟弟泣不成声："妈呀，你怎么在这时走哇！我怎么办呀？"他哭他的母亲，同时也哭自己的不幸遭遇，他在家里排行老三，是我们兄弟仨中长相最漂亮的，但是三四岁时，不小心跌进河里，头部受伤，昏迷了几天，终于捡回了一条命，却留下了疤痕。读小学时，由于学校不固定，老师也不认真教书，五年级毕业连初中也没有考上，其间因为家里穷，曾经被奶奶养了一年多，大约由于太寂寞，他不愿在奶奶家住，总是偷偷跑回家，母亲曾抱着他痛哭，

悼念亲爱的母亲

最后母亲说："儿，回家吧，宁可饿死，我们也要在一起！"然后，他就回家了，虽然家里生活比奶奶家清苦一些，但是弟兄姐妹在一起，还是快乐很多。我师范毕业当了老师，不忍心就这样让弟弟去放牛砍柴。所以下定决心带在身边，插班复读五年级。他很争气，我从小学一年级的课程给他补起，终于在毕业考试时取得了成功，小弟弟考上了广福重点初中，他考上了朱湾普通初中。但是，初中毕业后他未能如愿考上师范，不得不回家务农，我帮他找到一份代课教师的工作，并成了家。可是，一场流行肝炎席卷家乡大地，他也未能幸免。如今，拖家带口，还未站稳脚跟，母亲竟撒手人寰，面临丧事，他如何出得起这笔丧事费用？

第三天上午，十点多钟，小弟弟从常州回来了。

我们迎接他到金牡丹河，许多人在河两岸的田间地头注视着，注视着这悲惨的三兄弟的悲惨相聚。我忍住眼泪，用哭腔安慰小弟说："坚强些，小弟，别哭啊！"二弟也扶住他，可是他一边答应着"啊"，一边却不断流眼泪。等走了十几步，见着父亲后，他带泪颤颤地叫了一声"爸爸"，突然痛叫一声"妈妈！"放声大哭起来。众人无不垂泪，我们兄弟仨抱头痛哭，一直哭到灵柩前，棺盖再次打开，小弟伸手去摸母亲的脸，我把头贴在母亲脸上，泪水在汹涌奔流，大弟在一旁啜泣。

哭了不知多少时候，只记得小弟的头发全湿了，声音也沙哑了，以前每次回来那憨实的笑容没有了，变成了悲伤的哭泣。我看着他满头的汗水里掺杂着常州带来的铁灰，看他风尘仆仆的模样，想象他在外面茹苦含辛的生活，又禁不住哭泣起来，但作为家里的老大，是主心骨，有时情感得让位于理智，还要强装镇静，不能乱了阵脚。

小弟坐在床沿边，一边哭，一边解鞋带，从那脏兮兮的鞋底下，抽出九张一百元的钞票，这是他一年打工的血汗钱，一分不

遥远的青沙滩

留全交给了父亲，每一张都湿透了。父亲接过钱，心中仿佛安慰了一些，停止了哭泣，把钱卷起来放进了口袋，隔着口袋拍了拍，吸了口气，就出去了，因为有了弟弟的九百元和我昨天拿回家的七百元，父亲心中才多少不慌。有时，钱真是好东西，它能减轻悲伤。父亲是一个一生想赚钱兴旺家庭却一直穷困而一旦有点儿钱就腰杆子硬起来，一旦没钱就失落困窘的人。

三个未能送母亲最后一程的不孝之子，在母亲仙逝后的第三天终于相聚于灵前。是夜，我们兄弟仨守灵，跪在棺前的拜席上，手握在一起然后击掌发誓："母亲大人，您三个不孝之子，跪在您的灵前向您请罪，请您的英灵谅解。我们保证：兄弟三个一定团结如一人，上孝父亲，下照顾妹妹，在原屋基上再盖起新房，完成您生前的遗愿，在此立誓！"

四、母亲在哭

据说含冤屈死的灵魂在夜间会哭泣，只有最贴心的人才能听见。

我的母亲是憋屈死的。

1988年家里开始动工盖起三间新瓦房。燕子衔泥一样，累了一年，才把屋盖好。1989年正月，大儿子又找到了对象，对即将五十岁的她来说，一生还有比这更大的欢喜事吗？母亲心里充满了自豪和喜悦。谁知，天有不测风云，当时在责任田里盖房子的现象很严重，国家为了保持18亿亩耕地的红线，因此拆除违章建筑的行动在各地雷厉风行。在我即将去合肥上大学的1989年暑假，只住了半年的新房子由于被判为是违章建筑，被拆掉了，至今还是一片废墟。母亲在亲手拆除她亲手做的房子时，流下了多少悲伤的眼泪！后来只得暂住进村公所，一年又一年，一直到

1993年，期间很多次可以办理屋基证，终因一些人事干扰未能如愿。

住在村公所不比自家，当然不能事事如意，所以经常跟人发生摩擦，母亲头上的白发一天天增加，也明显衰老了。后来，我1991年毕业回来，由于与女友家分歧很大而分手，原因是没有房子怎么结婚？结婚就必须先盖房并送五千元彩礼。女友家里知道我们家做不到才故意刁难，实际上就是想不退彩礼而悔婚。这一次打击对母亲来说更是悲烈，她的半个心都死了。在这些事情发生的时候，父亲是毫无主见的，就知道埋怨我无能，只有母亲永远站在我一边支持我。

1993年下学期我与虹恋上了，偷偷将这个好消息告诉母亲，她非常开心，似乎看到了出头之日。记得有一天傍晚，我与她从橘园回来，她摸了摸满树的橘子说："再过五年，咱又是一条好汉！"语气之铿锵，远远胜过大丈夫。我最佩服母亲的刚强与自信。当我甜蜜蜜地告诉她，虹将成为她的儿媳时，她看着虹的一张照片，老花眼睛笑得那么甜蜜。啊！我的母亲，从此，我这内心的悲喜还能对何人诉说啊！谁还能像您一样为我分担忧愁并分享我的快乐呢？就在生活充满希望的时候，母亲与弟媳闹不和，她是看不惯弟媳的懒，把她当佣人看待，还有两个儿子没娶媳妇，倘若儿媳们个个都这样，她以后日子怎么过呢？分家之后，她有一天上山砍柴，竟摔下三个地坝，跌得鼻青眼肿，大弟和弟媳连看也不看她一眼，她搭信叫我回家，我竟然因为搭不到船而没有回去，我真该死啊！这一跤跌得真厉害，竟是她突然病故的诱因。她有高血压的毛病，跌过跤后情绪紧张，血压增高，容易导致中风，患脑溢血。冬月初五的晚上，她忽然中风，牙关紧闭，双目张开，在没有医生抢救也没有一个儿子送老的情况下，死在村公所的一张黑色破床上。这个巨大的遗憾怎么能够弥补得

遥远的青沙滩

上啊!

就在小弟回家的那天晚上，父亲突然跑来说："华佬，督毛（小弟乳名），你们听，你妈在面前山哭，长声悠悠，她哭她的儿子，哭她的真心，说她找不到回祖堂的路……"

"什么?"我们都很惊悚。这可是头一回听说人死后，灵魂会哭。这是父亲思念母亲至极，舍不得她离去，而心造的幻影吧。为了减轻父亲的悲伤，我们依言侧耳倾听"母亲的哭声"。其实我什么也没有听见。父亲见我说听不到，就大骂我是不孝之子，说他亲耳听到母亲悲切的哭声，其言之凿凿，让你不得不相信他说的是真话。几个邻居也出来听这奇事。一时间听者如堵。母亲娘家的堂姐和隐娘娘先听出来了，并流泪说："伤心啊，还没有找到路呢……"小弟突然也听到了，放声大哭起来："妈呀，我听见你叫我了，哥也在这里，我从常州回来了，你别哭，好吗?"于是，大家都听见了，仿佛是冥冥的夜空中，缥缈地传来断断续续的哭泣声，这真是灵魂显灵，还是大家悲痛过甚呢? 母亲的堂姐说："快，快去点香，到大队部去引你妈的魂回祖堂。"

我们迅速点燃一捆香，由父亲带着，从村公所后面的橘园里插香跪拜，一面哭一面拜，叫母亲的魂魄回祖堂，沿路插香，沿路跪拜，沿着弄头弄角，曲曲折折回到祖堂。

自此以后，父亲每夜必从村公所上来，对守灵的我们兄弟诉说母亲告诉他的最新消息，这样的话一直延续到现在。父亲只要听到流水声，扎麻声，扎米声，或者其他什么声音，他都坚信是母亲和他对话，我这才知道，为了安慰他，竟使他成为半疯的人。

你能相信并理解这些吗? 在当时之境，我的心中充满了多少苦涩和泪水啊!

父亲，您是思念之极还是故意装疯呢?

五、遗像问题

灵堂布置好了。母亲生前为之奋斗的房子虽然没有盖成，但是为了满足她生前对新房的渴望，我坚持让道士扎了一栋楼房，并一座花亭，一应设施俱全，连卫浴、席梦思床、沙发、电视机等都要扎出来，这样我们心中稍微安慰些。结末是缺一张放大的遗像，这可是非常棘手的难题。母亲是1962年结婚的，没有办过结婚证，所以没有照过相。六七十年代也不曾照过一回相。主要是由于贫穷，另外母亲自己也不喜欢照相。1988年，我们家盖起了新房子，母亲好容易松了一口气，心情舒畅了些。1989年，我又找了对象，女友第一次上门时，母亲与我女友照了一回相，但那照片仅洗了一张，又是彩色的，照片上的她并不好看，后来与虹谈恋爱时将此照片烧掉了。现在唯一留下的是她1988年办的身份证上一张变了形的照片，那张照片上的母亲看上去挺年轻，顶多四十岁的样子，其实她当时已经四十六岁了。

我有一个朋友叫潘永松，是宿松县晨光照相馆的摄影师。母亲死后第二天，我去学校借钱，正好碰上他上来给毕业班学生照相。当他得知我的不幸遭遇后，不仅送了三十元钱，而且还承担了拍摄遗照的任务。他开棺看视母亲遗容之后，他说这不好办，脸已经变形，而且眼睛打不开，嘴角有血丝，照出来效果不好。只好作罢。那怎么办呢？他说若有旧的黑白照片，可以拿到城里去翻拍，只要去晨光照相馆找老七，说是潘师傅的熟人就行了。然而我们找遍了所有房子里的柜子的每一个角落，也没有发现一张母亲的照片。只好把身份证拿出来，身份证上的相片有一层网状花纹的防伪水印，拍出来那花纹肯定还在，在此时此刻，也只好这么办了。潘师傅犹豫了一会儿，也没有好办法，只能这么办了。他把我母亲的身份证装进了他的大黑包，然后说："五天后，你们家派一个人到县城西门，民主路368号取照片。"

随后，他吃了点儿饭，就返回县城了。

这就是我母亲的遭际，死后连一张照片也没有留下，尽管如此，她那秀美的形象还是清晰地印在我的脑海深处：她圆润的脸庞，双眼皮，一笑露出整齐好看的牙齿，脸上没有黑痣，眉毛浓而弯，留着齐耳的短发，两个耳垂厚实饱满。我们兄弟姊妹五个的耳垂都没有她的大，我和大妹相貌酷似她，仅耳朵比她小，大约因为父亲是没有耳垂的人，我得了他的遗传的缘故吧。总之，母亲在我心目中是一个很美很有福相的女人。

五天后，大妹婿从县城取回了照片，放大到一尺二寸，一张红色的网罩着她，没有压胶，相纸变得弯曲起来。后请道士师傅做了一个竹骨框子，用黑纸粘住四边，俨然成了一张遗像，挂在花亭顶上的耗帐上。母亲生前曾说她的这个运脚不好，是走地网运，今年出运。谁知世事难料，进运没有事，而快接近出运时却死了呢？难道命运真是一张无法逃脱的天罗地网吗？母亲的遗像被那张大网网住，我想一定很痛苦吧，但我们有什么办法撕碎这张大网呢？

那张像，出殡之后，保存在父亲的房中，挂在他自己的像旁边，不许我们碰一下。然而在母亲死后第二个月，那张像却莫名其妙地被父亲烧掉了，不知是什么缘故。

现在，唯有一张身份证保留在大妹家里。若干年之后，还会有谁记起她呢？她是干干净净地走了，连最后的形象也没有留下来，后来的子孙能记住她吗？我只好尽量写得详细些，也许她的孙子孙女们看了这篇文章，发挥一点想象力，还能想到他们曾经有一位这样慈祥可亲却不幸早逝，没有留下任何遗物的祖老。

母亲的坟还没有墓碑，更谈不上碑文，主要原因是她的孙子还没有出世，立碑之事就一拖再拖，以至今日。母亲，我的好母亲，我们一定为您立一块像样的碑，以奠祭您那永远的英灵。

六、父亲"疯"了

母亲死后，父亲一下子失去了这人世间唯一的伴侣，心中的悲苦是无法形容的，也是我们难以想象的。父亲大半生飘零在这个既需智力又需体力的世界上，带着他所生的五个儿女，与母亲一起风雨同舟，其间体验过的苦涩该有多少啊！他们俩年轻的时候感情不是很好，据说经常吵架。在我出生之前，母亲曾生下一个女孩，仅仅活了七天，就得了脐风死了。那时母亲刚刚二十岁，没有任何养孩子的经验。父亲于是不大看重母亲。那时外婆还健在，叫来木匠换了花床的草档，后来我就出生了，母亲才欢喜起来，全家也欢喜起来。因为我的降生，使母亲看见了希望，树立了为人妻、为人母的信心，以后的岁月，不管有什么风霜雨雪、大灾小难，她都没有动摇过，其坚贞如石的精神是世间贫穷家庭所稀见的。父亲一生没有一个真正的朋友，也没有一个可靠的亲戚，连他的亲生父母也不大喜欢他，他唯一的希望也在我们几个孩子身上。

父亲到了五十多岁，他与母亲的感情忽然变得特别亲密，不管在田里还是在地里，他们都一块儿，间或小吵一次，不到一天就会和好如初。别人都说他们是一对老来伴。有时父亲到城里去买猪饲料，母亲必定挑一担小箩筐到船码头去接父亲。父亲总是嗔怒地说："叫你不要来，你偏不听，你身子不好，压坏了身子又是我遭罪。"母亲并不理会，一面向箩筐里倒糠，一面说："我挑一斤，你就轻一斤吧。"就这样他们有说有笑地一起回家，迎接他们的是一群亲热地哇哇乱叫的猪。母亲一边用毛巾揩汗，一边说："畜生，乖一点，就来给你们喂食啊。"这时，父亲在旁边坐着，一面摇扇子，一面欣赏那群摇头甩尾的猪们围着母亲打转。家庭温馨，和谐安详。有时他们半夜醒来，父亲腰疼，母亲必定给他捶腰，两人谈家长里短直到天亮，白天他们没有午睡的习惯，又开始整日的忙碌。到了七八月，他们俩都到山上橘园里看橘子，那就更加亲密无间了，只要隔一会儿不打照面，你必定听到一个人喊另一个人的名字。

现在，母亲突然一甩手走了，撂下父亲一个人，床头枕边昨夜还亲热地睡在一起的人，今天却被装进棺材里了，这种感受我虽然没有体验过，但也能想象那辛酸悲痛的心情，父亲失去了可以说心里话的唯一的伴侣，他的心全乱了。

从第二天开始，他就开始讲述母亲临终时的情形。他说："我真后悔，她是饿头去的，只吃了一碗粥走了。昨天下午，日头落山了，她还给荷花（儿媳）收了山芋粉，锁好门，回家煮饭，她问我想吃什么，我说就煮饭吧。饭煮熟了，我吃了一碗，她坐在灶下不吃，说不舒服，我也没在意，我吃第二碗后，她还没吃，我就盛了一碗给她，她吃了几口，就放下了，说吃不下去，只喝了一碗锅巴粥。我们坐了一会儿，她讨完猪食。猪都睡了，她说她脚冷，就舀水洗脚，我们还说着笑话，洗完脚，她就要了火炉在床上烘脚，只有八点多，她就把火炉拿出来，说要睡了。我发现她的脚冰冷，老往我身上靠。大约九点钟吧，她突然呻吟起来，我就唤她名字，她不醒，只是哼，我就大声叫她，她还是不醒，只见她牙关紧闭，喉咙间有痰咕咕响，眼睛打不开。我就大喊：'爱莲！你张开嘴，把痰吐出来！'她并不理，我就去掰她的嘴，铁紧铁紧，我就知道不好了，连忙去喊花狗佬（我的堂哥）和香佬（花狗哥的妻子清香嫂子），很快就来了，见她脸色变了，花狗佬就赶快去喊医生，香佬就去叫荣佬（我大妹，家住茶地坞）和毛妹（我小妹）。张井安医生来了，用电筒照了一下她的眼睛瞳仁，说：'快去叫你儿子回来，她是中风了，脑溢血，要能熬过今夜就没问题。'我这时就发现不好，床上透湿，她小便失禁了，我就去中学找华佬，等我们回来时，她就走了。谁也不知道她是要走啊——她是被痰堵死的，她只吃了一碗粥是饿头走的，我这心里好后悔呀，要知道她要走，我无论如何也要让她吃饱啊！"

他讲得还要详细些，绘声绘色，听的人谁都摇头叹息。先是坐在沙发上向人们讲述，后是在母亲逝世的房间里指着各个遗物包括凳子、饭碗、火炉向人们讲述。后来，在大路上，只要碰到行人，就向行人们讲述；有时候他去抱柴火，半天不回来，又向别人讲起来了。听的人一阵叹息，说："唉，伤心哟，真可怜呀！"于是在众人的同情中父亲仿佛轻松了一点儿。过了一会儿，又开始向人们讲述，仿佛他不讲这些心里就难受。一天之中向人们讲述了几十遍，于是，母亲逝世前的情状，全村都知道了。第三天还在讲，只是"昨天"换成了"前天""老前天"。我听得心惊肉跳，我担心他因悲伤至极会精神失常。

第三天，小弟弟回家了，这时听的人已经厌倦了，因为谁都知道了，父亲只有亲戚来时偶尔讲一回。

小弟回家的夜里，父亲不再反复述说，而是开始说母亲灵魂还未回祖堂，在山上哭泣，言之凿凿，让你不能不信，你屏住呼吸，似乎真听到了隐隐约约的哭泣声。这样，别人更加感到奇异。自从那天我们插香下拜之后，接连三天父亲都说母亲的魂在哭泣，要我们抱香跪拜引路。我们兄弟仨非常诧异。第四天夜晚，大约凌晨两点多，我们兄弟正在守灵，突然一个人走进灵帐，伏在棺材上面，半晌不动。开始我以为是鬼，非常恐惧，过了一会儿才发现是父亲，于是我弄醒了小弟。父亲于是过来和我们说话:"华佬,督毛,你听,你母亲现在三魂七魄都聚齐了,她说她已经成了神仙,对人间事什么都知道。你们听:她说华佬一定能有大出息,督毛明年能赚大钱,三佬(三弟)、荣佬有病,毛妹没病。"于是全家人无一不知无一不晓,开始,我们真有点相信,到第五天后,父亲的述说更加神乎其神,我们开始疑惑了。

父亲说:"你母亲现在在学德语、日语,并学了一句日本话'一不兮道休',她说她现在无事不通,无事不晓,她和婆婆(我的曾祖母)住在一起,做了神仙。"我从未听说过这些,不相信。

过了一天,又变了。父亲说:"你母亲现在在玉皇大帝身边,她说她和我有两世姻缘,前生她嫁给我时也只有二十岁,我前生叫李泽安,是一个将军,过黄河时掉进了水里,被冲到河南郑州,死在那里,她沿河岸哭寻我的灵魂,一直没见到,也就跳水死了。因为前世因缘未尽,这生又做了夫妻,这生是她先死,我还有五年光阴,我是要死在地沟里的,今日死,明日就葬……"

以后还有更离奇的,且不赘述。我第一次发现父亲是如此的善于编故事,把他的悲伤和对母亲的思念编成一篇篇动人的传说。还代"成了仙"的母亲向旁人做出种种预测,也还真有人信他。不几天,就有人向父亲求情,叫母亲帮他们家查一查,父亲要么说家里有鬼,要么说某人祖老在阴间要点儿什么,要么说某人做了恶事需要忏悔,诸如此类,不一而足。父亲是一天二十四小时高度亢奋,尽管能吃些饭,但没有睡眠的日子怎么过呢?我们担心他的健康,更担心这样下去他真的变成疯子。

母亲的坟地选好了,父亲很远就扬起手向我们走来。他笑着说:"子孙有缘,得了一块真虎地。这块坟地选得准,是老虎王字地,子孙后代有福。"

坟地就在橘园坡上的杉树林中，坐北朝南，面对高耸的羊毛尖，中间就是空旷开阔的金牡丹河岸的冲积平地，颇具气势。母亲一生怕冷，这里好暖和，或许母亲从此不必挨冻了吧。

唯愿母亲的灵魂在这里永远享受阳光的温暖，母亲，您安息吧！

七、出殡之后

经过十二天非人的折磨，在冬月十六日夜里做了一整夜破狱礼转法事之后，十七日早晨，我们终于送母亲的灵柩上山安息了。这天本定于八时开挖坟塘。谁知坟地里有许多刚出苗的蚕豆，父亲大约舍不得，他六点钟就去了那里挖了起来，实际上是先"开了山"。我们都责怪父亲没有按风水先生确定的时辰，父亲嗫嚅了几句也没有多说什么。说也奇怪，当时我扛了一把锄头，面朝东方，倒站着，预备在正八点时挖三锄。旁边就是收音机，正收听江西电台。说来你也不信，这天早上，江西电台竟然没有播八点的整点报时，直到播完五分钟新闻之后，我们才知道。山下的人说已经八点零五分了。我们非常后悔没有戴手表，旁边有人安慰说："这是你母亲在天之灵要择时辰，过了五分钟才是正时辰，不碍事的。"我心里的阴云才多少散去一些。

"复三"之后，我和家人吃了一顿饭，就拖着减轻了十二斤的疲惫身子，背着一个大包，一步一步挨下方山岭。我回首山谷中的村庄，默默地说："暂别了，这里已经没有什么值得留恋，我要义无反顾向前去！"

接下来的事还是够让我伤心的。没过一星期，父亲突然来到我的学校，又是那一套母亲所说的最新消息。我简直烦透了，就去厨房给他烧饭菜。吃饭前，我给他冲了一杯板蓝根，因为当时肝炎猖獗，我坚持长年服用板蓝根，才没有沾染这种可恶的疾病。谁知，他竟大骂我说："你真坏良心！把板蓝根给我喝，你是想把我麻醉了，让我睡觉。我已经二十多天没有睡觉了，我一点儿也不困，我要一睡，这家里的事谁管呢？"

我原以为他说说就算了，谁知他吃饭时，竟然说："你怎么能在菜里也放板蓝根？"放下筷子不吃了，说板蓝根会麻醉了他的心。旁人有的劝说他多吃点儿饭菜，也有的同情我可怜的遭际。我不做声，随父亲说够了，然后他走了，看到他坐上船我才返回学校。

仅仅过了三天，他又来了。这回是反对我去考研，来向我要钱了。说我谈朋友时，他花了许多钱，要我把一千块钱还给他。我伤心极了，在夜里我流下了眼泪。转念一想，父亲也不容易，母亲死后，他所有的钱都花光了，心里肯定难过，也许他精神出了问题，要不然绝不会这样的。应该设法买到一种安神的药，让他睡几天。安眠药已经试过了，他说除了"心"那块地方有一些发麻之外，没有作用，其他药他不吃的。

又过了七天，我带了一袋书籍，去安庆考试，我是破釜沉舟，背水一战，除了走出大山，我别无所求。我尽了最大的努力，考完最后一科，我几乎晕倒。当时的感觉是身子已经不属于自己了。临回来时，我去同瑞大药房买了两盒"眠安灵"（21元一盒）给父亲，期望他喝了药能睡一觉。可是，他死活不喝，我几乎哀求他，他拒绝了。怎么办呢？他真的要疯了！

母亲刚死，父亲又要疯了，这日子怎么过啊？

后来，我想了一个办法，把药拿到姑姑家，让姑姑给药盒换上"太阳神"的商标，说是姑爷托人在上海买给他的，让他补补身子。他终于喝了十支！那药很有效果，父亲终于有了睡意，每天能睡几个小时，我心里终于舒了一口气。唉！

父亲渐渐清醒了。

那次考试，命运再次跟我开了个玩笑。尽管总分超过国家分数线二十分，但是由于外语比国家线少两分，再次与杭州大学无缘。

人生要遭受的打击很多，我想，我经过了母亲去世那段日子炼狱般的磨炼，任何困难都不会击垮我，因为我心里有一个坚强不屈的信念，在哪里跌倒就在哪里爬起来！

端阳景与芒子花

　　五月的花，有两种在我儿时的记忆中留下深刻的印象。

　　一种名叫"端阳景"，我不知道它的学名，也不知道它的用途，好像人们种植它完全是为了给生活带来一点温暖的亮色。它被种在菜园或田间地头空闲的荒地里，一到端午它就四处开放，青色的独生枝干像芝麻一般节节攀高，叶片与主干之间就是一朵朵鲜艳通红的大花，尽管不怎么芬芳袭人，但是在花事消歇的五月，它娇媚的俏姿常常吸引人们驻足观赏。母亲的生日就在端阳节后一日，我见她每年这时候都会摘一朵端阳景插在她乌黑的发髻上，映得她洁白的圆脸更加美丽，所以我称端阳景是"母亲花"。端午节是家家插艾叶驱邪祈福和吃粽子纪念屈原的节日，大人们还要喝雄黄浸泡的酒，家家户户一定要在这一天买些猪肉来煮竹笋或炖豆腐吃，改善改善生活。母亲在这天早上还要煮几个鸡蛋，浸在泡了红纸的水里染成鲜艳的红色，然后放进棉线织成的小网兜里，等我们起床梳洗完毕，她就会将我们兄弟姊妹五个排在一起，按顺序将红鸡蛋挂在我们的颈脖上，说一句"我儿有福"的吉祥话，并反复叮嘱不要跌跤把鸡蛋打碎了，也不要当天吃，要挂上一两天再吃。我们听母亲的话欢天喜地地飞跑出去，向小伙伴们炫耀，发现他们人人都有，于是就相互比较鸡蛋的大小、颜色的鲜艳和网兜的精美来。如果没有端阳景和红鸡蛋，没有母亲的祝福，那我实在想不起儿时的端午节来。一群快乐的小孩子个个怀里挂着红鸡蛋网兜在操场上堂厅里做着游戏，绿叶红花的端阳景映衬着孩子们的欢乐，这就是我对端午节的印象。

另一种花叫"芒子花"，说它是花也许很勉强，因为它太普通平凡，既没有鲜艳的红色，也没有浓郁的馨香，它们是漫山遍野的青色巴茅的主干上伸出的芒子，像扫帚一般高高扬起，雪白一片，在溪谷山涧河边地头，在草木丛林随处可见。这时节小麦已经一片金黄，像金色的缎带一圈圈围绕在山腰上。青翠葱蒨的巴茅、洁白的芒子花和金黄的麦浪构成了五月最美的图画。在麦子还没有开镰的当儿，母亲会每天去山林砍柴，主要是砍斫簇生的密密的巴茅，巴茅的叶子有锋利的锯齿，稍不小心就会将你的手割出鲜血来，由于母亲长年累月的劳动，她的手已经像松树皮那样粗糙，也不知被巴茅割了多少次，她已经习以为常了。她吃过早饭安顿好我们，就拿着柴刀和葱口出门了，半日不到就会挑回一担巴茅柴火来，芒子花在柴火里异常突出洁白耀眼。我们纷纷迎上去，发现母亲的头发上黏上一些芒子花的穗子，母亲满脸红彤彤的颜色，脸颊上都是汗珠。看着我们围上来，母亲笑了。她将柴火轻轻竖立在地上，并不着急放倒，而是很小心地从柴火里取出一个用竹笋包衣做成的小兜兜来，原来那里面都是鲜红鲜红的刺果！刺果是连它们的绿色的蒂托一起摘下来的，一颗颗圆润通红的山果迅速勾起我们的食欲，纷纷伸出嫩嫩的小手，说："我要我要。"母亲说："别急别急，每人都有。"然后从小到大依次发放，看着我们如获至宝地捧着刺果的样子，母亲又笑了。母亲放倒柴火，嘱咐我们别碰巴茅，然后很小心地拔出一根根芒子

遥远的青沙滩

花来，摘去花穗，将一根根青白色的芒子杆做成各种各样的玩具，有菱形的花，有方形的斗，有圆形的圈，母亲心灵手巧，用这芒子花的杆编织着我们儿时的快乐。我们看母亲编，也学习自己编织，并将刺果放进编成的小兜兜里，芒子花的茎秆带着一种清香，和着山果的甜润滋味，我觉得那是最难忘的儿时的味道。

端阳景和芒子花香透了整个五月，因为那是属于母亲的花。

如今，母亲去了天国，不知道她还会摘朵端阳景插进发髻里吗？她还会用芒子花的茎编织小兜兜吗？她还会从柴火丛中摘取通红的山果吗？她还记得我们依偎在她温暖怀抱中的快乐时光吗？

思念之极，作两首小诗聊表心意。诗曰：

一

天光明媚端午节，家家户户插艾叶。
驱邪辟秽邀神助，母亲为我求福禄。
精织丝网兜红蛋，挂在胸前护身符。
我拿什么谢母亲？唯有嫩颊双笑靥。

二

母爱明媚撒天涯，漫山遍野芒子花。
锯叶青葱杆洁白，清香馥郁点山洼。
花下刺果灯笼红，母亲砍柴摘取它。
巧用笋衣编成袋，精挑刺果枝头挂。
兄弟姐妹皆有份，山珍美味甜透颊。
欢天喜地伸小手，母亲脸上生红霞。
天国还有鲜果未？我欲入梦见咱妈。

罗汉尖挖药记

　　罗汉尖是故乡最高的山峰，虽然海拔只有1 010米，但是它巍峨雄峻的山体始终是我心中神往的胜境，因为我少年时代攀登过的最高的山就是它，而且是在母亲和奶奶的鼓励下登上最高峰的，那份自豪与骄傲，那份甜蜜的记忆将会永远伴随着我。

　　那是1975年的秋天，家里三秋大忙已经结束，有一段相对空闲的时间，而我们又还没有开学，所以母亲与奶奶商量之后，决定去罗汉尖挖药草卖钱以补贴家用。我非常兴奋，将这个消息告诉了邻居好友炉子哥哥，谁知他也想去罗汉尖，整天哭喊着缠住他母亲。他母亲没有办法就去找我奶奶和我母亲，想和我们一起去挖药草。我奶奶有些不愿意，而我母亲却说不要紧，多两个人虽然挖的药少点，但也可以相互照应，在荒山野岭指不定还能发挥作用呢。奶奶也就同意了，炉子哥哥非常高兴，就要去整理锄头和其他用具。

　　炉子哥哥比我大一岁，圆圆的脑袋，身体也很瘦，但力气却不小，身手敏捷灵活。其实他是朱姓，在我们村属他姓，经常是别人欺负的对象。他母亲姓吴，是我父亲的堂姐，我们一直喊她"隐娘娘"，早年嫁给朱姓人家，丈夫不幸得伤寒死了，婆家的房屋又遭了火灾，烧得精光，所以不得不回娘家居住，她为了守住两个儿子和一个女儿，不愿意嫁到别家去，而是招赘了一个张姓的有妇之夫，炉子哥哥就是她和张姓的丈夫所生，鉴于她的特殊情况，同姓人经过商议，决定允许她在正堂厅西厢房的水井边沿上居住。尽管平常红白喜事也都喊她帮忙，但永远是烧火洗碗之类的事情。隐娘娘非常知足满意，毕竟可以住在娘家，安全可靠。所以她尽量帮助每一个需要她帮助的人，她对每一个孩子都很和蔼可亲。

去挖药草的日子选定了，必须是天不亮就出发，沿途要走十几里的山路，然后上罗汉尖半山腰的山坞里挖药草，黄昏时候集中再返回，大概晚上八点钟左右回到家里。至少要在山上吃一顿午饭，总共要行走五十多里路，对体能要求很高，但我们十一二岁的孩子还是能承受的。母亲和奶奶用香油将和好的面粉煎成像蟹子壳那样的咸饼，放进枣红色棉布袋子里，再每人带一壶茶水，我带的是父亲当年民兵训练时发的军用茶壶，有背带斜挎在肩上，奶奶带的是一个漂亮的塑料水壶，用一根红丝绳挂在锄头柄上，而炉子哥哥家很穷，只是带了一个竹子做的茶筒，又长又笨重，还容易脱落。

天上还亮着星星，我们就吃完早饭，整装出发了，整个村子还非常寂静，由于我们弄出的声响，引得邻村的狗不时叫几声。我们穿过熟悉的洞心坞竹林，爬上了上屋坳，天已经放亮了，只见东面的天空泛出了鱼肚白，那挡住视线的是高大乌黑的乌珠尖，连绵在一起的五座山峰，仿佛矗立的张开的五根指头，正中的一个凹槽就是每天太阳初升露头的地方。我们走在五百多米高的山梁上，看见乌珠尖渐渐被染成红色，霞光从凹槽里射出来了，金光万道，山山坞坞都亮堂堂的，绿竹苍松漫山遍野，野草闲花随处可见，在叶子开始发黄的麻栎树丛中不时可以摘到乌饭子和红灯笼一样的野山果，如果不怕刺，你还可以摘到野生的毛栗子。但我们今天不是去闲逛，而是要去西边的罗汉尖挖药草。此时罗汉尖巍峨的主峰和簇拥的四座八九百米高的山峰都披上了红绸似的霞光，非常壮观，罗汉尖朝向正东方向的中间部分有一个很大的凸起，我们称之为"罗汉肚子"，高度大约八百米左右，那里肥沃的黑土有两尺多厚，密密麻麻的草木里有各种野生的药材，四周都是茂密的林场，巨大的红杉和罗汉松有规律地分布在沟沟壑壑中。沿着主峰依次向东逐渐低下去分别是"二尖""三尖"和"四尖"。攀登主峰先要沿十八盘攀上罗汉肚脐眼，绕到四尖，再爬上山脊的防火道，就可以直达主峰。如果能够登上那最高峰，该是何等的畅快啊！攀登罗汉尖主峰一直是我们儿时的梦想，据登上主峰的同伴说，那顶上有为飞机导航的三角铁架，可以将自己的名字刻在铁架上。

一路说说笑笑，我们很快就到了罗汉尖脚下的阳岩村。这里海拔大约六百五十米。炉子哥哥的姐姐菊花就嫁在阳岩，先前菊花因为连生两个女儿，经常挨丈夫的打，我看到她几次逃回娘家时，脸上都有几道很深的伤痕，隐娘娘抱着她哭，很小心地给她敷药，过了几天又哭着送她回婆家。据说，现在好了，终于生了儿子，丈夫也不打了，生活较平静。炉子哥哥说要去姐姐家看看，隐娘娘也很慷慨邀请我们去做客，奶奶和母亲坚持说不要去打扰菊花了，她家孩子多，生活并不富裕，一下子来这么多人，很不方便，并说带了足够的干粮。隐娘娘也就不再坚持，于是我们穿过阳岩村，来到了一处叫"壁上挂筲箕"的峭壁前，这是到达十八盘最近的唯一的道路，只有一米宽，向上看是数丈高的绝壁，绝壁顶上伸出遒劲茂密的树枝和柴柴；向下看也是峭壁，从石缝里长出一簇簇麻栎树和灌木，枝干有我的手臂那么粗，有一丈多高的楂茅，圆圆的密密的绿叶非常可爱；向左看是一条巨大

遥远的青沙滩

的山涧，垂直落差有三百多米，一条白龙似的瀑布奔腾而下，飞珠溅沫，震耳欲聋。这条小路就横穿石壁而过，人必须手扶着石壁，抓牢石缝里的杂草，小心翼翼才能过去。母亲和奶奶有恐高症，非常害怕，只有隐娘娘胆子大，她先把炉子哥哥的茶筒放下，扎了裤脚，紧了一把腰带，先带领炉子哥哥和我摸着石壁而过，她叫我们闭上眼睛，不要朝下看就可以了。我们很快就过去了，但是走在那么窄的石壁上，心里还是很紧张的。我真担心我的母亲和奶奶。隐娘娘将我和炉子哥哥安顿好，又摸壁返回，护送我奶奶和母亲过去，我奶奶当年五十多岁，比隐娘娘仅大三岁，母亲才三十三岁。毕竟奶奶胆子稍大，她牵着隐娘娘的手，很快就过去了。隐娘娘又再次摸壁返回，牵着我母亲的手通过小路。当我们庆幸终于过了绝壁时，隐娘娘却再次返回，她必须去拿炉子哥哥的锄头和茶筒。只见她将茶筒挂在锄头柄上，很小心地慢慢挪动步子，就在即将走完最后一步时，她不知怎么的跳了一步，那茶筒竟挂住了树枝，只听得"哗啦啦"一阵响，一个东西滚下了悬崖，我们为隐娘娘捏了一把汗，她却笑吟吟地手里拿着锄头站在了我们面前，说忘记系牢，茶筒掉下去了。我母亲说："今天真亏了隐姐姐，不然我真怕过不来，还让你掉了茶筒，你们就和我们一起喝茶吧。"奶奶也感激隐娘娘的仗义。我则发现隐娘娘的手和母亲的手一样非常粗糙却很有力量。隐娘娘却说没什么，应该做的。只有炉子哥哥很怪他妈弄掉了茶筒，说背了那么久很可惜。

　　前面就是弯弯曲曲的十八盘了，虽然拐弯抹角，路却不难走。我们不一顿饭工夫就爬上了罗汉肚脐眼。远处看只是一个凸起的山头，走近看则是乱石丛生，茂密的杂草高达丈许，参天大树随处可见，那些岩石光溜溜的，背光处都长出了厚厚的青苔，在石缝的隙壤中，可以找到我们需要的桔梗、沙参、甘草、玉竹、红参、细辛（即马蹄香）、天冬、麦冬、白芨等中药材。如果走运，也许还能碰到野生人参。我们散开来分头找药材，并不时相互呼唤，以确定各自的位置，以防走得太远，联络不上。我始终在离我母亲只有几丈远的地方，每当我找到一株药材都要请母亲来鉴别，然后挖起来。母亲由于长年为生活所迫经常挖药草贴补家用，能识别几十种中草药，她教我怎样识别药材，并告诉我什么药材生长在什么地方，因此我很小就有丰富的挖药草经验。忽然，我挖到一颗很大的沙参，足有半斤红薯那么大，还舍不得将茎叶去掉，母亲夸奖了我眼睛精明。不久我又找到了一片细辛，那金黄的密密的长长的细根，泛着浓郁的香味，沁人心脾。这细辛喜阴，一定长在朝北的山坞里，我是在一堆巨大的岩石北边的隙壤中发现它们的，就像有人特意栽种一般，密密麻麻的一大片，足有二十几颗，那马蹄形的叶子黑绿乌亮，叶柄上有一个圆孔，下面是一个小鼓似的花蕾。秋天时节，细辛花期已过，根部长到最充足的状态，是药效最好的时期；一到下雪天，它的叶子就枯萎，只有来年秋天才能找到它们。当时我真是一阵惊喜，母亲也过来帮忙，好半天我们才将这片细辛清理完毕，母亲说足有十几斤，晒干了也有三四斤，可以卖十几块钱，足够一百斤大米钱！我的枣红布袋子装得满满的，母亲揩了一下汗，拍拍我的头，欣慰地笑了。我最喜欢母亲的笑容，在那样的岁月，能见到母亲开心的大笑是不容易的。快吃午饭了，我们集中到预定的地点，互相欣赏对方的劳动成果。隐娘娘和奶奶都对我表示赞叹，炉子哥哥也不错，有大半袋，他挖到一根特别长的玉竹，有一米多长，非常罕见。奶奶挖的药草五花八门，她是一个人单独行动，发现药草时从不大声喊叫，所以我们很难知道她挖到了什么东西。只见奶奶从最下面翻出一根药材，非常得意地说："你们看，像不像人形？"哦！我们惊叹了！原来奶奶挖到了野山参。后来经鉴定说是党参，我至今还觉得奶奶上了当，那绝对是人参！隐娘娘除了挖药草，还特地摘了许多苦菜，说回家晒干，过年煮肉时放一点，有一种特别的清香。苦菜，我们一般是拌在米饭里吃的，原来还可以放在肉里吃。我们吃蟹壳饼，喝一口凉茶，炉子哥哥跟我们喝，隐娘娘跟奶奶喝。隐娘娘赞叹奶奶的茶壶漂亮，说卖药草时也买一个，炉子哥哥则要求买我肩上的军用茶壶，隐娘娘说太贵买不起，塑料的就很好了。炉子哥哥也就只好憧憬起塑料茶壶来。

　　下午，太阳开始偏西了，我们还要去挖药草。因为我的袋子已经满了，心里还惦记着攀登主峰的事，就对母亲说，我想和炉子哥哥去攀登主峰。母亲欣然同意，只有隐娘娘反对，说炉子哥哥没有挖到我那么多药材，不能去。我于是央求隐娘娘说："让我们去吧，我们会很快下来再挖药草的。"隐娘娘终于同意了，叮嘱我们要小心，上去就快速下来。

　　她们仨继续挖药草，我和炉子哥哥去爬山。我们太激动了，几乎是一路小跑，就上了四尖。只见一条两丈来宽的防火道笔直地通向主峰，那是分开罗汉山脉东面和西面的分界线，东边大约十几公里的弯形山体呈扇形向下延伸，属于宿松县管辖，而西边一直延伸到江边的山脉属湖北蕲春县管辖。东边山上多松树、红杉，西面则多麻栎、水杉。防火道比家里的稻场还要平整，是洁白的沙路，我们几乎是一路奔跑，登上了三尖和二尖。主峰超出二尖一百多米，成六十度仰角，非常峭拔，远处看只是一个小小的锥形山顶，来到面前才发现如此陡峭。炉子哥哥有点胆怯，说很难爬上去，到二尖就可以了。我说："不行，不到顶峰决不回去！"我们于是沿着防火线边缘的丛林，一步步向上攀登，爬一会儿就靠在树边休息一下。最后十几米很考验我们的意志，因为这一段寸草不生，完全要贴在地上往上爬，稍不留神就可能滚下山去，跌得鼻青眼肿。我们相互鼓励，终于爬到了顶峰。原来顶峰有半个篮球场那么大，正中间是一个三十多米高的三角铁架，这就是导航台？我们向四周瞭望，万峰无不下伏，唯有我们最高，可以和蓝天进行对话了。四周的视野如此开阔，罗汉山峰的西面原来也是那么辽远迷茫，太阳正在遥远的西边天空渐渐下沉，平常在家里总是看到太阳落到罗汉山西边就看不见了，我们很想看看罗汉山西面的情景，现在终于看到了！我们于是大声喊："我们登上罗汉顶峰了！"母亲们听到了我们的声音，我看见她们正站在一块巨大的岩石上向我们挥手，她们浑身裹在夕阳金色的余晖中，仿佛仙女一般，她们的笑声在山谷里飘荡。

我们下山很快，带着一脸的骄傲和满足来到母亲们休息的巨石上，述说山顶的神奇景象。她们夸赞我们的机灵和勇敢。正在这时，突然传来一阵震动地面的"呜呜"声，奶奶说是山乌龟哼，太阳就要下山了。其实那就是穿山甲鸣叫的声音，可惜并没有看到过这种神奇的动物。转过山崖，忽然看到我们刚才休息的巨石上有几只红毛狗（其实就是狼）正在盯着我们，我们感到毛骨悚然，想拔腿逃跑。隐娘娘说："我们人多，它们不敢扑下来。但我们不能跑，它们会追上我们的，我们也不能示弱，要向它们示威！"于是她举起锄头向红毛狗大声喊："嚯嚯——嚯嚯——"，我们一齐举起锄头，大声喊叫。还真有效，那群红毛狗看了看，转身离去了，消失在巨石的背后。我至今还记得霞光中它们火红的长尾巴和飘逸的身影。

我们很快就到了阳岩，没有去炉子姐姐家歇脚，就下山去了，当上弦月升上天空时，我们回到了家。

罗汉尖不仅是那个艰难的岁月里我们的粮仓，还是我们精神的家园。转眼之间三十五年已经过去了，十八年前我的母亲已经去世，十五年前奶奶也驾鹤西归，五年前隐娘娘也走完了她的人生旅程，她们仨又可以在另一个世界会面了。她们是否还记得罗汉尖挖药材的往事呢？对我来说，那是一份真切美好的回忆。愿母亲们在天之灵永远快乐。

罗
汉
尖
挖
药
记

傲霜花开在春天

写到这里，忽然听到校园里不知何处传来《爱的奉献》的歌声，我停笔聆听了良久，周围都是温和甜蜜的九月的宁静。一霎时我觉得我们的学校，觉得这人间是如此的可爱。我们每个人何尝不是生活在友爱之中！

一双鞋垫

人生总是在无穷无尽的欲望中挣扎。

实现了一个夙愿就会欢欣激动，如果欲望不能满足则陷入痛苦烦闷。按照西方人的观念，人都是由"本我""自我""超我"组成，而埋藏在本我之中的则是非理性的无意识的生命力，那就是欲望的海。我不太懂西人的高深理论，但我知道人生会面对许多诱惑，只要你心中善良的种子还在，只要你有足够的毅力，去克制某种强烈的占有欲，你就可以在精神上得到提升，即使很多年过去了，你也不会为当初的行为感到后悔。下面我讲个小故事给你听。

那是1990年春天，下了十几天绵绵小雨，整个合肥仿佛潮透了，我能闻到四处散发出一股霉臭味，心情很糟糕。更糟的是小偷又光顾了我们校园，将我唯一的一件毛料中山装外套偷走了，而且衣服还是湿淋淋的！那是母亲送给我上大学的礼物，值一百多块呢！当我走进寝室，却发现床上放着一封加急电报："母病危速归。"

入学才五天，又要回家，我设想了各种可能的最坏结果，回到家里却见母亲安然无恙，原来竟是母亲着急要给我找对象，把人家姑娘带回了家，让我见面答应这门婚事！我自然不会这样草率，随便应付了一下，次日就返校，也因此有了在舒城车站的一件小事。

　　舒城车站位于省城合肥与宿松之间，因此从家乡开往合肥的长途车一般都在这里停歇吃午饭。我们也习惯了在车站的停车场西边的一面照墙前休息，活动活动僵硬的四肢。由于三天来都下雨，我穿的深筒胶靴，回家又尽走泥泞山路，身上到处是溅起的泥浆，靴里也像这天气一样潮湿。眼下正是料峭的早春，那中巴的窗户玻璃有破损，我一路都在刺骨的寒风中瑟缩着，双脚就像浸在冷水里一样，三个小时之后已经完全冻僵了。幸好老天爷开眼，到舒城车站时竟然云散天开，太阳露出久违的温暖笑脸，顿时心情舒展了很多。我发现照墙前有一个低矮的小板凳，于是坐在墙根，脱下笨重潮湿的靴子，将失去知觉的双脚晒晒太阳。十多分钟才恢复知觉，我多么想有一双毛绒的鞋垫，垫进潮湿的靴子里，让脚暖和暖和啊！你别说，心诚则灵，老天爷还真让我看到了这样的一双鞋垫，而且就在我的旁边。就在小板凳不到二尺远的墙根下，斜斜地晒着一双海绵鞋垫，淡黄色的，大约一厘米厚，你只要一看那样子，就会联想到温暖舒适。我拿过来一只用手一摸，怪柔软的，而且大小与我的脚完全吻合，真是天赐良机呀！其他旅客或者忙于吃饭，或者忙于活动身子，没有人注意照墙前晒太阳的我，店主人则忙于应付客人，绝对没有注意到我，更不可能想到我会对这双鞋垫产生浓厚的兴趣。对我来说，顺手将海绵垫子塞进胶靴，是绝对不会有人注意的，他们或许还会觉得是我在晒鞋垫呢。总之，我考虑了各种可能的情况，拿走这双鞋垫是不会被当成小偷的，甚至还想到未来的几个小时由于有了这鞋垫，双脚将会无比的享受。我的心异常激动，手伸出去了，我谨慎地看看四周，没有任何人注意我，我拿起了鞋垫。正准备往胶靴里塞进去时，突然间，仿佛灵魂回归躯体一般，我心里说："不行！你从未拿过别人的东西，你不能做小偷！——虽然你遭受过小偷的侵害，难道也要去侵害别人？现在能偷鞋垫，将来什么不能偷？——还是放下吧，不就几个小时的路吗？很快就会熬过去的。"我终于放下了鞋垫，心情坦然起来，依然没有人注意我，更没有人知道我内心激烈的搏斗和挣扎。然而，我最终克制了欲望，完成了精神境界的一次升华。

休息时间结束了，大家纷纷上车，我透过窗户看到雪白的照墙前，一双淡黄色的海绵垫子斜斜地靠在墙根的小板凳旁边，它显得那么温暖舒适，非常可爱。车子发动后，同位的旅客指着那鞋垫对我说："你的垫子，晒在那里的，忘记拿啦？"我看了他一眼，微微一笑，说："谢谢你！那不是我的。"

一双小小的鞋垫，却让我铭记一生。克制自己吧，活出你的精彩，你会获得灵魂的升华。

"副卷撕下作废"

　　你有过做错了事得不到别人原谅的经历吗？个中滋味确实让人终生难忘。何况那还是一个天大的误会呢！

　　那是 1979 年的夏天，我们参加恢复高考后的第二届中考，这可是决定命运的考试，父亲当时只给了我两个选择：要么考上中专，要么去做木匠。所以考试非常紧张，不能有丝毫的马虎。记得考场设在陈汉区高中所在地"隘口"，全区所有的初中毕业生全部集中到隘口参加中考，我们廖河初中的学生住在一个大队礼堂的演讲台上，都是在稻草上随便铺上草席而睡，我没有草席只得睡在最边上的稻草上，旁边地上有很多石灰。这是我生平第一次独自出远门——虽然隘口离我家只有十五里。生活艰苦没有什么，咬咬牙就过去了，只要考出好成绩就行了，我默默地在心里较劲。

　　第一天上午考语文，这虽然不是我最拿手的科目，但那天仿佛有神助，我做得相当顺手，两个半小时的考试时间，我只用了两个小时就完成了全部试卷，尤其作文写得如意，那印有红色方格的一张老大老长的稿纸全部写满了，足足有一千字，远远超过了规定的八百字篇幅。那位监考的洪老师，来自二郎中学，脸上有一道长疤，他看了我的试卷后，对我报以赞许的微笑，这增添了我的信心。我将试卷仔细检查了两遍，还没有到交卷时间。这时我翻开试卷的最后一页，发现也是一张印有红色方格的稿纸，顶头有一行字"副卷撕下作废"。我想，这是副卷，可以撕下来的，不是可以作废吗？我实在是平生第一次看到这么漂亮的稿纸，于是产生了强烈的想拥有这张稿纸的冲动。也没有征得监考老师的同意，就悄悄撕下这张稿纸，小心翼翼地对折好装进了口袋。中午吃饭时候，我拿出这张漂亮的稿纸给同学们看，那位一贯喜欢小题大做的同学，突然发现了新大陆一般大声说："你完了！你看，'副卷撕下作废'，说明你的语文试卷整个要作废了！你不要考了，干脆回家吧！"我争辩说："'副卷撕下作废'是讲这一张纸撕下作废，不是整个试卷作废！"然而当我得知所有同学都没有撕下副卷后，我不仅后悔而且恐惧了。幸好班主任朱任中先生及时制止了那位同学的喧哗，说没事的，我去帮你说说。中午趁同学们午睡之际，我写了一封很恳切的信，给监考的洪老师，说了很多后悔与感激的话，将那张惹事的稿纸装在信封里，开考前十分钟扔进考场，期望洪老师能够看到。果然有作用，下午考理化时，洪老师安慰我说："你好好考试，我看到了你的信。"但他并没有说试卷会不会有问题。

下午考试又非常顺利，我也就忘记了撕下副卷的事。第二天考数学和政治，也是出奇的顺利，尤其数学，我是整个考区第一个交卷的，而且我自信自己几乎全对，洪老师又对我微笑赞许，并竖起了大拇指。考试顺利结束了，我们返回了各自的家乡。很不幸，那位同学跟我住一个村子，在隘口有亲戚，他没有考完试就回家，而是在外面玩了几天。当他第三天从外地回家时，一路大声宣布了我的错误："吴振华真可惜了，他撕下了副卷，整个语文试卷作废了，我跟朱湾中学的朱校长一起亲眼看到他的语文试卷被拿出来作废了，有七十多分，实在太可惜了！要不然肯定能够考取中专，现在高中可能都考不取了。可惜！可惜！"一面煞有介事地说，一面惋惜地摇头。他从很远的田畈上见人就说，当时正在薅草的村民们都竖起耳朵听那位同学说话。很不幸，我的父亲也在其中，他听到这个消息，立刻扔掉犁耙，怒气冲冲跑回家，质问我："你为什么撕下副卷?！你同学说你的语文试卷作废了！""啊？我……"我非常害怕父亲，他发怒打人没轻没重，我犯下这样的重大错误，肯定要挨一顿猛揍。果然，父亲扑上来，抓住我的头发狠命要往墙上撞。弟妹们惊慌失措去喊母亲，邻居也都来解劝，纷纷指责父亲没有将事情弄清楚就乱打孩子。幸好母亲来得及时，我才没有受更大的伤害。父亲怒气未消地重复了那位同学的话，说我这样不争气打死都应该。我躲在屋角里有口难辩，突然说："前天才考完试，他怎么能够看到试卷？"大家都说是，隐娘娘说："安佬（父亲小名），你应该先到学校里去问问清楚，再打孩子不迟！"众人都赞同，父亲这才停住手，母亲很惶惑地问我："儿，那副卷是什么东西？那么重要吗？"又转身对父亲说："你现在就去北浴走一趟，问问朱任中老师。大不了不念那个中专了，你怎么能对孩子下狠手呢？"众人七嘴八舌指责父亲，并劝他赶快去找朱老师问问清楚。父亲也没有多想，就奔十几里外的北浴去了。

晚上，父亲悄悄回到家里，脸色平和了一些。母亲急忙问："怎么样？"父亲说："朱老师说了，试卷密封起来了，不是谁能看到的，根本没有阅卷，更没有七十分试卷作废的事。是那位同学撒谎。但是——"父亲还是沉重地摇了一下头说，"朱老师说难讲，撕下副卷还是很危险的事，他们已经向上反映了，也将撕下的副卷交上去了，要等阅卷之后才能知道结果。"这样，虽然证明了那位同学的话不可信，但是撕下副卷试卷可能作废的阴影还是笼罩在我的头上，也笼罩在全家人的头上。

相信那位同学的还大有人在。只要一见到我，他们就会问我这样一些很刺痛我心的问题：

"副卷是什么东西呀？你怎么能乱撕下呢？"

"听说你撕了副卷，考试作废了，是吗？"

"你要是不撕副卷，该考上中专了吧？"

"你真有本事，敢撕下副卷，你现在后悔了吧？"

或者以我为反面教材教育他们的孩子，这样说："你们听好了，千万别像某某某那样学会撕副卷，考取中专也要作废的！"说完大家一片哗然。

我深感自己犯下了众人难以饶恕的大错，每天只能低头从众人面前像小偷一样飞快地走过去，为了尽量躲开他们的视线，总是很早到山上去砍柴，很晚才回家。每天以泪洗面，万分后悔当初的举动，惹下这样的大祸，所有人都不原谅我，甚至毫不客气当面挖苦嘲弄我。有时，父亲叫我去挑粪桶，我当时只有一米三六高，说挑不动，父亲就说："你会撕副卷怎么就挑不动粪桶了？"跟弟妹们闹矛盾了，他们也说："你就会撕副卷！"一张副卷，真让我上天无路入地无门，又无言以对，无处可说，那心里的痛苦实在太令人煎熬了。

这样痛苦的煎熬持续了半个多月。大约是月半（七月十五）前后，一天晚上大概有七点多吧，我挑着一担柴火，步着月光回家，那月亮太圆太亮，我和好朋友傻哥（也是经常被人取笑嘲弄的对象）就一起坐在白沙岭望月闲聊，都不想回家，看着山谷里炊烟已经停歇了，大家都在稻场上端着碗吃夜饭吧。我说："傻哥，我们再坐会儿吧，等他们吃完饭，我们再悄悄回家，免得被他们嘲笑。你看，月亮真漂亮，据说嫦娥和吴刚住在里面，那里该没有人嘲笑人吧。"这时，突然听到一个很熟悉的声音喊我的名字，原来是父亲！他怎么来了？难道又出什么事啦？我顿时紧张起来。只听父亲很柔和地说："你今后，要替妈妈多砍柴。"父亲从不来接我的柴火，这是第一次。我说："妈妈怎么啦？"父亲说："没什么，你考取中专了，下半年要去城里读书，所以暑假要多砍柴。""你说什么？我考取了中专？不是副卷撕下作废了吗？""没有，今天你大父（母亲的姐夫，时任大队书记）在公社开会，得知你考了303分，全区第三名，稳取中专。"我的天！不白之冤一朝洗雪。

当我们进入村口时，从各家屋里走出很多人，都以羡慕的目光看着我，指着我对他们的孩子说："你们要向华佬学习，考取了中专，还这样麻利（方言，勤奋的意思）砍柴。"从此，我受到了全村人的尊敬，成为孩子们学习的榜样。在这个还没有人考取中专的小山村，我算是破了天荒。而那位撒谎说见到我试卷作废的同学则从此默默无闻了。

三十多年后，当我再见到那位同学时，他已经花白了头发，显得非常苍老萧瑟。他抬起满是皱纹的脸，很不好意思地说："老同学，我当年真不该编造谎言伤害你，请你原谅。对不起！"然后凄然一笑。我说："嗬，都过去了，没什么。你也不要太自责，年轻时候谁都会做一些错事啊。"我问他现在的境况，他说他常年在建筑工地帮人家开压水机，每月四千多块钱，生活还可以，打算过几年等孩子大些将旧瓦房改造成两层楼房。

这就是"副卷撕下作废"的故事，对我来说是一段难以忘怀的遭遇。人世沧桑，经历之后，其实也没有什么。

2011 年 10 月 31 日于芜湖

通知书来了

　　"撕下副卷"的风波结束后不久，八月中旬的一天，我接到教育局通知："明天上午八点钟，去县城体检。"这是我第二次下城，第一次是跟父亲黑夜步行进城的，这一次却是真正坐汽车进城，太让我期待了。我已经十四岁半了，还没有真正见过山外的世界。

　　体检要在城里住两天，所以要一定的费用。家里自从回马岭遇雨之后，经济一直很拮据，没有缓过气来，总是上顿不接下顿，田间稻子还没有收获，正是青黄不接的困难时期，根本没有闲钱。父亲首先开口向奶奶借钱，奶奶却说钱都借给姑爷了。我知道她是故意不借，因为我最后能否录取谁也没有把握，她是绝对不做风险投资的，我明明知道爷爷家每年都是存款户，不可能没有几十块闲钱放在家里的，要是一分钱都没有，奶奶脸上绝对没有笑容。父亲一脸沮丧回到家里。没有办法，母亲只好跑了一趟娘家，只有大舅舅成了家，也拿不出钱。正在万分无奈的时候，却偶然碰上京南爷爷（他姓张，是母亲远房的叔辈，但却是隐娘娘没有正式结婚的丈夫，按照吴姓则只能称他为爷爷），他是大队里的森林守护员，正站在老井边抽烟。他二话没说就掏出了皮夹子，说："这是大好事嘛，要多少钱？"母亲说："只要借五块就够了。"京南爷爷抽出两张五元人民币塞给母亲，母亲说真的只要五块，就还给他一张。我们当时的感激之情真是无法言表。当我已经出发后，爷爷才拿来一张十元的人民币，并说和奶奶吵了一架。我母亲谢了爷爷的好意，并没有收下那钱。

我换了一套整洁的衣服，就去玉枢观码头搭船到水库大坝与已经等在那里的朱任中老师会合。正在我为坐船的零钱着急时，却看到廖师傅主动拉我上他的船，说："是去体检吧？方山的大喜事呀！我今天不收你的船钱，日后讨一杯喜酒喝。"父亲非常高兴地答应了。下船就看到了朱老师，第一届毕业班就有一个学生能进入中专体检，他非常自豪，正在跟一群人开心聊天，原来有四五个学生都是要下城体检的。

我把钱交给了朱老师。车票是七毛钱，坐车一个小时就到了城里，住在红旗旅社，我姑奶奶的女婿秀彩伯伯退伍后就安排在这家国营旅社工作，他也很高兴，免了我一晚的六毛钱房费，还给我买稀饭和油条，我是平生第一次吃到那么香脆的油条，那种香味至今还记忆犹新。

第二天进行体检，量身高的时候，朱老师叫我尽量踮起一点脚尖，但是我再怎么踮，也只有136厘米，与规定的150厘米相差太远。体重则只有27千克，也远远没有达到规定的35千克。体检医生说，这孩子不合格，可以不必继续下一个项目了，即使其他项目没有问题，也不符合录取要求。我急得要哭，朱老师找了几个熟人帮我说好话，其中有一个漂亮的胖胖的三十来岁的女医生很喜欢我，说她要有这样聪明的儿子就好了，她去主检医生那里说了几句情，就回来拉着我继续后面的视力、听力、嗅觉、颜色辨别、骨骼、内科等项检查，除了嗅觉方面不知道"醋"是什么东西（因为家里从来就没有见过醋）外，其余全部合格。第三天回到家里，钱还剩下三元，因为很多钱都没有收。

回家后，没有轻松几天，一个比先前撕下副卷更严重的问题向我袭来，那种惨沮绝望的悲伤几乎将我和全家人击垮。这回绝对不是捏造的谎言，而是清楚明白的事实。那就是我的身高体重严重不达标，因体检不合格而无法录取中专的悲剧将必定落到我的头上。这回绝对不是我的过错，父亲要负主要责任，身体不合格只能怪没有粮食吃，发育不良。我看到父亲满脸的无奈与自责，他说话温和了很多，生怕我伤心，母亲则只是无比惋惜地以泪洗面，没有办法摆脱的贫困呀！

"体检不合格"的消息，很快传遍了全村，于是人们开始天天议论这个话题。

隐娘娘对母亲很同情，说也许菩萨会保佑孩子能够录取的，劝母亲不要难过。母亲说："你说这怎么好？孩子学习成绩那么好，哪个晓得还要体检呢？现在就是杀一头猪叫他吃也来不及呀。我们家要不是穷，怎么会这样呢？"

奶奶则对先前没有借钱给我们感到很庆幸，她竟然说："我们家三代就没有念书的命，就是不听我的话，非要念什么书！要早点儿学个手艺多好？"她对我母亲没有听她的忠告很有意见。

义父义母也是很同情我们的，他们劝母亲别难过，也许天无绝人之路，即使考不上也饿不死，并建议我去学漆匠，跟他们的儿子一起，也有个照应。

每天都有人到我们家里来，有的是来印证我"体检不合格"消息的确切性的，然后叹息一番走开；有的是真情的劝慰，希望我去学一门手艺。也许最着急的是上屋村的石匠麻叔，他是母亲儿时的伙伴，据说他们当年有约定，如果双方的第一个孩子正好是一男一女，就做儿女亲家，恰好我母亲生的是儿子，他家是女儿。我们几乎是同年同月同日生，听母亲说我是鸡叫头遍时出生，他女儿是晚上二更时生，虽然我不知道母亲们的约定，但是我读书的期间已经隐隐约约知道有这样的事，我也见过他女儿水香，长得很柔美漂亮，小时候也一起玩过，长大后见我就躲。这天夜里麻叔夫妇在我家坐到半夜才走，我母亲哭了好多遍，麻叔说："这不能怪孩子，孩子还是好样儿的，我们没有任何嫌弃，如果愿意就跟我一起学石匠吧。"我母亲说："等等再说吧，谢谢你们看得起我们啊！"

　　大概体检后第五天，又有重要消息传来，我接到教育局通知凡是体检合格的都要到乡一级中学集中填报志愿。这又是莫名其妙的事情，方山村的老百姓闻所未闻。那天早上我母亲很高兴并有点得意地送我去北浴中学填报志愿，我父亲走路也突然精神抖擞起来，麻叔夫妇更是特别积极，一大早就来送我们。奶奶则高兴之余有点儿失意，毕竟是喜事，她也表现出积极的样子。我与父亲一起去十五里之外的中学填报志愿，到了朱任中老师家后，我们才知道是他们讲了好多好话，审核的老师研究后才同意的，另外一个重要原因是我们这一届实际上是本县首届的纯初中生中考，像我一样的孩子很多，有二十几个，因此就都允许填报志愿。又侥幸过了一关，真是菩萨保佑啊！

　　经过仔细商量，反复斟酌，填的是对身高体重要求不是十分严格的三所学校："铜陵有色金属公司技工学校"（这是一所非常特殊的学校，实际上就是培养技术员）、"蚌埠卫校"、"安庆林校"。

　　填完志愿，我的心情轻松了好多，虽然还是每天麻利地上山砍柴，但心中有了希望，脸上就多了笑容。麻叔一家最早登门说定，等通知书一来，就要请我们到他家吃顿饭，顺便讨论一下儿女的婚事。这时我母亲异常冷静，说不急，等通知书来了再说。隐娘娘也说："我说孩子运气好吧，菩萨保佑的，今年过年一定要到祖老那里多放爆竹，报个喜讯。"父亲也是一脸笑，说一定一定。

填完志愿一周很快就过去了，应该到了发通知书的时间了，于是人们又关心起通知书的事情来。首先是河岸村的来叔专程来我家一趟，询问我家有没有收到通知书，他说他的表侄耀佬已经录取了南京邮电学院。我们不知道录取顺序是先大学再高中专，然后才是初中专。又过了几天，陆续有传来的确信：三合村的某某人家孩子录取了合肥工业大学，柳坪丘山的某家孩子录取了安徽中医学院，廖河的某家孩子录取了安徽大学，还有武汉的、南昌的、九江的、黄山的、济南的、天津的学校通知书都到了。这纷至沓来的各种有关通知书的讯息对我都是一种强烈的刺激，我的通知书，怎么还不来呢？开始几天对人们的询问，我们只是平静地回答："还没有收到。"可是到八月底了，几乎所有人的通知书都到了，唯独我们还没有收到任何消息。我们开始着急了。那些热心的村民怀着各种复杂的心态，一见我就问："通知书来了吗？"我说："没有。""你们真坐得住，怎么不去问问呀？所有的通知书都发完了，会不会寄丢啦？"

以来叔为中心的信息群都是关于上学的消息，他参加了表侄的庆宴，逢人就讲宴会盛大排场，他也仿佛脸上有了光彩。然后话题就转向我们，指出两种可能性：一种是录取通知书寄丢了，一种就是志愿填错了没有录取。对这样的权威消息，我父亲不敢怠慢，所以又跑了一趟北浴，得知第一志愿改换了。原来志愿表提交到教育局之前，朱老师考虑到我的体重和身高的因素，临时决定将第一志愿改为"宿松师范"。

父亲回到家说只能等待，没有别的办法，第一志愿改成了师范，众人又开始议论了："个子那么小，怎么教书呀？肯定是刷掉了，不然所有人都走尽了，怎么还没有通知书呢？"这样的猜疑终于让我失去了最后的耐心。因为，九月一号开学了，村子里所有读书的孩子都背书包上学去了，我还在家里等通知书。那些热心的村民，依然见我们家的人就问："通知书还没有来么？"我们不想搭理，他们就从前门绕到老井边的后门追问："通知书来了吗？"

　　该死的通知书呀，折磨得我们全家人精神快要崩溃了。麻叔几乎是一天要来问三遍，他天天扛着犁耙去薅草，早晨就到我家后门问消息，中午回来又从前门进来问，晚上还来提供一些他听到的消息。我看见他就烦死了，又没办法摆脱。"寄丢了""刷掉了""填错了"等猜测把我弄得筋疲力尽。

　　一直等到九月八号的早上，我们一家人的耐心终于到了极限，父亲一早就逼我到学校去问消息，我说不去。我已经决定不念书了，免得受这样的煎熬，反正不是我的错，我说话语气也就比较冲。但是，父亲更是受不了，他没地方出气，只好撒在我身上，在他看来，主要还是我没有为他们争气。他拿出了打牛的荆条，瞪大了眼睛说："你去不去？"没有办法，我只有妥协，有气无力地跟着父亲向原来念书的学校走去，父亲一路上对我训斥指责，我第一次发现父亲这样蛮横不讲理，他也许遭受了太多怀疑的目光，才变得这样偏执吧。

　　走到学校的墙壁角了，他才扔掉那根荆条。操场上学生们已经早操完毕，何群英校长正在训话，一看见我们父子俩，他大手一挥说："通知书来了！正准备搭信叫你来拿。"全操场的同学"刷"的一下目光全集中到我身上，被百人注目虽不是第一次，但在这样毫无准备的情况下还是比较尴尬。我飞快闪进朱老师的房间，赵老师也在，我拿到了那个米黄色信封，里面厚厚的一沓纸，中间就是那张通红的"录取通知书"。我的头脑一片空白，折磨了我一个暑假的通知书啊，终于到了我的手中！

原来这年师范扩招，是最后一批录取，要到九月二十号才开学，所有通知书自然寄得比其他学校晚。父亲彻底放松了，再也不威吓我了。他爽快地作出决定，邀请全校老师九月十八号到我家吃庆宴。他终于要扬眉吐气了。我们回家的路走得出奇的快，平常两小时的山路现在几乎半小时就走完了。我把这个珍贵的信封交给了母亲，她像摸着宝贝一样珍藏在她的嫁妆"梳妆盒"里，眉宇间一片喜气。

还有人不停地问："通知书来了吗？"我母亲说："没有。"但她的语气和脸色已经泄了密，人们追问："肯定来了对不对？你骗我们的。"

母亲只给麻叔夫妇、隐娘娘、义父、义母等几个要好的人看了通知书，其他人则一概不给看。人们看到我家开始准备庆宴了，才知道他们所有的担心或者所谓的消息都烟消云散了。这通知书的风波终于在我们长达万编的礼炮中彻底结束，我开始了全新的生活。唯一没有听从母亲的是我没有答应她们儿时为我定下的婚事。但我对麻叔夫妇还是非常尊敬的，水香妹妹出嫁时，我特意嘱托母亲送了一份重礼。

九月二十号上午，我去宿松师范报到，与三合的贺德广坐同一条船，我在船头，他在船尾。他比我大两岁，是参加高考，考取了安徽中医学院，后来一直留学日本、美国，成了终身教授，现定居美国旧金山，开了一家中医针灸诊所。而我则在三年后回乡当了一名小学教师，虽经不断努力，成了大学教师，但我还是认为，考取中专虽然改变了我的命运，却局限了我人生的发展空间。假如我当时在两年后参加高考，如今会是怎样呢？

谋事在人，成事在天。无论如何，我都要感谢生活！

地负恩情山岳重　海涵日月沧溟深
——深切怀念敬爱的朱任中先生

2006 年 5 月 1 日，我回到阔别六年的故乡。一脚踏进宿松的土地，真让我惊讶不已。这哪里是先前记忆中的宿松？宽阔整齐的马路，鳞次栉比的高楼，摩肩接踵的人群，琳琅满目的商品，处处都显示着繁荣富足、幸福安康的新气象。县城仿佛比以前扩大了许多倍，成片成片的居民住宅楼和商业区井然有序，星罗棋布。这就是我那魂牵梦绕的故乡啊！正当我沉浸在兴奋和喜悦之中的时候，手机响了，是老同学，20 多年没见面的老同学，听说我回来了，都热情相迎，让我更加真切地感受到故乡亲朋好友的温情。就在我们觥筹交错、忘形尔汝之时，就在我们相互追忆、畅叙幽情的激动时刻，一位朋友突然音调低沉地说："朱任中先生不在了。"什么？我还准备明天去拜访他呢。我的心一下子跌进了痛苦的深渊。这可是我人生的第一位导师啊！可恶的病魔，无情的苍天！好人竟如此的不寿！

第二天，我心情沉重地来到恩师灵前，望着遗像上那曾经非常熟悉、几十年念念难忘的面容，看见他还是那样清癯矍铄、满面笑容、和蔼可亲、睿智深邃，仿佛永远只有三十来岁，青春不老，怎么会突然走了呢？我热泪沸涌，一声长恸，跪倒在灵前：

"朱老师，振华来看您了！"眼泪止不住地流，积聚了二十七年的思念、感激、遗憾……一齐涌上心头。瘦弱而苍老的师母痛哭失声，在场的同学、亲戚都在流泪。天若有情也应该有泪如倾。这是又一个"孟二冬"去了，您只有五十三岁，就永远地离开了您钟爱的故乡和事业，离开了您热爱的课堂和学生！宿松的学生失去了这样一位好老师，是多么巨大的损失，您独创的那一套初中数学教学方法不知后继有人否。

　　没有朱老师，就没有我的今天。虽然我与朱老师真正相处只有一年，但他的严肃认真、坦率真诚却深深影响着我，并将影响一辈子。他不愧为我人生转折途中真正的导师。记得那是1978年的秋天，他刚刚从安庆师范毕业（高中专），是恢复高考制度后第一届中师毕业生，正是风华正茂的二十六岁青年，当年教师奇缺，我就读的廖河初中竟然迎来他这位成绩优秀的中师毕业生，是地幸亦是人幸！廖河初中仅存在过六年，恐怕现在很少有人记起。它原本是一所小学，由于生源特别好，在1973年招了一个附设初中班，老师都是刚刚毕业或即将毕业的高中生，教学质量可想而知。我是第四届学生，那时还是"文革"后期，记得1976年春节后入学，除了参加政治批判就是勤工俭学。我曾参加过批"唯生产力论"和"反击右倾翻案风"的大会，大背语录，人云亦云地跟在人群后面赶热闹、喊口号。为了抵抗当时盛传即将发生的大地震，我们在大操场上搭草棚住，为盖草棚，于是要勤工俭学，学生们浩浩荡荡去罗汉尖林场砍柴，一部分用来盖棚子，其余的留在山下烧石灰。我们在森林里干了三四个月，砍了几万斤干柴，烧了一万多斤石灰，竟卖了九百多元（足够全校学生的一年学费）！我们只顾着劳动锻炼，很少有时间认真读书，实际上除了几本课本也没有书可读，学业的荒芜可想而知。我到16岁念师范时才知道有屈原和李白这样的诗人！

1977年恢复高考，从此学生们不需要去参加课外劳动，开始了半年的补缺补差。朱老师就是在这样的背景下，在最需要知识的时候，分配到廖河初中。事实证明，他拯救了我们。他担任我们的数学老师兼班主任。记得第一节课上，他提了一个我们认为最简单的问题："-a一定是负数吗？"我们全班异口同声地回答道："一定是。""为什么？""因为前面有负号。""错了。"啊？！全班震惊了！"因为必须要讨论：当a＝0时，-a=0；当a＜0时，-a是正数；当a＞0时，-a才是负数。"如此简单的题目竟然深藏玄机，这是我们简单化了的头脑从来没有想过的，因此大家深服朱老师的功力深厚，对他肃然起敬了，并从此不敢小觑他出的每一道题目。比如有一题："一个三位数，百位上是a，十位上是b，个位上是c，怎样表示这个数？"当我的同桌廖冠群迅速写成"abc"时，我觉得有问题，但也不知道怎样写，朱老师问我："你为什么不写？"我说："肯定不能写成'abc'，但正确的答案我也不会。"朱老师竟表扬了我，说我有独立思考的精神。随即他写出正确答案：100a＋10b＋c。全班再次震惊了！从此我们知道了严密思维，形成了讨论钻研的风气。朱老师就是在这样学业荒芜的基础上开始了他艰辛的开拓。我们知道他的心里非常着急，学生这样的水平明年怎么中考？但我们从来没有听到他说过一句丧气的话，他用了他的实际行动来补缺补差。我们从此没有星期天，从此不分早晚地刻苦攻读。每天两块大黑板上都是数学题，他早上出题，晚上自修时讲答案。就这样慢慢地为我们补起荒废的学业。我们也很懂事，全校到处鸦雀无声，晚上煤油灯要亮到十二点之后。每天早上四五点钟，朱老师房里亮起了灯，他开始编新的作业了，我们于是一个一个自觉地起床，用凉水洗脸，也点起了煤油灯，开始认真读书。他做班主任从不打骂学生，总是用言传身教让学生把全部精力用到学习上。由于我们是真心佩服他，所以都乐于接受他的教诲，班风彻底扭转。他那生动准确的数学语言，既让你产生浓厚的兴趣，又不让你轻易得到答案。全班、全校掀起了一个学习数学的热潮，加上几次大型的校际竞赛，我们既取得了不错的成绩，又扩大了眼界，我们开始找回了自信。在他的指导下，我还代表学校参加了县级数学竞赛，得了一等奖，因此跟他的关系更亲密了。当年我家庭比较困难，买纸张不易，就用作废的账本纸的反面对折做数学题，总共有四大本一千多页，毕业后这些写满数学题的账本留在朱老师手里，他说要用来教育后来的学生。

我们做了多少题目已经无法统计，朱老师付出的辛勤汗水更难以计算。当时没有加班费，没有课时酬金，也没有奖金，朱老师这样的无私奉献精神是多么伟大啊！难道我们不应该弘扬朱老师的这种精神吗？学生的潜力是无限的，关键靠教师的引导和开发，只有用恰当的方法激起学生的兴趣，并保护学生的自尊与自信，才能取得成功。

1979年的中考，终于迎来了廖河初中丰收的喜悦。全班42人除了我考取了师范，还有15人考取了高中，这是破天荒的纪录。1980年后，廖河初中撤并到北浴初中，从此廖河初中就成为留在我们记忆中的历史了。

廖河是一条发源于宿松最高峰罗汉山脉的东西走向的小河，长约十千米，河面最宽处也只有三十米，流量却很大，是钓鱼台水库重要的水源之一。两岸连峰高耸，山谷幽邃，泉水叮咚，苍松翠竹，云白风清，风景秀美；峡谷里溪流两岸是冲积平地，土肥水美，层层梯田冬季种麦夏季栽稻，绿树丛中掩映着村落，鸡鸣狗吠远近相闻，真有世外桃源的意境。我们的廖河中学坐落在中游的开阔地带，沿河是大操场，河坝上是一排不知生长了多少年的苍老木子树，枝干遒劲，怪枝嶙峋，其中还有两株女贞，青枝碧叶，四季繁茂，树下就是清澈见底的河水，巨大而光滑的石缝里美丽的石斑鱼穿梭往来。当秋风浩荡，金黄的稻田变成绿油油的小麦的时候，木叶殷红纷纷飘落，满树白果如珍珠串串；当金黄的小麦成熟又变成绿油油的稻秧的时候，女贞花开如沉甸甸的粟米，带着刺鼻的浓香，引来成群结队的彩蝶，上下飞舞，热闹非凡。在这里朱老师与我们共度了一季星霜。他曾带着我们在沿河的青石板路上，踏着金黄殷红的木叶，迎着霜风晨练跑步；他也曾和我们在女贞花香的季节，下河洗澡洗衣服，清澈的河水洁白的沙滩光滑的鹅卵石曾记得我们的欢歌笑语。这真是我们一生最美的时光！我们在朱老师的影响下，既认真读书，又形成了勤于锻炼、卫生整洁的生活习惯，终身受益。朱老师还是篮球健将，总爱穿一套带白条的蓝涤纶球衣，白运动鞋，非常灵巧矫健，速度奇快，投篮准确，只要他一上场，无论男女，都不由自主地给他鼓掌助威。这与他勤奋练习有关，我曾看见他清早晨练打篮球，在篮下左右开弓一口气练插板一百多个，就像他教书那样一丝不苟，我们既羡慕又佩服。他的房间每天都整理得井然有序，每天穿的中山装笔挺干净，吃饭的碗筷也排列整齐。总之，他当时确实成为我们的偶像，从个人生活到业余爱好，到教书育人，都对我们产生了良好影响，连他写字的样子和字体我们都急于模仿。他与同事的交往总是保持谦让和低姿态，从不计较个人得失，大家都敬佩他。他成为整个学校的灵魂和信心。如果没有他的坚毅和执着，没有他的勤奋和认真，也许就没有我个人的今天。因此，我们对他的感激是发自肺腑的，没有一丝一毫的勉强，他在我们心中永远是那么崇高和伟大，虽然他的名字并不为许多人知晓。

还有几件小事，也是我终生难忘的。其一是在1978年寒假前夕，大约因为一个学期的紧张学习加上营养不良，我病倒了。高

遥远的青沙滩

烧了好几天，连嘴唇都破皮了。朱老师托他在医院工作的女朋友给我买了药，我吃了还是不退烧。他问我："振华，明天就是期末考试，成绩要在全乡排名，很关键，你能坚持吗？"我说："我虽然发烧，但头脑还很清楚，我能坚持的，您放心吧。"他又把我叫到他房间，给我泡了一杯白糖水。在那个年代，糖是要凭票购买的，非常珍贵。也许是缺糖的缘故吧，几天不退的高烧在一杯白糖水后，竟奇迹般地退了。他说："早知如此，你也不必痛苦这么多天了。唉，还是营养不良啊！"我第一次从他的眼里看出了深深的忧虑，他在忧虑我的家境啊！（我那时虽有十五岁，由于营养不良，体重却只有27千克，身高仅1.36米，后来录取师范时还差点儿因体检不合格失去上学的机会。）那次考试我很争气，数学以96分夺得全乡第一。另一件事发生在中考前夕，他又把我叫到房里，笑眯眯地问我："你喜欢当老师吗？"我从来没想过这样的事，于是说："我不知道。"他说："你看，做老师很好，教教学生，职业很稳定，收入虽然低点，但受人尊敬，每年还有一百天假期休息，真的挺不错的。"我说："我……我要是能像您这样，就非常满足了。"他说："那你报考师范吧，你肯定行的。"也许就是这次简短的谈话，让我奠定了终身从教的人生理想，因此就有了我的小学教师、中学教师到大学教师的人生轨迹。老师，有时候对一个学生的影响是终生的，尤其在小学、中学阶段。我现在还非常庆幸：能在人生最关键的时候碰到朱老师这样一位好老师！

朱老师也是从我们这一届一举成名，1979年他被评为安庆地区优秀教师，从此也开始了他长达二十七年的数学教师生涯，他一直带毕业班，每一届都有出色成绩。从廖河初中起步，经过北浴初中、广福重点初中，最终来到县城城关中学，他一步一个脚印，不管是怎样基础的学生，到他那里都会奇迹般地爱上数学，以至于有学生不远百里慕名而来。二十多年来，他教过多少学生已难以统计，只知道他的学生从他这里起步已经遍及祖国各地，乃至大洋彼岸，有的已成为成绩显著的学者、教授，有的已经是成就突出的企业家、政府官员，更多的是像他一样兢兢业业的教师，也有勤奋努力、诚实守信的农民。不管最终从事什么职业，凡是经他教导过的学生都会珍藏着有关他的动人故事，因为没有谁不充满对他的感激之情。他是一个真正以教书为职业，一生都在付出忠诚和爱心的人。他对所有的学生一视同仁，不因为学生家庭背景的差异而左右他的情感倾向，他从不骄纵优等生，也决不歧视差等生，他始终如一地竭尽全力帮助每一个学生。他又是一个淡泊名利的人，虽然从不汲汲于名利，但他却是获得奖项最多的教师，老百姓对他是有口皆碑。他在我们的心中永远是一个光风霁月的形象，他是一个纯粹的好人，是一个无私无欲、无惧无畏的人，他诚恳谦逊、勤奋认真，不求于人也不取于人更不屈于人，留下的遗言还是丧事从简，不收礼金，把他简朴节俭的作风保持到最后。他留给我们、留给宿松人民的是一笔不菲的精神财富。他无愧于"孟二冬"式的时代先锋的称号，并不因为他所处之地偏远闭塞而减少他的光辉，他是宿松人民、宿松教育的骄傲，广大教师应该学习这种忠于职守、淡泊名利、无私奉献的精神。他的英年早逝不仅在宿松教育史上造成了难以弥补的损失，也在所有敬爱他、享受过他恩惠的人们心中留下永久的遗憾。

朱老师啊，您的故乡北浴河和廖河的清波涟漪会永远记得您，因为您是喝山泉长大，地地道道的陈汉人，河水曾经洗濯过您的身躯，也将以恬静的温柔慰抚您的英灵；您的故乡巍峨的罗汉山峰、朱图峻岭也会永远记得您，因为那雄浑苍茫的林海有您砍柴伐木时挥洒的汗水，那雄壮浑浩的阵阵松涛将是为您唱起的安眠曲。愿您安静地长眠在故乡宽阔温暖的怀抱！您是这块土地上最优秀的人民的儿子，是您那一代人中最优秀的普通人的典范！您也是宿松人民的骄傲，为宿松教育事业做出了重要贡献！我们不管身在何方，也不管将来成就多大，官位多高，财富多少，都会对您深怀感激，都会用生命的赤诚向您致敬，并将您的精神发扬光大，报效故乡和祖国！

学生不才，在此谨以一副挽联聊表感激和悲痛：

五十三年人生，海涵日月苍溟深，弟子永怀千古痛；
二十七载雨露，地负恩情山岳重，寸草难谢三春晖

敬爱的先生，您安息吧！

遥
远
的
青
沙
滩

怀念周三畏先生

我师范时代印象最深的老师是周三畏先生。

他是一个最纯粹、最洁净、最敬业的人，我相信他人生的菁华都绽放在 1979 年至 1981 年中，尽管他的付出最终没有得到他期待的回报，那五十名对数学如痴如狂的学生最终没有人在数学上有所成就，但是他的数学思维及严谨勤奋的工作精神对我们产生终生的影响，他追求知音的最高教学境界，深深感动着我们每一个学生。我相信，他的名字将永远与我们那远去的青春岁月融合在一起，他已经成为我们生命中不可分割的一部分。

1979 年秋天，周老师从武汉大学数学系肄业回到故乡，在休息了半年之后，分配到宿松师范担任我们 102 班的数学教师，与从上海某大学下放到宿松的周丽芳先生带平行班。他们精诚合作，掀起了宿松师范学生学习数学前所未有的高潮。

周老师中等个子，非常清瘦，前额宽阔明亮，头发稀疏却梳得整齐，一双眼睛清澈而温和，一看就是一个聪明睿智的人，不管谁与他说话，他都一律鞠躬弯腰，满面笑容。他非常谦逊随和，但是课堂上从来就没有教学之外的啰唆话，他简洁精确的数学语言与工整严谨的板书，让你对他的数学课充满无限的兴趣。

他的语调抑扬顿挫，目光并不在任何一个同学身上流连，在他的世界中只有数学，只有严密的推理和各种巧妙的解题方法，他甚至陶醉在他表述的数与形的奇妙世界中。我们谁不深受陶染？五十双眼睛如饥似渴地紧紧追随着他，尽管教室里鸦雀无声，但是你分明能感觉到智慧的运动，课堂上充满生机与活力，充满积极上进的气氛。数学课竟成为我们最高级的享受。每当下课铃响，我们都还没有从他的数学世界中清醒过来，觉得这节课是不是提前下课了？"起立！"班长丁希龙发出了口令，在我们向他敬礼时，他却说出那句永不变更的话："成功等于99%的汗水加1%的天才！"我们还在回味这句名言的时候，他已经悄悄离开了教室，沾满粉笔灰的双手捧着备课笔记本，步伐迅捷地消失在窗前。

周老师是在那句"学好数理化，走遍天下都不怕"的口号传遍大江南北的背景下，教我们数学的。华罗庚、陈景润成为我们心中的偶像，书店里的数学书卖得最快，小店里的白纸常常是脱销状态，我记得同学们从生活费中节省下来的钱，几乎都消耗在数学的学习上。我当时视如珍宝的一本书就是上海教育出版社出版的《中学数学二千题》，定价1.25元。在跟随周老师学习的两年时间里，我完整地演算了这两千道习题，用白纸裁成十六开的本子堆起来足足有二尺多高。那汗水里收藏着我对数学前所未有的热情。我们按部就班，紧紧跟随周老师的教学进度。每一章节结束，周老师一定要求我们将本章的知识体系画成一张简表，先让我们讲自己怎样做的简表，然后变魔术一般"哗啦"一声展开他的画着简表的一张大纸，我们恍然如有所悟，对周老师深深敬佩。最期待的莫过于考试了，学生一般都是害怕考试的，但是我们却非常渴望考试。每次考试周老师不管多么忙，都是当天阅完试卷。我相信阅卷对他是一种高级享受，因为每次的平均分都在

95分左右。你只要稍不留心，就考不到满分。江仁荣、柴绍炎、丁希龙、项斌、祝世荣、朱正才、吴烁亮、黄美华和我是考满分次数较多的人，但是有一次我考了99分，却被排列在39个99分的最后一位，周老师说我的99分含金量最低，因此排在最后。那原因是我的一道计算题最后一步竟然写成了："$\frac{1}{2} + \frac{1}{2} = \frac{2}{4}$"。我羞愧万分，周老师并没有批评我，但是我从此却学会了认真细致。

周老师对一些成绩好但有骄傲情绪的学生有一套"润物细无声"的教育方法。比如有位成绩很好的同学，既聪明又刻苦，但就是上课时候，总有点恃才傲物的味道，最明显的是有时黑板上出了一个相当难的题目，周老师问有没有人能解这道题。那位同学也不举手，就直接走上黑板，哗啦啦一阵写出答案，然后旁若无人地走回座位。这样显山露水的次数多了，同学们自然心里有些难过，尤其难过的是他手里有一本数学奥林匹克竞赛的辅导资料，像宝贝一样永远揣在怀里，求他给看一眼一定遭到拒绝，这种独占学习资料不与同学分享是很不好的。周老师知道他刻苦努力又特别聪明，不愿意伤他自尊，但又必须杀杀他的傲气。有一天，周老师又出了一道题目，不待同学们举手，就点名喊那位同学上黑板解题，他照例很有荣誉感地写出了正确的结果，回到座位上还有点得意地看看四周。还没等他坐稳，周老师在黑板上又写出一个题目，那是简单得连程度最差的同学也能解答的题目，正当我们疑惑不解的时候，周老师又喊那位同学上黑板解题。那位同学也很疑惑，这样的题目也要我上黑板？周老师用目光示意：是的。他只好上黑板，解答了这道最简单的题目。从这件小事后，他醒悟了，做人不能太狂傲，要谦逊一点。从此，那位同学温和多了，虽然那本资料还不愿意给人看。周老师课后再找他谈心，他最终同意分享资料，从此变得很平静，数学成绩一直名列前茅。后来，我听说他当了一所中学的校长，从教的还是他酷爱的数学，据说他的数学教学是全县学校的一面旗帜。但我依然为他惋惜，要是参加高考进入数学系，这位数学天才可能会有更为广阔的前途！与他相比，为人谦和低调的江仁荣同学，则是乐于助人的，在我印象中，他每次考试都是满分，他的数学天才更是超出常人，还自学了大学的微积分，据说毕业后通过自学拿到数学专业本科学历的仅他一人，后来他也成为一所中学的校长，在我心中，他要是能读数学系研究生，说不定会成为一个数学家！

在师范学习的两年时间很快就飞逝而过，我们打下了扎实的数学功底。当我们学完排列组合及二项式推理时，突然传来一个不好的消息：周老师病了，并且住进了医院！我们原先以为还是小毛病，因为我几次看见他早上第一节课中间突然到走廊上呕吐，一会儿就又回到教室，还是精神抖擞地讲课。谁知这一次竟是大病！两周的课都是由周丽芳老师代的，尽管也很精彩，但我们还是不习惯。我们想念周老师，在班长丁希龙的组织下，大家积极响应，全部到医院去看望周老师，他穿着蓝条子的病号服，见我们都来了，很开心，虽然十分消瘦，但精神很好。我们送了一束很大的鲜花，带去了各种各样的水果，周老师只收下鲜花，无论如何不收水果，他的女儿只有四五岁，跟在他身边，一双晶亮的黑眼睛看着这么多陌生的人。我们安慰周老师好好养病，不要惦记课堂，我们会学好数学的，请老师放心。

此后，周老师再也没有回到他钟爱的数学课堂，据说是身体状况不适宜太劳累的教学，大部分同学随着周老师不再带课，而放弃了数学，像我与世荣等竟然都改成了学语文，终身从事语文教学。不能不说是一个巨大的遗憾。我相信，周老师也是满腔遗憾地告别了他的课堂和他的学生。老师，您也是襟抱未开的人啊！我为您深深惋惜！

我们毕业后，再也没有看到过周老师，只知道在我异乡求学的1998年，周老师离开了人世，他的女儿就在安徽师范大学读书，然而当我得知消息去找她时，她已经毕业离校了。我是三十多年都没有见过我最尊敬的先生了，甚至他的家人也没有机缘见一面，很难知道周老师与我们离别后的情况。但是，我的心中永远保存着一份对他的尊敬。"三畏"应该是有寓意的，据我贫乏的知识，典故有两个出处，一是《论语·季氏》："君子有三畏：畏天命，畏大人，畏圣人之言。"一是《元史·拜住传》："臣有所畏者三：畏辱祖宗；畏天下事大，识见有所未尽；畏年少不克负荷，无以上报圣恩。"这三畏中包含了周老师的人生境界，其中的"天命"应该是他苦苦追求人生最高境界的主要障碍。回想当时，著名的科学家冯钟越、蒋筑英等不都是凋零在美好的人生中年吗？由于时代因素造成的知识分子"人到中年"的问题，曾经引起广泛的关注。工资待遇低、家庭负担重、工作压力大成为20世纪八九十年代知识分子头上的三座大山。周老师也是大山旁陨落的英魂。愿您的英灵在另一个世界不再畏惧，愿您完成您未了的心愿！更愿您的家人蒙您的荫庇永远过上幸福美满的生活！

尊敬的先生，您安息吧！

附　录

毕业三十年时，同学聚会，我写了两首小诗，怀念敬爱的周老师。

一

三十年前聚宿城，襟怀坦荡好先生。
见隐推微成趣味，呕心沥血求知音。
和风小草春晖意，细雨丹田明月心。
清白一生无尘里，苍天不悯太无情。

二

清癯消瘦影，晴空明月心。
运思形数里，吐纳古今云。
推理成趣味，关怀显真情。
天命诚可畏？身未染纤尘。

怀念周兰苣先生

有的人相处一辈子也许说不上一句，有的人只见了一面却可以说上一辈子。

——题记

人的一生总会遇到很多老师，正是他们的学识、人格、精神影响着你，使你成长、成熟。我们对影响决定你前途和命运的恩师们要永远心怀敬意。周兰苣先生就是一位永远值得我尊敬和怀念的好老师。

我与周老师相识在 1985 年 8 月 8 日，地点在安庆市集贤路军人接待站的中文系函授大专的课堂上。我的发黄的日记本上这样描写她："给我们上《文学理论》的竟然是一位中年女教师。她中等身材却精巧匀称，圆脸柔润洁白，她的眼睑周围有着一圈阴影，明显是疲劳熬夜的结果。当她抬起眼睛看同学们的时候，却是一双带着母性温柔的清澈明亮的眼睛，双眼皮浮着一丝温馨的微笑。从她那一身朴素的打扮和优雅的一举一动中，透露出她特有的和谐、沉静与聪慧。每一个细小的表情、微妙的笑意，都显示出她的理智与阅历。她说话干脆而谦逊，每句话都很有分量，吐字清晰，标准的北京语音就像唱歌一般悦耳动听，像一股沁人心脾的清泉在潜移默化地滋润着我的心田。"她对我最有影响的一句话就是她当教师的誓言："我要教给学生有用的东西，我要让我的学生在任何时候都不感到委屈！"教给学生有用的东西是什么呢？是照本宣科地讲解一个个孤立的知识点，然后透露考题让大家都过关拿到好成绩吗？绝对不是。她要教给学生活的知识，对文学作品独立的理解能力和艺术判断能力。于是，她在我们已经阅读了教材的基础上，分析刚刚发表的谌容的《人到中年》、丛维熙的《大墙下的红玉兰》、张贤亮的《灵与肉》等中篇小说，使我们对文学理论有了具体的认识，只有对学生有用的知识才值得教给学生。所谓不感到委屈，是因为她一直站在文学理论的前沿，教给我们的是一直在更新的知识和运用知识去解决问题的方法。即使是枯燥的概念，她也设法让你感到新鲜有趣。如她教"文学"的概念就是这样：

"我提一个问题，什么叫文学？"过了一会儿，她又说："我自己来回答，你们看行不行。文学是一种意识形态。"

"太宽。"学员们在喉咙里咕噜。

"文学是形象的。"

"还是宽。"

"文学是语言的艺术。"

"只概括了某个特征，不准确。"我心里在说。

"文学是反映社会生活的。"

"反映社会生活的不都是文学。"我心里又说。

她停了一会儿，接着说："我刚才的四个答案都不准确，但综合起来就完整了。什么是文学？文学是用语言塑造形象来反映社会生活的一种特殊的意识形态。"

就这样，你不需要刻意地死记硬背，就牢牢地记住了一个个枯燥的理论概念，你在她优美的抑扬顿挫的流畅生动的表述中，完全理解了知识的精华，她纯净的不带口头禅的教学语言本身也是一种很高超的艺术，没有对文学理论和前沿的文学创作的充分了解，哪有这样高屋建瓴的见解和举重若轻的表达？跟这样的先生在一起，是一种幸运和福分！我崇拜她了。

我每天抢坐最前排与周老师面对面的位子，专心致志听她的每一句话，仿佛要将这些生动有趣的知识和深刻精警的见解全部吸收进我的脑海里去。只要她坐下来休息，我就飞快地抢上去帮她擦黑板，或给她的杯子倒水，仿佛这样能够帮她节省一点体力。她上课很投入，常常自我陶醉，也让你有如坐春风的感觉，教室里七十多个人没有人愿意打瞌睡，她那丰富的情感世界，对社会现实黑暗的无情批判和对人生命运的真切关怀深深感染了我们，听她的课简直就是在享受一种奢华的知识盛宴。她讲授的是知识，可传授的却是她深邃闪光的思想，她一点儿也不世俗，显然她也有她的原则和底线，她更有她的理论体系和独特的见解。我后来才知道，她是安徽省著名的文艺理论家，是安徽省马列文论研究学会的副会长。得遇周老师并能够追随她学习，是我一生的幸运。

面授结束后，我带着空前的充实回到了原来的学校，周老师的课对我产生了深远影响，我决心要成为一名有社会责任感的作家。因此一边认真教书，一边尝试一些文学创作，并刻蜡纸自己印刷文学刊物《松针》。我怀着对周老师的无比信赖，尝试给她写了一封信并附上我编辑的小杂志。谁也没有料到，没过多久我竟然收到了周老师的亲笔信。为了保存信件原貌，我不惮冗长，将原信抄录如下：

振华同志：

你好！

惠书收到多天，因实在太忙，没及时回复，请谅。

8月24日函授归来，根据函授部的意见，在几天内拼命将试卷改了出来，而后，我就去北戴河开学术会议了，一直到9月21日，才回到学校收到你的信，当时，我已经将试卷全部交出，如果没有记错的话，在阅卷时我是给你以最高分（我是凭你试卷上的字迹与行文跟你的形象对上号的），这一届只有三个人获得了这个分（98分），另外两个人好像在枞阳与贵池，名字也记不得了，在我的记忆中，你们这三份是答得最好、行文也最漂亮的试卷。宿松来的好像考得都不错，可能你们互相之间有切磋。

10月份，我又到武汉去开会了，几天前才回来，开会脱掉的课回来得补，所以一直未能松口气，今天挤时间回封信给你。

读了你的信，看到我们国家有这样的好青年，我心里很感动。你这样坚持学习，确实很不容易，可现在鞭长莫及，我一时又没有什么办法使你解脱，这又一次使我感到了现实的严峻。

我想，路只有一步步走。第一步，毕业后一定调到中学去，接着，可以报考我校的进修班（只要现在初中任教就可以报考），现在下面中学对报考者设置了很多障碍，省里是不同意这些做法的，你对新的学校要做好选择，争取去一个领导比较开化的地方，去了以后跟他们搞好关系，争取同情与理解，这样，他们就不会太刁难你了。到我们学校以后，第二年的冬天，即入学不到一年半，就可以报名考研究生（一般11月开始报名，次年2月中旬举行考试）。我校现在一概不招研究生，我自己也不想在这儿再留很久，但如果你有志于报考文艺理论专业的研究生，到时候，我可以想办法推荐你。我在这儿教出的两个学生，今年一个考上了陕西师大古代文艺理论研究生，一个考上了中国艺术研究院艺术理论专业研究生，他们不久前都给我来信了，他们还不是我推荐的，只是我平时着力关心与辅导的，你有这个心愿很好，到时候我一定尽力帮助你。

你现在教数学，用不着烦恼，数理化的底子打得好一点，对理论思维有很大益处，文艺理论界现在年轻人上得很快，主要是思维敏捷，对自然科学的一些方法吸收得快，写出文章的理论框架比较新。我中小学时理科也学得不错，老师们对我考中文系很是惋惜，而我自己至今不悔，我非常之喜欢自己致力的文艺理论专业，有些搞文学史的认为我们做的是空头学问，但另有一些教文学史的人跟我接触以后，觉得往往茅塞顿开，使自己的研究得到了提升，因此而羡慕我！不管别人怎么看，我自己反正是乐在其中，因为世界上有些令人困惑的事情，别人看不清，而我们搞理论的却能用哲理的眼光看清看透。这自然是一种快乐。而我之所以能在理论领域里前进，很大程度上得力于我中学时通过理科学习培养成的理论思维。所以你不必后悔在理科学习上花过的时间，你会终生得益于此的。

你所提的两个写作课题目，我没来得及与写作老师交换意见，因此只能从文艺理论的角度做一点原则性答复：

1. 观点对。但"表明"这个词用得不是太贴切。应该换成"反映"或"说明""再现""表现"一类的词。这儿用这个"表明"，就使得题目本身显得含混不清，"表明一切"，到底是指写作者想表达的一切意思，还是指生活中的一切存在？不清楚。我只好从两方面来回答了：（1）如这里的"一切"，是指作者心里想的一切，则文学作品是不必把这一切都明确地表达出来的，一切都说出来，作品就一览无余了，读者没有想象的余地了。文学作品也不可能把一切都明确地表达出来的，词不达意之事常有（作者对写出来的文章不满意，但又找不到更好的表达方式）；而且作者原来就不大可能把一切都想清楚，这种模糊性就表现为文学形象的模糊性。（2）若这儿的"一切"是指生活中存在的一切，那么每一部作品无论对生活本质的揭示，还是对生活现象的反映，都是有限的，不可能揭示全部本质，反映全部现象，也无这个必要。

2. 说法不对。因为虚构也得以生活积累为基础，一个"生活贫乏"的作者无法靠虚构来拯救自己，这样的虚构只能是编造，更谈不上对现实做更高一级的反映。历史上的"江郎才尽"——江淹做了官以后写不出好作品，文思枯竭，就是一例。虚构也是构思、文思，生活贫乏导致文思枯竭，是规律。

以上看法仅供参考，写作课大概另有一套名词术语，精力有限，没来得及去了解他们那一套。

拉拉杂杂写了这些，不知对你有用否？

顺询

教安！

周兰苣
1985 年 10 月 29 日

收到信的这一天是我最兴奋最幸福的一天！周老师为我勾勒了未来读书成长的线路图，我从未学过英语能考上研究生吗？我不知道周老师是在一种怎样的心境下给我这个懵懂无知的山乡小学数学教师写这样语重心长的信！我在日记里描述了当时的心情："我读完了信，我真不明白我为什么想哭！这样和蔼可亲的老师如此亲切地跟你谈话你还想哭？你这样浅薄无知的小青年被你崇敬的老师称为'好青年'并且'很感动'，而且那份并不怎么完美的试卷（其中有一题是论述浪漫主义诗歌的艺术特点的，给出的例诗是李白的《丁督护歌》，中有"吴牛喘月"的典故我不知何意，是胡乱发挥的，后来查书发现自己理解错了）居然得了本届最高分，那你为什么要哭？也许高兴之极就会激动得哭吧。周老师的信是点燃追求理想的火种，是催我奋进向上的阵阵鼓声，是冲开飞腾闸门的滚滚洪流，像无声的春雨滋润了我干渴的心田！"

我怀着激动与感恩，写了回信。为了保存信件原貌，也照抄如下：

亲爱的周老师：

　　您好！

　　首先，感谢您导师加慈母的热情关怀，我的心情无法平静。当我第七次展读您的长达两千字的信时，心中再次掀起激动的波涛。您的音容笑貌又好像历历在目了，我好像又置身于安庆的那栋灰色的楼房中了，像黄河浪一般奔涌的声音，摩天的立体群落，窗明几净的教室，红桌子红椅子，电扇的凉风，听《大墙下的红玉兰》的两处虚构的失误，谈不正之风的愤然表情，热烈的爆发于心灵共鸣箱里的掌声，难以忘却的试卷……一切的一切，都是那么亲切柔和。上了几天的课，我印象最深的是您的《文学概论》，《概论》里又最数"创作的非自觉性（灵感状态）"，那一节课我简直是入迷了，因为我有过那种点燃记忆的仓库，意想不到的人物情节奔涌笔端而兴奋得忘记一切存在的状态。因而也使我倾慕您，您能讲清讲透这些不可捉摸的现象，谁说您的研究是无益的呢？那简直是"非人话"。我是彻底地神往了。

说起来十分遗憾，收到您的信是在十一月十号，现在已经是十二月二十号了，我还没有给您回信，请您原谅，这并不是因为我没有时间，也不是因为我不愿回信，而是不敢！我不敢敬受"好青年"这样的称号，我很贫乏、很差，又缺少意志毅力，正是一个志大才疏、不学无术的人，却又偏于幻想，有时竟有些狂妄。正如屠格涅夫说的："青春的魅力不在于你能做什么，而在于想一切。"我的确想一切：想当作家，当诗人，当教授，当学者。只是不愿当官。但这些又是多么不切实际呀！从收到您的信到现在，我做了这些事：教完了小学五年级语文第九册（三十二篇课文，八个基础训练，八篇"读写例话"）、指导学生作文三十余篇，精批过八篇；读完了七部中篇小说，《烟壶》《北方的河》《果园的主人》《冰炭》《感谢生活》《爱，在夏夜里燃烧》《雪落黄河静无声》；读完了鲁迅的《三闲集》《华盖集》《华盖集续编》《伪自由书》《准风月谈》《花边文学》等六本杂文集。我佩服《北方的河》的雄浑壮阔，笔力的奔放洒脱；我惊奇《冰炭》和《感谢生活》中的奇怪的故事、苍凉的人生哲理；我热爱玛拉沁夫笔下的草原的壮丽秀美；我钦美鲁迅先生的"嬉笑怒骂皆成文章"。总之，收获不小。还创作了一万多字的短篇小说《兰嫂》的初稿，另外还创办了"松针文学社"的第一期刊物《松针》。我在奔忙中生活，我在激流中生活，因为生活本身就是一首激动人心的诗，我也是乐在其中。

亲爱的老师，我有幸今年改教语文了，您教给我的知识使我在黑板前如鱼得水，说真的，开始一个月我一直是尽量模仿您，甚至模仿您微笑时的神态。我的学生就像坐在您面前的我，迷上了语文，我在他们面前打开了一个迷人的天地，领他们去观光，愉快地游玩。我真想给他们讲文学、讲欣赏、讲创作，然而他们毕竟是小学生，而我也太浅！

亲爱的老师，我前天收到一位在师范读书的熟人的信，说他们学校有图书馆，而他很少进去。呀！这是多么可惜的事情！如果换上我，我一定会像徐悲鸿醉倒在法国罗浮宫的艺术收藏博物馆。然而，条件却偏偏这样限制人，我读的书十分之七靠借，自己虽然从将近四年的工资中花去四百元买了书，但藏书不过几百本，大概不足您藏书的一角吧！如果让我在您学校的图书馆读一年书，那我可以舍掉一切可以舍掉的东西。书是迷人的。我爱知识，更崇拜一切有知识的人。

亲爱的老师，不知为什么，一跟您谈心总有不忍分别之感，这也许是太爱您的缘故吧！但愿我不负您的期望。如果时间允许，明年正月去安庆面授之后，我一定去合肥看望您，去我日夜盼望的"圣地"观光。我有一个同学他学教育行政管理专业，他要到合肥参加面授，我很有可能跟他同行，希望您那时不离开就好了。

好吧，就此搁笔啦，让我用实际行动来回答您吧，不干出成绩决不为人，一定要不愧"好青年"的称号。

此致

教安！

您的学生：吴振华
1985 年 12 月 22 日

怀念周兰苣先生

我精心保存了这封书信原稿，由此可见我当时无限感激的心情和热血沸腾的精神状态，也可见周老师的赞扬和鼓励成为我努力进取的强大的精神动力。我不知道老师读我的信是怎样的心情，但我相信当她看到点燃了我心中的追求理想之火，一定也很开心吧。

时间过得很快，一转眼就到了寒假，又到了去安庆面授的时间。我的心是早就急切地飞到安庆去了。领到教材之后，我意外地发现《函授通讯》（1985年12月第2期）上有一篇周老师的文章《〈文学概论〉试卷概析》，其中有这样的话："84级函授班的《文学概论》面授与考试，是今年8月进行的，距今已有三个月之久，但该班学员在那个炎夏所表现的高涨的学习热情，却令人永难忘怀：无论是课上课下，他们都洋溢着一种关心国家命运，注意文学运动发展的精神，对理论问题求知若渴、追根究底，体现了一种深沉的历史责任感，因此讲台上下经常有强烈的共鸣，自始至终沉浸在浓厚的学习气氛之中。这一切，为该班的考试取得成功提供了必然条件。在考试中，绝大部分人摆脱了领取一张结业证书的低层次追求，面对有一定深度、力求联系学术界最新动向的试题，表现出跃跃欲试的劲头，正如有的学员所说，要交一张'我的试卷'。有些试卷确实是出色的：不是刻板地回答问题，而是力求写出自己对具体作品的领会，对复杂人物形象的深一层理解，有一定的理论性，论证严密，行文也挺精彩。这充分说明，在基层学校里，并不缺乏有希望的人才，他们有很强的上进心，有非同一般的积极性，重要的问题是：有关教育部门应该体察他们的疾苦，尽量改变他们教学上、经济上负重如山的不合理现状，以使他们能健康成长。"我们好兴奋哟！很多话仿佛就是对我说的呀！全班同学争先恐后地阅读，都竖大拇指赞颂周老师的人品学品双高，竟然能为我们函授生鸣不平！

我更是激动兴奋，连夜给周老师寄去一封信，幸好原稿保存了下来，抄录如下：

尊敬的周老师：

您好！

我又听到了您亲切的充满关注和同情的声音，又听到了您充满智慧且珠圆玉润的声音。对极了！这是您的声音，是您的，只有您才能说出这些关心我们的话！当我打开第2期《函授通讯》，看到您的文章时，整个人的兴奋让您的声音点燃了，我满身洋溢着激动的气息，我眼睛非常发亮，心脏扑扑地跳得飞快。

当我拖着发热的脑袋从您曾经站过的讲桌旁站起来，走进清凉的北风里，当我从听徐玉玲老师讲《人到中年》里的陆文婷而产生兴奋走进混乱的噪音围剿中，我发现您写的文章，仿佛又听到了您的声音，仿佛又看到了您的容貌。我非常想念您，我常常将徐老师和您进行比较，尽管她的课也上得很好，可我总是想起您，您在我心中的地位是谁也占不去的，我崇敬您。我在日记里这样比较过您和她："徐老师的声调含有杂音，虽然这声音没有充沛的激情，缺乏让人思考和惊悟的力量，但平滑柔匀，缺少披荆斩棘的抑扬顿挫，然而却像山泉般淙淙流淌，像春天的微风轻轻吹拂，令人陶醉在这声音里，这里我又怀念起周老师来了，她上课时声调抑扬顿挫，时而提高声浪，响亮而干脆，时而末尾又甜甜地拖一个小女孩开玩笑般的尾音和一个迷人的微笑。哲理的智慧和慈祥的微笑融合在一起，嘹亮的号角与甜美的呼唤糅合在一起，让人入迷，引人进入愉快的思考和兴奋的领会之境，有一种迷醉的艺术效果。我的记忆正在淡化夹在那精美绝伦

怀念周兰茝先生

的声音里的杂质，只留下珠圆玉润的声音和那魅力无穷的微笑，而且渐渐明晰。"

您的声音对我来说是最大的安慰，我还没有谈过恋爱，没有体会过对象的两片薄唇中发出的勾魂摄魄的声音所带来的幸福，现在置身于两元钱一夜的四层楼上，每天有十八小时忍受着遮天盖地震天动地的互相搏斗的噪声的围攻，忍受着没日没夜无休无止的思考给身体带来的疲惫。您的声音唤起了我愉快的回忆，这就自然而然地使我得到了安慰。就像街上的洒水车从灰尘中洒下一片雨后的清新似的愉快。

课程正在紧张的面授之中，由于县教育局没有给我通知，我没有领到当代文学的教材，目前正在夜以继日地加班，我希望能考出合格的成绩，但心中十分惶然，准备是非常仓促的，但愿及格就好！

上次给您写了一封信，不知收到了不？刊物可曾收到？托同学胡昌炎带给您的冬笋可曾收到？甚念。

我们二月二十四号（农历一月十六）考试，二十五号我将与汪求山同学一同去合肥拜望您，尽管学校已经开学上课，但我决不错失这个难得的机会。

顺祝您全家新年快乐！

您的学生：吴振华

1986年2月17日晚10点于安庆

考试结束了，我怀着朝圣的心情坐上了开往省城合肥的汽车。中午，求山的三哥买了整只的烧鸡和啤酒招待我们，他在合工大毕业后留在合肥水泥研究院工作。在他的帮助下，下午我与求山哥去省教院找周老师。

在一间青砖平房的中文系收发信件的传达室里，我终于见到

遥远的青沙滩

了日夜想念的周老师，她穿着灰色的呢大衣，雍容高雅，端庄严整，正在一边与管收发的老师聊天，一边翻看报刊等着我们。她见我们到来，立刻起身与我们握手，脸上又是那熟悉的微笑。她推着一辆旧自行车，将我搭给她的一袋冬笋放进车篮里。我们帮她推车去她的梅山路安徽医科大学的教师宿舍。周老师的爱人吴雁鸣先生是医科大的生理卫生系主任，省教院没有给周老师分房子，他们的家在一幢三层的青砖老楼的第一层，只有24平方米的一间，进门就是简陋的厨房，旁边过道上有一张小单人床，是她女儿吴俞平的，床头一张小桌子，是女儿学习专用的，桌上摆着高中课本，她是合肥六中重点班的学生。拐进一道门，就是周老师的卧室兼接待室，大床后面用布帘子隔起来的就是她家的储藏室，房间里到处都是书籍，有的有砖头那么厚，许多书里都夹着各种颜色的漂亮书签，穗子在轻轻摆动，办公桌上也都是摊开的书和展开的稿纸。原来那些见解深刻文笔优美的文章和激动人心的书信就是在这拥挤不堪的地方写出来的！我太惊讶了，我崇敬的先生竟然住在这样艰苦的环境里，而她还如此关心国家和民族的命运，关怀像我们这样清贫却刻苦好学的青年学子。一时间，我的心灵受到了强烈的冲击，也仿佛得到了甘洌清泉的洗涤。

　　由于地方实在太小，周老师的丈夫和女儿不得不到外面吃饭去了，家里留下周老师专门招待我们两位远道而来的学生。周老师系上围裙亲自烧饭，原来她还是一名厨艺精湛的厨师。大约电视里开始播放《新闻联播》的时候，饭做好了，小桌上只摆着三个大碟子，碟子中间是雪白喷香的米饭，周围一圈是嫩黄的炒鸡蛋、香肠和木耳，周老师解下围裙朗朗地笑着说："我们家只有三个碗，三个碟子，简陋了一点儿，所以他们俩必须到外面去吃饭。哈哈，将就将就啊！"吃着老师亲手做的饭，我们觉得无比的荣幸，非常满足开心。周老师吃得很少，满脸笑容地看着我们狼吞虎咽，还不时评价说："你比求山吃饭要秀气。"我是第一次听到别人说我吃饭秀气呀。

饭后，一杯清茶端上来，我们畅快地聊起了乡下的承包责任制和中小学教学的真实情况，周老师听得很认真，对目前的请客送礼之风非常反感，对老百姓的艰难处境不时发出沉重的叹息，对我们教学上经济上负重如山的境况十分同情。她劝我们努力学习走出大山，用知识来改变命运，她是我见过的最善良最忧国忧民的人，让我想到了身处漏屋却关怀天下寒士的伟大诗人杜甫那忧天悯人的仁者胸怀！

周老师也跟我们谈了她的一些经历，她是北京人，在初中和高中阶段理科成绩非常优秀，还是文艺宣传骨干，可是她竟然选择了报考北大中文系，1965年12月毕业，当时分配前途一片光明。可是，一场突如其来的红色浪潮冲垮了正常的社会秩序，周老师被下放到黑龙江支边，她的男朋友也未能留在北京，而是分到遥远的重庆去了。她说她本来想放弃婚姻独身过一辈子的，后来看到身边觊觎她的人不少，就结婚了。婚后和丈夫两地分居很多年，1984年落实解决夫妻分居问题的政策后，他们取了一个折中，定居于合肥，周老师分到省教院中文系教文艺理论，她的丈夫则调回安徽医科大学，所以他们的女儿取名"俞平"。其实，周老师一直想调回北京，因为那里有她的双亲，也有她年轻时代的梦。听着她的曲折经历，我心中确实感到一股苍凉。"文革"粉碎了多少年轻人的理想和锦绣前程，其中就包含我们敬爱的周老师啊！

我怀着感激的心情和苍凉的感慨，向周老师告别，离开了向往的合肥。同时，一个无比坚强的信念在心中已经铸成：合肥，等着我，我一定会回来的！

回到任教的学校，我像加满了油的汽车奔驰在宽阔的马路上，像鼓满信风的帆船劈波斩浪航行在大海里，在周老师的指导下开始了文学创作。

在一个月之后，就创作了一组所谓新散文诗的东西给周老师寄去了。其中保存原稿的还剩下几篇，如《风和日丽的早晨》：

春雨久久不歇后的阳光。

雨云久久不散后的蓝天。

沉闷久久不去后的白风。

我走向早春的河边。初涨而丰盈的清波，闪亮而甜润的低唱。水灵灵的歌声。

我坐在河边光洁而圆滑的红石板上，微微的水汽向我飘来，仿佛十里之外飘来一丝醇醪的芳馨，仿佛刚沐浴的少女肩头飘来一缕淡淡的清香。湿湿的，柔柔的，甜甜的。春天甘美的呼吸，分明向我脸上扑来。我好像跟春天接了个吻。

我躺在河坝下的两块石头上，许多嫩嫩的绿枝，胖团团的小手一般，精神抖擞地伸向我的脸。我张开了眼，它们的英姿一直映到有点晃眼的蓝天上。蓝天上的一片绿叶，蓝天上的一横青枝。

我翻了个身，水里摇漾着藻荇，油油的碧光，水光闪闪的秀气，清亮清亮的柔波里有它们的倒影。风儿在吹，水儿在皱，叶儿在晃，影儿在漾。水里凸起好些青色的石头，像竹林里的笋子似的新鲜，生长在一碧的波纹中，周身都是水草。鱼儿的窝窝。鱼儿从我的鼻尖下游过去，鱼戏草叶东，鱼戏草叶西，鱼戏草叶南，鱼戏草叶北……

我闭了眼。四野弥漫鸟儿的歌声，从河岸的石洞里传来，从河边的草丛中传来，从河外树叶间五彩的光圈中传来，从远处山谷的晴岚中袅袅地传来，夹着初春的河水，那平滑闪亮的歌喉……情韵无限。身心融入了宇宙的春天，春天的宇宙。

在那个美妙的春天，我的心里无端涌现出许多奇妙的文字，我沉浸在追寻美的境界中。我在做着作家的春梦。不久，周老师给我回信了，对我这个热血的文学青年再次给予帮助并加以指导。她的回信如下：

振华同志：

你好！

信与一组短作都收到了，2月之信在你去后我也于信箱中收到（大概徐玉玲换了个信封投邮的），近况悉，作品我也细读了。恕我直言，这些作品你加工得还很不够，因此从立意上看，似乎缺少特别的新意。文字上，笔致还显得稚嫩，不够精练。我觉得那最短的第五首较好，虽然它只有二百字。从总体风格看，你似乎在走"新月社"及当今小说诗化作者们的那条路，这没有什么不好。但你一定要想法从一般的风物中挖掘出别人未曾挖掘过的东西，要有深刻的思想。所以我想，以后你一次不要写很多篇，或写了不必都拿出来，篇数少一点，但争取把这一篇或两篇写精，要反复推敲。

这一组作品，我今天即寄往安徽青年报社总编蒋正萌处，任他们选用，如能用上，当然很好，如这次不能用上，你也不必灰心，以后继续努力。我与蒋正萌曾共事过，他年龄、学历与我相仿，但因我太忙，已有好几年时间没见面了，此次破天荒向他推荐，我想，只要该报需要，他会安排的。你耐心等待一阵，待他给我回信后，我再写信给你。不管此次成与不成，你若想与该报联系下去，以后就直接写信，寄稿给蒋正萌吧。信封上就写安徽青年报社某某某收就行。经我转寄会耽搁时间的，因为我近来确实很忙（母亲的腿骨折了，而且因年高再也长不上了，这使我负累不堪）。

万万不要寄什么东西给我，茶叶更不必（我不喝茶）。也许你还不了解我，我就是这样的人，不愿意收任何人的东西，谁要那么做，会惹我不高兴。合肥的人都知道我这个脾气。

至于别人当月下老人之事，你内心不愿早早拖上个包袱，可用"函授未毕业"婉言推之，毕业之后再用别的理由谢之，语言上要婉转一点，别人不会太介意的，因为这又不是你或你父母主动请他们奔忙的，是他们自己多事，你说呢？早早地背上个负累，实在没什么意思。要想成才，就得立志跟旧习俗偏见抗争。

好了，就写这些吧，马上还得给蒋写一长信。
祝
安好！

周
1986年4月13日

我真不知道说什么好了，所有的感激都显得苍白与虚伪，周老师为什么要这样帮助我这样一个稚嫩的小青年呢？她那么艰难，那么多的事务缠身，加上她的母亲又受伤了，我老是给她增添压力和负担，我心里非常愧疚。那段时间，我也过得很艰难，学校对我更加刻薄，我母亲又不断施加压力要我找对象结婚，还要负担两个弟弟的全部生活和教育的重任，心里又追求那个遥远而虚幻的作家梦，我也累得精疲力竭。感谢周老师帮我推荐作品，她是想通过发表作品来刺激我更进一步的努力吧，无私的真情啊！

春天的罗汉宕非常美丽，既有百亩竹林的滚滚竹涛清新悦耳，又有满山遍地的兰花喷射雅洁纯净的清香，在竹林树林中，生长了高山野茶，通体晶亮长满白毫，泡在茶杯里清香袭人，真可谓纯天然的绿色饮品。我踏青游了一次罗汉宕，看到高山云雾茶如此精美芳香，就下定决心不管多少钱都要买一斤给亲爱的周老师尝尝大山的味道。果然花了五元钱（当时月薪只有四十五元）买到一斤"罗仙云雾"野茶，寄给了周老师，本来是表达一份真切的心意，却不料遭到周老师严厉的批评，她的回信让我更加感受到了她高尚的人格。原信如下：

振华同志：

你好！

茶叶收到有些日子了，因前一阵子忙于成人高考阅卷等事，故未及时回信。

记得我收到你的稿件及信后曾给你一信，让你万万不要寄什么东西来，特别是茶叶，不知那信你收到没有？如已收到，为何不听我的劝告呢？我一拿到包裹单，心中就不快，觉得你没有理解我的话。我信中说的都是实话，每每看到社会上一些拉关系的事情，我真感到厌倦，为保持内心的平静，我只好深居简出，不与什么人来往。因精力有限，总觉得忙不过来，有些该回的信积压在那里，在合肥我是轻易不揽别人的事情的。去年，接你的第一封长信后，我出于对你的苦衷的理解，下决心用半天时间写了回信，本意是鼓励你继续努力，并无别的所图，没想到会有后来的登门赠物及汇寄等，你这样一来我反而后悔不迭了，生命是有限的，不该把它用于应酬等事情上了，你看，你得去卖茶叶，再跑老远去寄，我又跑到邮局去取，这么来回折腾多么麻烦！以后千万别干这些事了，这次寄来，我也无奈，姑且汇上几元，请查收。你可不要再寄回来。这意思就是不让你以后再寄什么，也不要让别人带什么，你现在经济上并不宽裕，为什么要做这些自苦的事？倘若你以后成了万元户，则另当别论。窘迫的人要向职位更高、收入更多的人奉献，这是极不合理的，如此下去，就成了恶性循环。

我考虑了很久，觉得一个在基层工作的年轻人，要在创作上闯出来，也很艰苦，如果自己至少在一个省城盯着一些报刊，舍得花时间去跟他们面谈，磨，则好一些，当然，基层的同志如果真的写出惊人的东西，总还是能找到地方发表的，问题在于，你现在尚处初长阶段，因此稿件容易被人忽视。我想，只有两条路：1.自己继续写，争取作品有较大的起色；2.还是考到省城来，边学习边创作，同时下功夫去跟那些编辑周旋。靠我跟他们周旋不行，因为我实在腾不出多少时间来。如写出好作品，可投给国家级刊物。一些高级刊物，倒是不易忽略好稿。陈世旭的得奖之作《小镇上的将军》曾被不起眼的杂志社退稿三次，最后投给《人民文学》，才算找到了明主。我个人在写理论文章的过程中也有体会：同一篇论文，北京编论文集时一字不改地发出，回到这儿的学报，他们则小心翼翼，叫我左改右改，相比之下，实在太小家子气。

我们今年改的是本院本科及安师大函授本科的试卷，中文部分共三张试卷：《文学概论》《中国文学》《现代汉语》。试题是省里秘密找人出的，不是全国统考。题又不难，而且出得不太好，文概部分观点太旧，文学部分太浅，我在改时挤时间抄了文概与文学的题目，汉语没来得及抄，现把题目连同答案一同寄给你，供参考，汉语部分从答案上就可看出试题大概了。

我院中文本科今年招40人，报考者比去年少得多，去年报考者有140人（不知什么原因），因此命中率是很高的。估计中文系明年还要招——如果不招，就难以体现本科的性质，大家呼声很高。我想，只要明年招，而你们那里又能争取到报名的机会，你还是报考，不管到那时我还在不在这儿。为此，要尽快调到中学去。到报名时，你就跟他们说，命中率很低，没多大希望，请他们让你试试看，念完就回去上班。

好，暂写这么多吧。

顺询

夏安！

周

1986 年 5 月 26 日

创作的失败并没有使我气馁，我还在努力写出自己对生活的一些感受，同时也萌发了强烈的想调进初中的愿望，为了追随对我关怀无微不至的周老师，我一定要考入省教院！为什么要去名校读书呢？因为那里有大师，那里有很多机会与平台，虽然不能说起点决定终点，但是处在不同的高度和层次说出同样的话，会产生不一样的回声和效应。

我将周老师寄来的题目和答案背得滚瓜烂熟，期望她提供的任何细小的信息能在将来的考试中发挥作用。

马克思主义哲学说事物的发展是内因和外因共同起作用的结果。尽管你有强烈的上进心，但是你必须具备一些其他条件才能成功。马哲又说内因是变化的根据，外因是变化的条件。我当时就像陷入泥潭的一头牛，挣扎着想爬起来，但是没有人能拉我一把。家里条件那么差，七口人只有两间房子，母亲急于抱孙子，因为大妹的儿子快要上小学了，她可不管我的承受能力，一个劲儿催我找女朋友结婚。我既要养活两个弟弟，又要补贴家里，还要处理学校的各种事务，更想实现未来的远大目标，真的是感到力不从心啊。

1986年9月，我调到了钓鱼台小学，这里荒芜一片，混乱不堪，没有一点儿学校的样子。因为学校没有围墙，所以老百姓的鸡和猪在操场上横冲直撞，学生们也不听话，经常破坏糟蹋老百姓的庄稼，老百姓天天到学校里来叫骂。我住的地方更是糟糕，天穿地漏，鼠洞满屋，灰尘扑面，虫丝串串，又孤零零在单独的一栋房子里，极不安全。我真想大哭一场！我是一个在逆境中生活过的人，所以并不惧怕环境的恶劣。我以重整河山的勇气，改造环境。首先发动学生整治教室及学校的环境，然后与老百姓交心，跟他们约定：你们管好自家的鸡和猪，我们管好学校的学生。这样一来，学校出现了蓬勃向上的生气，以前满天飞的学生都规规矩矩在教室里大声读书，晚上还点灯自习，很多老百姓都夸赞我是"三十年没见过的好先生"，他们主动维护学校，有的还成了我每天谈心的好朋友，关系一直维系到现在。这一年的教学非常成功，有一大串晶亮的姓名至今还是我生命的骄傲，他们有的成了大学教授、学者，有的成了官员，也有的成了成功的商人、医生。我也收获颇丰，不仅教学成为一面旗帜，而且函授大专顺利毕业，并以平均92分的成绩获得"优秀学员"称号，还被评为县优秀教师和安徽省优秀教育工作者（厅级劳模）。更让我激动的是《函授通讯》（1987年5月第1期）上发表了我的第一篇作品《我的函授生活琐忆》（原稿已经丢失）。这时，紧接着有人动员我入党，说是上级领导想提拔我当辅小教务主任，以后或许就是校长了，前途无量。但是，周老师对我的影响太大，我拒绝了，选择了去钓鱼台中学当一名普通教师，目标就是报考省教院。

中学也有他们的规定，对新来的教师是不可能立即让你脱产进修的。经过两年的努力，终于在1989年春天，在恩师县教委招办主任胡金留先生和区教委主任朱人喜先生的帮助下，我顺利报考了省教院。我在焦急中等待那个考试的结果。我记得周老师还是不断给我写信鼓励我，并为我的录取奔走打听消息。终于，在我家遭遇最惨痛的打击——一群人正在依法拆除我们刚刚建好的新房——的时候，周老师来信告诉我：我考了全省第六名，录取已成定局！我含着热泪，一边为家里的遭遇心痛难受，一边却感激地遥望北天，心中升起一种破釜沉舟的意志！从此，拉开了长达十年追求考研梦的序幕。

1989年9月1日，我终于来到了心中向往的合肥，开始了真正的大学生活。开学第一件事就是去看周老师，我买了几斤柑橘与班长潘仁炎一起到她梅山路那简陋的家，还是那样拥挤狭小，她的清秀聪明的女儿已经高三了，向我们打招呼之后，就一个人在小书桌前认真看古文。我看到周老师书桌上满是药瓶子，她有严重的胃病，常年吃药。我认为是她生活没有规律又长年看书撰文劳累的结果。有一件让人高兴的事情是，学校正在盖新房，周老师已经升了教授，这次能分到新房，以后我们就可以在学校里经常看到周老师了。

在周老师的悉心指导下，我开始为考研做准备。好在学校为了鼓励更多的人考研，特地开设了英语课，给我们上课的有许国璋的学生冯老师、英国剑桥大学留学回来的杨老师，还有南京大学新分来的英语博士研究生沈老师、上海外国语大学的英语硕士研究生刘明老师，可以说是阵容强大，我的英语水平突飞猛进。

晚上我们还去合肥著名的"英语之角"参加补习班，又去中科大外语系上辅导课。总之，每天有八九个小时扑在英语上。专业课也在按部就班向前推进。周老师给我们上《马列文论》，很多人不感兴趣，但我却还是当年的那种感觉，经历了那么多的曲折，我非常珍惜时间，珍惜与周老师相处的每一节课。在她的指导下，我很快就将文艺理论的前沿情况掌握了，心里开始向往北师大的文艺理论专业，决心报考北师大童庆炳先生的研究生，因为他当时最有名气，又是北师大诗学研究中心主任，我们学习的教材正是他主编的。

1990年的冬天，刚刚分到新房还没有住上一年的周老师，被借调到北京中国艺术研究院去了，当时她的女儿已经考取中国人民解放军第四军医大学，好像学习了德语，又听说周老师为了去北京而离婚了，她发誓从五十岁开始自学德语，要阅读马克思和恩格斯用德文撰写的六十册的原著，弄清真正的马克思主义到底是怎样的内涵。多么宏大的志愿！我想去送送她，她劝我不要去，要珍惜时间，好好学习，争取考到北京去。但我还是去了，看着她坐的火车渐渐远去，为了心中的梦想，她是多么义无反顾的坚定！她的形象在我的心中总是那样高大！

1991年1月，我参加了全国硕士研究生考试，我超常发挥，仅仅学了九个月英语就敢去参加考试，对我来说是一种勇气。我怀着对北师大的真诚的向往，三个志愿都是填的北师大文艺理论专业，导师有李壮鹰教授（皎然《诗式》是他校注的）、童庆炳教授，由于李教授去日本了，所以就让给童庆炳先生了。我考了305分，超过国家控制分数线5分，在北师大名列该专业第一名，而且主专业科78分也是第一名。但是，外语只考了44分，比控制线少了1分。在我给童庆炳先生写了两封信之后，我终于收到了他的简短的回信：

吴振华同志：

　　你好！

　　两封信均已拜读，未能及时回信。你来北师大想见我，恰好碰上那几天特别忙，没能见你，甚歉！我对你考试的成绩的印象是，专业课成绩都不错，但外语较差，达不到录取线。因此，此次无法录取你。欢迎你明年继续报考。重要的是把外语水平提上去。如果外语成绩上去了，专业课成绩能保持原有水平，那么我看你还是很有希望的。许多事要"明知不可为而为之"，坚持下去，一定能达到自己的目的的。

童庆炳

1991 年 5 月 2 日

遥远的青沙滩

　　显然，童先生对我还是充满鼓励的。

　　1991 年 3 月 25 日，分数刚刚公布，我就去了一趟北京。当时我身上只有 50 元钱，来回的火车票要 42 元，我只剩下 8 元钱了！在北京，我住在北师大读研的老同学甘正东的寝室里，吃饭都由他出饭票。在求见童庆炳先生未果后，我想到了去中国艺术研究院找周老师。

　　在甘正东的指点下，我终于找到了中国艺术研究院，原来它坐落在清朝恭亲王奕䜣的王府里，一进十三重朱红的大铁门，雕花的门窗一律涂上色彩鲜艳的水彩画，有人物有山水有花鸟，精美绝伦，古色古香。在后花园的一片空地上耸起一幢四层的楼房，就是艺术研究院的主楼，老师们都在精致的木制房子里上班。我在一个研究生的帮助下，终于找到了周老师，她住在一间八平方米的小房子里，除了床就是一张桌子，旁边堆着几尺高的稿纸，桌上摊开的也是正在撰写的稿纸，旁边摆满了药瓶。她来北京已经半年了，刚刚完成了编纂的60万字巨著。看来她的健康情况很不好，但她见到我还是那样温和的微笑。听到我的情况之后，她马上去找院长陆梅林先生。

中国艺术研究院是副部级单位，受文化部直接管辖，每年只招二十四个研究生，每位导师只招一人。由于1990年本科生限制参加考研，所以当年中国艺术研究院无人报名，院长陆先生没有招到研究生，周老师找他就是希望我能将档案从北师大转到中国艺术研究院来。很快周老师就回来了，说陆院长想见你，你赶快去。我被周老师带到了院长办公室，一个中等个子头发花白的老人将我上下打量一番之后，握住了我的手，他的手温暖而柔软。他说："你的情况，周老师都对我说了，我很欣赏年轻人的钻劲，下午就去将北师大的档案转过来吧！"这对我而言是多么大的喜讯啊！周老师告诉我，陆院长是当代著名的马列主义文艺理论家，你要好好跟他学。

中午，周老师请我吃饭，在艺术研究院的食堂里，她给我要了两大碗蒸煮的米饭（4两米）和黄瓜炒肉丝，菜里没有放辣椒，很难下饭。她坐在我的对面，满脸的微笑，我吃不下去，她说："慢慢吃，不急，我等你。"然后，她在另一张饭桌上找到了负责研究生招生的科长朱丰顺先生（也是著名的文艺理论家），商量我的转档事宜。

一切仿佛都在朝好的结局发展，周老师将我送出王府大门后，对我说："你要学习鹰，在蓝天下自由飞翔，不要太依靠我，母性的翅膀下永远长不出参天大树！"我默默地记住了。

第二天，朱先生电话说如果将我作应届生看，不够线（325分），如果作在职人员来看，又没有论文发表，所以不能录取。我万分沮丧，也没敢再去麻烦周老师，黯然地回到了合肥，就这样从北京铩羽而归。

从合肥毕业后，我回到了原单位继续教书，此后再也没有周老师的消息。直到 1998 年 9 月，在丁放先生的帮助下，余恕诚先生接受了我从杭州大学转来的档案，才真正圆了研究生梦。尽管我一直想得到周老师的有关信息，然而问不到，在网上查询她的资料也找不出，她去了哪里呢？

在这个人人都能圆梦的好时代，周老师的宏愿实现了吗？如今的我虽然没有成为作家，却成了一个学者。记得在钓鱼台教书的时候，我曾自作一联："虎啸千山声若电，龙图万水海为天。"我属龙，总想游出钓鱼台那个狭小的湖泊，然而我万万没有想到，我追寻的大海就是现在所谓的学术研究。

到现在为止，我已经在全国几十家杂志上发表了近百万字的文章，期待周老师有朝一日能够看到她帮助的学生没有辜负她的期望。

2014 年 8 月 9 日于花津河畔

深切怀念恩师余恕诚先生

对改变我们人生命运的恩师要永远深怀感激之情，因为生我养我者父母，教育我成长成人者老师也。

余恕诚先生是一位貌如严父却有慈母心肠的人，是改变了很多人命运的伟大导师。在恩师仙逝将近一周年之际，我埋藏内心深处的感激与悲痛又如江潮海浪般汹涌澎湃，往事历历在目，先生的音容笑貌如在眼前，先生的谆谆教诲不断在耳边回响。于是，我情不自禁地要回忆与先生的这段长达十六年的师生情缘。

一、珍贵的情缘

我与先生相识于1998年春天，那年，我报考杭州大学古代文学唐宋专业的研究生，尽管各科成绩均达到国家分数线，但因为达线人数太多，杭大临时提高了英语分数线，故我仍需要转档。而我的第二志愿正是安徽师范大学，在业师母校安徽省教育学院丁放先生的推荐下，余师同意接受我，并叫我去一趟芜湖。芜湖对我来说是一座陌生的城市，此前从未去过江城，对安师大则是怀着无比的憧憬与崇敬，因为我所认识的人中，凡毕业于安师大的都非常了得，社会上普遍传颂着安师大严谨的学风和精深的学术研究，加上我曾在书店里看到过一套五本的《李商隐诗歌集解》，著者正是赫赫有名的刘学锴先生和余恕诚先生，而今我就要去拜访这位作者，虽然丁师告诉我余师是一个非常诚恳和善的人，但我心中还是十分惶恐的。当我背着一个鼓鼓囊囊的帆布大包满头大汗地出现在余师家门口时，余师仿佛并不吃惊，他微笑着将我让进客厅，显然他已经从丁放先生那里了解了我的情况。我恭恭敬敬坐在门旁的木椅上，师母给我端来一碗热茶，余师简单问了一下我的情况，他对我经历中的两点特别感兴趣，第一是我1979年考上师范，第二是我曾经获得过省劳模称号。然后，他走进书房写了一张字条交给我，让我送到校研究生招生处。我看了看字条，写着：

潘处长及袁（德水）、周（武）二位：

　　吴振华同志报考杭州大学，各科成绩合格，因名额限制不能录取，而第二志愿报考的是我校（他是省劳模），请审处。

余恕诚

1998年3月28日

　　就是这张简单纯朴的字条改变了我的人生道路和求学方向。当年，安师大因地理位置偏僻和招生规模的限制，每年古代文学仅招一至二名研究生，且多数是在本校的优秀毕业生中推荐，外校的很少能被录取，故我们一般不敢填报，恰逢1998年古代文学没有达线生也没有保送生，故接受调剂，而我正是得到这难得机会的人，从此获得了师从刘学锴先生和余恕诚先生求学问道的机会，现在看来真是上苍开眼啊！

　　经过调档、面试等一系列程序，在1998年9月1日，我正式成为安师大的研究生，是当年录取的学生中年龄最大的一个，我当时已经三十四岁，工作了十六年。我非常珍惜时间，珍惜这难得的求学机会，因此学习很用功。但是，由于妻子和两岁的儿子还寄居在乡下，难免心挂两头，所以一般每个月都要回家一趟，开始几次，余师还能原谅，后来他就专门找到我，讲了很多话，狠狠批评了我。以前每次见到先生，他总是温和地笑，言语不多，没想到这一次批评我时间长达二十分钟，且不让我申辩，因为在他看来，一个学生不好好学习，浪费时间，是没有任何值得同情的理由的。从此，我每天都坚持在资料室看书，余师将一把钥匙交给我，他每到周六或周日，都要去一次资料室，当看到我一个人坐在那里看书，他就很高兴地跟我谈几句然后离开。余师对我的实际情况非常同情，就跟在弋矶山医院上班的师母商量，决定让我妻子去她们医院当护工，我当时真是感动得热泪盈眶，余师对我真是无微不至的关怀啊！一年后，为了学业，我破釜沉舟，变卖了家产，将妻子和儿子带到芜湖，好让自己专心致志求学。我在校外租了一间小房子，儿子在仪表厂的幼儿园上学，妻子则操持全部家务并自学英语专业，一家人终于团圆，逐渐适应城市的生活。余师知道我的生活压力大，就找各种机会让我赚点小钱，改善生活。

从研二开始，我才算摸到了一些研究的门路，几乎每个月都要到余师家去交一次读书报告。我们当年读研就是按照唐代作家王勃、王维、李白、杜甫、韩愈、李商隐的顺序，一本接一本往下读，一般都读全集，然后写出一份札记或读书报告，实际上就是一篇篇学术论文。余师在论文的空白处写了一些批语，许多重要论断的旁边画了问号，在经历了一次次失败之后，终于得到了两位导师的肯定。刘学锴先生劝我研究韩愈要做到："伤其十指，不如断其一指，应该想好论题后一篇一篇往下写！"余师则劝我先不做韩愈，从用功最多的李商隐身上找突破口，然后，把给《唐代文学研究年鉴》撰写《李商隐研究年度综述》的机会交给我，我在精读了《李商隐诗歌集解》并了解了近数十年李商隐研究的状况后，终于找到了突破口，这就是我后来的毕业论文《李商隐诗歌虚词艺术研究》的雏形。记得我当年精读《集解》后，撰写了一万三千多字的书评，刘、余二位先生给了我最高的奖赏：他们俩各送一套《李商隐诗歌集解》给我！特别是刘师，明知余师已经送了我一套，还要坚持再送一套给我，当时我内心的感激真是难以言表。学术界都知道刘、余二师是合作研究李商隐的大家，但是人们很少知道余师对刘师的尊重与敬仰，我从一个细节体悟到一些，我交的所有的关于李商隐诗歌的读书报告中，余师先看过但不写一字，拿回来时，只有刘师用红笔写的评语，而对其他作家作品的读书报告则都是余师用铅笔、墨水笔写的评语，仿佛两位先生有约定，实际上余师是有意识这样做。这些珍贵的评语手稿我一直珍藏着，看着先生们的批语，我心中总会泛起一阵温馨，这是老师心血的体现，也是我们师生难忘的一段情缘。

三年的读研生活很快就要结束了，在等待答辩的近两个月的时间里，余师怕我到处乱跑浪费时间，他要求我将先秦文学部分补补缺差，我于是认认真真地将《先秦诗歌鉴赏辞典》《诗集传》《诗经原始》《论语集注》《周易译注》《楚辞补注》等著作通读一遍，这对我后来撰写论文常常涉足先秦部分而不感到胆怯是有重要帮助的，我现在明白了研究唐宋文学的根底其实还在先唐文史之中，因而更加深切地感到当时先生对我要求严格才是真正的爱护。

答辩出奇的顺利，接着面临分配问题。我们到处联系工作单位。我还记得，有一天晚上，余师突然打了一个长达三十分钟的电话给我，要求我写一份申请留校的报告，并告诉我怎样写，最后说："你明天早上八点半之前，将报告放进我的信箱里。" 当年学校最初并没有给古代文学方向留校名额，所以我根本没有想到能够留校继续在先生身边工作和学习。正是这个电话再次改变了我的生活轨迹和此后的研究方向。

于是我留校当了一名高校教师。余师对我更是关怀备至，一方面他让我继续努力钻研，把读研期间计划阅读而未来得及阅读的作家专集读完，一方面让我跟随他做一些科研项目，还把他的备课讲稿交给我，让我直接利用这些讲稿，以减轻我备课的负担。这是非常珍贵的手稿，但都像百衲衣一样，经过了反复的修改，主色调是用蓝黑色水笔工工整整书写的正楷字，字如其人，雍穆、端正、疏朗、清晰、美观。在两行之间或天头地角及两边的空白处，用铅笔、红水笔写了很多新的材料和杂志上新发表的文章的摘要，目的是补充原有的论据或结论，凡是看到过先生讲课稿的人无不为之惊叹，我花了整整一个学期的时间，阅读、消化、抄录这些讲稿，间或也加以补充、拓展，积累起来光唐代文学部分就有五十多万字，我想，有朝一日，若能将先生的这些讲稿整理出来，那该是一份多么珍贵的能沾溉后人的遗产啊！而表现在讲稿中的那份对教师这个职业的坚毅执着的敬业精神，对学生高度负责的爱护之心，倾其心血地要教给学生真正的知识和终生受用东西的师者之心，追求知音的境界等，确实体现了一代名师的风范。这也让我明白先生所说的一句话："在高校当教师，科研固然很重要，但首先是要把书教好。"

2000年到2004年，是余师最繁忙的时间，在他的努力下，文学院实现了几个突破，首先是教育部重点研究基地"中国诗学研究中心"在安师大文学院挂牌成立，接着是首批博士点获批，从此安师大文学院成为更高级别人才的学术摇篮。还有，召开了数次高级别的全国性的学术会议，邀请了像王蒙先生这样的学者、诗人、作家来安师大讲学，使安师大在全国颇具声望，也赢得了人脉。我们谁都知道这一切都凝聚着先生的心血，也正是由于过度的操劳，耗费了先生宝贵的生命，现在想起来，我们作为他的弟子，没有适时地为老师分担，实在是万分惭愧！

2005 年，经过努力，我再次成为余师的学生，跟随先生攻读博士学位，先生对我要求更严，他送给我四个字："守正出新。"我所交的每一篇作业，先生依然一字一句阅读，并终于看到了我期待已久的赞扬的评语，这些论文后来纷纷在《文学遗产》《学术月刊》《文艺理论研究》《词学》《文学评论丛刊》《北京大学学报》上发表，先生每次看到我的论文发表，都打电话给我祝贺，我感受到了他对我从事学术研究的那份深切期待。

2008 年春天，我的博士学位论文写到了最艰苦的阶段，而先生突感不适（后被诊断为患脑神经血管瘤），常常眼昏头晕，需要去北京看病。先生临行前依然不忘嘱咐我："博士论文要抓紧，一定不要留尾巴，要力求完整。"我谨记先生教诲，终于在 5 月 6 日最后期限之前完成了三十六万字的定稿，此时先生康复归来，立刻投入我们博士论文答辩的工作之中，在武汉大学尚永亮先生的主持下，我顺利完成答辩，并获得"优秀"等级。我在先生的指导、鼓励、关怀下，终于实现了人生的又一个目标。我知道，我所写的每一个字，都凝聚着先生的心血，博士论文绝对不是我一个人所能完成的。十年来追随先生求学问道，虽然没有达到先生对我的要求，但是却成就了我人生最有光彩的一页。2009年，我的第一本拙著《李商隐诗歌艺术研究》出版，又欣逢余师七十寿辰，一向不善言辞的我，终于压抑不住内心的澎湃诗情，在拙著的扉页题写我赠给先生的第一首诗，并将拙著作为先生的生日礼物。诗曰：

庐居赭麓大江边，笔塑笔耕四十年。

沥血呕心为学子，掔鲸碧海著雄篇。

千重桃李乾坤秀，万里文章海外传。

峻岳峰巅仰伟仪，青山无限满霞天。

2012年，当我的第二本拙著《韩愈诗歌艺术研究》出版时，先生依然给我的拙著赐序，我非常欣慰地在扉页上题写赠给先生的第二首小诗。诗曰：

赭麓松荫有杏坛，三千弟子我非贤。

月明风细房栊静，笔底常生锦绣烟。

在我们心中，先生就是当年在杏坛讲学的孔子，在先生身边无不感到踏实和温暖，我们都非常喜欢阅读先生惨淡经营的锦绣文章，他也确实像孔子那样和蔼可亲地与围绕他的学生们谈学论道，对学生的疑问是一一解答，对学生们出版新著求序那是有求必应。谁知，我的第三本专著《唐代诗序研究》即将完成时，却再也不能得到先生的评语了，可恶的病魔夺走了先生宝贵的生命！8月25日下午，当我看到先生的遗像回到学校时，我一把扶住年迈瘦弱的师母，放声大哭起来，一直到全身衣服被泪水浸湿为止，谁也难以体会我对先生十六年来精心培养的感激之情。我只能写一首小诗为先生送行。《哭恩师余恕诚先生》：

先生一去杏坛空，万朵鲜花寂寞红。

从此难沾恩雨润，秋原痛哭忆春风。

余师啊，您太累了，在天国好好安息吧！如果真有来生，我还想当您的学生！而且保证比现在做得更好！

深切怀念恩师余恕诚先生

二、崇高的人格

　　我常常想一个问题：老师是靠什么来影响学生呢？知识吗？不见得，因为当年老师教给我们的很多知识都会被遗忘得干干净净。方法吗？也不一定，说实在的，在课堂上学到的东西真的很有限，老师教的很多研究方法我们也很难掌握，我们大部分的方法都靠自己在课外的实践中摸索和总结获得。某一位老师好或不好，留在我们记忆里的也往往只是一个模糊的影像，有些老师甚至连模糊印象也没有。有些老师则不然，随着时间的推进，你对他的印象反而越来越明晰深刻，让你终生难忘，因为这些老师拥有高尚的人格精神。是的，老师正是靠他的人格影响着学生。什么是人格？人格是人的性格、气质、能力等特征的总和，也指人的道德品质。我想，凡是余师教过的学生，没有人不敬佩先生高尚的人格吧！

　　余师高尚的人格，首先表现为一种无私的奉献精神。余师是真正学者型的教师，他把教书当作一份崇高的职业，兢兢业业，勤奋耕耘，不管科研如何忙碌，即使身体不适，他都不会耽误学生的一节课。我记得他七十岁的那年，尽管早过了退休的年龄，但是他依然战斗在教学第一线的岗位上，坚持给学生上《古代诗歌散文欣赏》的选修课，这是一门给大三学生开的课，目的是让学生毕业后能给高中生开这门选修课，课本就是余师主编的，他担心由于课改，唐宋文学总课时减少压缩了作品讲解的时间，会导致学生阅读理解能力的降低，故亲自披挂上阵，给学生讲解大量的作品，每一节课他都要重新精心备课，课前总是提前在黑板上写上讲授提纲，以便节省时间。有一天傍晚，我有事找他，正碰上他上课归来，满手粉笔灰，捧着厚厚的备课本，虽然慈和地微笑着，但显得十分疲惫，我看着他的样子，心里非常难过。于是主动提出下一年的这门课能否让我来代上。后来，我接下了这门课的教学工作，心里才感到一丝安慰。余师是真正燃烧自己照亮别人的蜡烛型老师，我感受最深的是，他无论怎样忙，都会一字一句阅读并评点学生的每一篇论文，即使硕士研究生扩招并带了博士生之后，他依然如故，光我一个人就保留了二十多篇论文的评语，这些评语有的一针见血指出问题，有的谆谆告诫，也有的是指出继续努力的方向或提供新的材料以便做进一步思考，总之给人启发，并催人奋进。四十多年的教学生涯中，经余师批改的学生作业、论文如果累计起来怕有数千万字吧！他确实是把自己完整地奉献给了教师这个伟大的职业，他无愧"名师"的称号，也永远成为我们敬仰并追求的坐标。

　　与敬业爱岗、无私奉献相表里的是坚毅执着的精神。余师重视言传身教，勤勉务实不喜空言，也从不说套话。我还记得1999年春夏之交，余师突然患腰椎骨质增生躺在床上不能起来，因为他刚刚与刘学锴先生合作，完成了一百五十万字的巨著——《李商隐文编年校注》，那时没有电脑，完全靠手抄，他们用繁体字硬是抄录了两遍！据说，交给中华书局的手稿有两尺多厚。由于长年伏案，终于引发了老毛病，需要休息。但是，余师就是闲不住，他拿着一块手写板垫着，坚持给学生批改论文，还把阅读唐诗的点滴感想写在稿纸上，每写一行都要费很大的力气，那稿纸积累起来有几十张。后来，我把此事写进了我的一本书的后记中，陈祖美先生看到了，还特地过来询问我说："余老师的腰椎好些了吗？"我欣然回答："现在好多了，但是余老师就是太忙，顾不了休息，有时还会偶发。"陈先生托我一定要转达她的问候，并希望余师珍惜身体。这虽然是一件细微的事情，但反映的却是余师坚忍不拔的意志和珍惜时间的精神。《学林春秋》里载有一篇余师的文章《我与唐诗研究》，叙述了几十年来他研究唐诗的心新路历程，其中有他手书的座右铭曰："天道酬勤。"四十多年来，先生正是以他坚毅执着的努力，栽桃种李并勤勉浇灌，影响了一届又一届的莘莘学子，如果和刘学锴师的座右铭"勤能补拙"联系起来，就能感受到两位先生正是靠数十年的勤奋才建构起他们学术事业的辉煌大厦。无私、坚毅、勤奋，就是余师高尚的人格，也是我们终生需要努力坚守并不断完善的东西。

三、宽阔的胸襟

一个好的老师，他本身就是一个海，一个无限丰富的世界。就像孔子的学生赞扬孔子的精神世界深不可测那样，他不仅"温而厉，威而不猛"，而且能海纳百川，门墙高达数丈"人莫能窥其际"。这就是说，老师应该具有宽阔的胸襟，能容忍容纳学生，并能矫正学生的不良习气，使之永远具有一颗向上向善之心，能够让学生的心灵永远得到纯净甘甜清泉的滋润。余师正是这样的先生，坐在他的身边，时时感到一种无形的威压，又确实感到一种春风吹拂的洋洋暖意。那种"威压"可能因为自己的懒惰，没有达到先生的要求而心生愧疚，有时候向他汇报读书体会，如果没有拿出像样的文章，或者某一本书没有精细揣摩透彻，总会感到自己企图文过饰非的浅薄，余师是不会跟你饶舌更不会听你海吹的，他每每只回答简单的几个字应付一下，就会委婉地劝你回去再读读某书某章节。而那种如坐春风般的暖意，则是因为跟余师聊天，很少聊一些浪费时间的无聊话题，他会把一些独特的阅读体验跟你分享，启发你对某个问题进行探究，让你有所收获，或者对某个学术问题忽然茅塞顿开，产生撰写文章的冲动。我有一个小本子，专门记录一些突然的想法，这些想法在跟余师交流后往往会变成一篇篇较有分量的论文。如我的那篇《绮窗凄梦：词中之商隐——论义山诗对梦窗词的穿透性影响》（载《学术月刊》2004年第3期），就是在研二时，有一次余师问我最近读些什么书，我回答刚刚读完吴文英全集。他说："四库馆臣说，词家之有吴文英犹诗家之有李商隐，个中原委很值得研究。"我于是将这个问题作为一个研究重点，正好研二学业考试题是"唐诗与宋词关系研究"，所以一个月后完成了这篇一万八千多字的读书报告。由此可见，与余师谈天，往往可以谈出一片全新的天地，跟随他读硕士，我写了近二十万字的读书笔记，而读博士期间更是完成了两部小型的著作，很多文章都是老师春雨滋润后开出的花朵。

当然，我有时候很任性，喜欢卖弄小聪明，没有能够揣摩透老师的用意，造成很多难以弥补的遗憾。让我深感愧疚的是刚刚毕业时，余师将一本福建人民出版社约稿的书（《20世纪中国诗学研究》）交给我写，承诺署我一个人的名字，并将全书所有的稿费都给我。我当时一则很轻视这种纯资料性梳理的繁杂工作，一则因为教学任务很重，加上买房、孩子上学等家庭负担突然增加，难以招架，很难集中精力去完成课题，两年之后才勉强完成了唐诗部分的十二万字的初稿，眼看交稿日期迫近，余师感到压力空前的大，他是一个视信誉如生命的人，我给他的是一个很不像样的烂尾楼，余师非常焦急，只好另外请人参加完成这个课题，而我的初稿也经过了他几乎是重新撰写的大篇幅修改。这样无情地耗费了先生一年多的时间，让他自己的国家社科基金项目不得不推迟一年结项。最后的结果是，书稿顺利出版了，所得两万四千元的稿费，按字数平均分配，余师竟然自己只拿了八千元，还给了我四千元，我很不好意思要那钱，余师说："拿着吧，这是你应得的一部分。"那个沉甸甸的信封包含我的一生的愧疚，而信封里的一张详细的稿酬分配计算单，更是让我感动流泪的东西，老师光风霁月的透脱胸襟真是罕有其比啊！视金钱蔑如，视信誉至上，这就是余师的风范。从此之后，我再也没有机会跟余师合作过，这是我永远对不起先生的地方，虽然先生从未对人说起过，但一直是我内心的痛楚。恳请九泉之下的恩师谅解，我当时太不懂事了！

四、难忘的教诲

韩愈说："师者，所以传道受业解惑也。"余师就是韩愈一样的道德文章双美的"师者"。与先生十六年的师生情缘，有悲有乐，有笑有泪，有遗憾更有收获。有人说："授人以鱼，不如授人以渔。"接受别人赠送的鱼一顿就会吃完，而学会别人捕鱼的方法，则会永远有鱼吃。好的老师不只是填鸭式地灌输给学生死的知识，而要传授给学生思考问题的方法、培养其独立解决问题的能力。这才是学生终生受用的东西。现在的很多大学生很喜欢抄笔记背笔记，猜题押宝式地学习文学史和作品选，仅仅停留在拿一张毕业证的低层次水平上，年长日久，当背诵的内容渐渐忘记，剩下的东西已经不多了，看到一篇生疏的诗文依然不知所措。

在与余师交往的漫长岁月里，我们无不羡慕余师常常有见解深刻、语言精美的论文在《文学评论》《文艺研究》《文学遗产》《国学研究》《文艺理论研究》《北大学报》等最高等级的杂志上发表，都急切地想学习他思考的方法和表达的技巧，想得到他"点石成金"的金手指。余师每每都是微笑不语，于是我不揣冒昧地问："先生，您读书到底有什么秘诀呢？"

先生答道："熟。"

我十分惊愕，就这么简单吗？我经过十多年的参悟，终于明白了其中的一些东西。所谓"熟"，大致有这样一些含意：首先是熟悉研究对象，对相关研究背景了然于心，清理出一条接受史线索，然后去发现历代研究中存在的问题或薄弱环节；其次是精熟文本，对某位作家的文集要耽玩不辍，含英咀华，反复揣摩，千万不能浅尝辄止，余师非常重视深度解析具体作品，但他反对过度阐释、任意拔高及堆砌新名词"以艰深文其浅陋"的故弄玄虚，他的讲稿和单篇赏析的文章都体现出他精熟文本的研读功夫，而他宏通淹博的巨论文章也大都是建立在细读作品的基础上，他的许多大部头的书籍都夹着各色纸条的标记；再次，就是要熟悉表达的方法和技巧，甚至要学习一些造句的技法，我们所交的作业，余师对标点符号都进行了修改就体现了这一点。余师精于校勘训诂、作品赏析和理论概括，正如彭万隆兄所言："文献考证、理论研究、艺术欣赏，余师样样精通，真乃大家！"

承接20世纪80年代中期美学热潮的余势，学术研究追求新视野、新方法和新名词，人们动不动就引用西方某位美学家或理论家的一段话，然后贴在某位诗人的某篇作品上，看起来很华丽，也给人很有学问的架势，余师则始终坚持中学为体西学为用的治学思路。我曾就这个问题向先生讨教："先生，您认为在文章中应该怎样处理西方美学理论呢？"

先生答曰："化。"

又是一字诀。可见先生并不反对在理解古代文学作品时借用西方美学的新观念和新方法，关键是要贴合古代文学作品的实际，像先生在解释王昌龄《闺怨》和李煜《虞美人》时，就运用终极的人道主义关怀和向原点回归的情感运动场理论，研究李商隐的无题诗则提出"以心象熔铸物象"的创作方式，运用西方美学的异质同构说，并接受王蒙先生提出的"心灵场"说和"超语言"说，赞赏王蒙先生的"通情通境"说等，都是运用西方美学原理的例子，先生主张要化用，不能为了标新立异而故弄玄虚，我的好几篇韩愈论文都因为过度追求所谓的审美阐释而受到余师和刘师的批评，至今还觉得那些评语非常切中肯綮。

我又问先生："初学为文，最当戒者是什么呢？"

先生答："侈。"

先生让我细细揣摩柳宗元的《答韦中立论师道书》。柳宗元在文中说："吾幼且少，为文章以辞为工。及长，乃知文者以明道，是固不苟为炳炳烺烺、务彩色、夸声音而以为能也。"我对这段话感受最深。刚开始接触学术研究时，总是感到艰涩，文章尺幅窘迫，给人捉襟见肘的浅陋蹩足之感，先生劝我勿急躁，慢慢地积累就会提高，及至接触一些新观念、新方法之后，则喜欢穷奢极欲的过度阐释，写论文追求气势宏大、滔滔不绝，而且特别喜欢运用形容词，这时余师告诫我说："写文章时，开头千万莫绕弯子，要直切主题，不要让人读了数行仍不得要领。而且要尽量少用形容词。"尽管刘师觉得我的那篇《绮窗凄梦》论文不无可取之处，但余师还是坚持"形容词太多，应当删去一半"。为了矫正我侈衍的毛病，余师交给我一个任务："请你写一篇十年来李商隐研究概述的文章，不能超过一千五百字。"这可难住了我，对于一个写惯了万字文章的人来说，写这样的短文是非常困难的。后来勉强交了稿，余师还是用铅笔划掉一些文字，才合格。我的那篇《序体溯源及先唐诗序的流变历程》（载《学术月刊》2008年第1期），也是长达两万八千字，而杂志要求控制在两万字以内，如何压缩删改，我只好再次求教余师，他仔细阅读后，圈划掉很多可有可无的文字，才最终得以发表。刘师也曾告诫我："你的文章追求宏肆过头了，显得有些飘浮和空泛，根据可有可无一律删去的原则，要努力删去那些看似华丽实际上没有用处的文字。还应当考虑文章的结构，一定要设立小标题，注意文章的逻辑结构，最好每一篇控制在一万至一万五千字之间。"这些金玉良言始终是激励我前进的动力。

有时，学术研究避免不了与他人商榷争论，看那些双方批驳辩难的文字，我不想做一个看热闹的观众，总想参与其间。先生及时地告诫我："不要掺和那些子事情，专心致志读你的书，仔细搜寻线索，提炼你的观点吧。你看，那些真正在文学史上留下来的东西都是呕心沥血的真知灼见。"这是先生提醒我要戒"斗"。记得余师给我的《韩愈诗歌艺术研究》作序，让我先写一段有关韩学研究概况和本书主旨的背景介绍，我发现先生将我所写的涉及批评其他人或著作的话统统删去，其中大有深意啊！观先生三十年治"诗家三李"，也仅仅留下三十一万字的著作，平均每年也就一万字，真可谓完全挤掉水分的干货啊。先生以他的行为、人品和著作时时告诉我们为人为文的道理，确实值得我们去深深体味。

怀念钻右

2011 年 10 月 21 日傍晚，蒙蒙细雨混着茫茫烟霭笼罩着襄阳的天空和四野，给人一种清冷压抑的感觉，可我却怀着浓厚的兴致期待明天"孟浩然国际学术研讨会"的召开，因为来自当今国内古代文学学术界的精英，和来自日本、韩国的著名学者都云集襄阳。我们既可以神往孟浩然"红颜弃轩冕，白首卧松云"的仙姿逸韵，品赏其"微云淡河汉，疏雨滴梧桐"清丽静谧的诗歌意蕴，又能够畅游他当年隐居高卧的鹿门山风景胜境，还能聆听到海内外学术贤达的宏谈高论，那该是多么惬意啊！但是，一条从故乡飞来的短信，彻底将我盎然勃郁的兴致一扫而光，使我心灵遭受巨大的震撼，心情迅速跌入痛苦怅惘的深渊。就在今天，我的师范老同学、好兄弟王钻右因患肝癌不幸去世，享年仅四十七岁！

是夜，我所住的南湖水上宾馆，异乎往常的静寂，细雨窸窸窣窣的，哭泣一般，凄凉地滴在梧桐叶上，也敲碎了我的梦境，于是索性披衣起床，推开窗户，遥望故乡，在心里默然思念，以虔诚的祈祷送老同学一程。窗前的南湖泛着微波，映着昏黄的灯光，也显得特别凄迷，那低垂的柳丝摇曳着长发，仿佛也在默哀祷告。我内心翻腾着杂乱的意绪，眼中噙着悲伤的泪花。我徘徊窗前，吟出一首小诗《宿襄阳南湖宾馆惊闻钻右逝世噩耗》：

> 南湖秋水夜如烟，雨滴梧桐细柳闲。
> 短信飞来惊坐起，轰雷落枕岂能眠。
> 怅望南天一洒泪，英魂西去不东迁。
> 未别生死天涯恨，来生再续弟兄缘。

于是，关于钻右兄的一些记忆片段纷至沓来，让我陷入了无边的怀念追忆之中。

我与钻右相识于1979年秋天。那是伟人在南海边画圈之后，我们迎来了改革开放真正的春天，这一年中考，宿松县三十五位初中毕业生以优异成绩被宿松师范录取，其中就有王钻右同学。他还有一个孪生兄弟王钻左，也是同年中考，也考上了中专。真是双喜临门，玉树临风的一对孪生兄弟竟然同时高中，你可以想象当年该是何等的欢天喜地！钻右与我们绝大多数人一样，生长于贫寒的农民家庭，都有一颗刻苦上进而纯朴善良的心。

钻右非常清秀白皙，一副文弱书生的气质，他穿的衣服虽然不高档，但永远干净整洁；他很少放肆狂欢，总是微微一笑，露出洁白整齐的牙齿，脸上还显出两个浅浅的小酒窝。他性格沉静闲雅，从不主动找人聊天，即使我们偶然一起闲聊，他也只是静静聆听，并不停地在纸上练字，他的字特别清秀娟净，也很有笔力。我们于是给他一个绰号："女泼（宿松方言，姑娘的意思）。"他似乎也并不十分反感。总之，钻右在我们眼中确实具有女性的细腻恬静、白皙娟洁之美。

钻右学习上决不甘心落后，每门功课都很优秀，尤其语文一科，特别突出，他的作文文思清晰，语言精美，字迹娟秀，常常得到语文老师贺松孺先生的赞扬，每当我们向他祝贺，他却羞涩地低下头。钻右特别喜欢读唐诗，吐字清晰，音调清朗，没有方言的味道，他的朗诵与班花王贵况姐姐可以媲美，这更加强化了他身上的女性美。钻右与女生一样，不大喜欢体育而爱好音乐。记得体育课上，我们大山里出来的人，像猴子一样灵活，单杠、双杠自由上下，海绵垫上头手倒立如树，篮球场上来往穿梭迅疾如飞，钻右都是只看不做。而他的一双长手非常适宜于弹琴，于是班主任石凡老师发现了钻右的音乐才华，让他和另一名女同学一起练脚踏风琴。班上只有一架风琴，每周两节音乐课才抬到班上，其余时间都放在石老师房间，能到老师房间练琴是一种很难得的机会，而这样的机会钻右得到了。班主任原是县文工团的乐师，音乐修养较深，一般刚刚流行的新歌，他都能马上演唱出来，因此我们很享受他的音乐课，像《希望的田野》《驼铃》《军港之夜》《年轻的朋友来相会》等，我们至今还会哼唱。石老师原先也有家庭，但是让"文革"毁了。他满头白发，却行走如风；他性格刚如烈火，但是很关心学生。虽然一个人独自生活，但他很能够享受生活，每天都要花三毛六分钱，喝二两白酒。他大约买不起瓶装酒，都是喝散装的，西门街口的小店成为石老师主要的酒水来源地。这每次打二两酒的任务自然就落到钻右头上。钻右开始也乐于为老师做事，但是时间长久了，同学们看到的次数多了，他可能也难以忍受风言风语，终于他不去练琴，也找各种借口不给老师打酒。我们看着石老师独自远去打酒的背影，既感到一阵心酸，同时也为钻右的解脱感到一丝欣慰。

三年师范生活，一转眼就结束了，我们怀着各自的梦想，走进了万花筒般的社会生活。他和我们一样也成了一名小学教师。若干年后，我们突然听说，因为工作成绩出色，钻右被借调到县教委自考办帮助胡金留先生（胡老师是我们师范时候的物理老师）做事。他不负众望，成为胡老师的得力助手。他先前的严谨认真在管理招生档案方面发挥出来了，工作上从没有出过任何差错。他的办公室也像他的人那样，干净整洁，一丝不苟，永远给人清爽的感觉。有时我们从山里下城去看他，他总是热情接待，乐于帮助我们解决困难，但是他非常讲究原则，从不做违反规定的事情。就是在这期间，他收获了他的爱情，在实验小学筑起了爱的小巢，并迎来了爱子王一的诞生。同学们都祝贺他过上了称心如意的甜蜜生活。可是，天总有不测风云，正当钻右风华正茂享受生活的时候，由于招生、自考工作的高度紧张与繁累，终于让他病倒了，得的是当年特别流行的肝炎。我记得那年暑假我跟胡昌延、祝世荣等同学一起去县医院看他，他住在隔离区，独自一人寂寞地待在一间病房，见到我们，他非常开心，又是微微一笑，露出洁白整齐的牙齿，却不让我们久待，说这病容易传染。我们安慰他好好养病，以后工作注意休息，别再加班熬夜。不到两个月，我们得知他又上班了，也就没有再在意他的身体情况，因为一般得过甲肝的人，会有终身免疫能力。谁知这次生病竟然埋下了终生难以根除的隐患。

钻右与我们一样，也不满足现状，还想进一步深造。鉴于个人的具体情况，他选择的是走自学考试一路，他学习非常刻苦，每门考试都是一次性通过，好像《古代文学作品选》《现代文学史》两门课程还拿了安庆地区第一名，说明他自学的扎实和努力。最后毕业论文选的题目是关于老舍戏剧方面的，记得我还将自己珍藏的老舍《茶馆》送给了他。他的论文在安师大答辩时获得"优秀"的成绩。钻右本来可以继续报考研究生的，但是由于有了家庭和孩子，他最终选择了放弃，脚踏实地地做好本职工作，业余时间还在钻研古代诗歌和楹联写作。经常可以看到他写的一些小文章或对联在杂志上发表。他具有这方面的才华，只是可惜老天没有给他时间进行锤炼，使他未尽其才。我至今还十分惋惜，他要是能去一所大学读研，肯定会比我做得更好。

我跟钻右除了是同学之外，还有更深一层关系。那是1991年秋天，我刚从安徽教育学院进修回来，有一天突然接到钻右的信，要求我帮他找一位保姆，说是他们夫妇工作忙，父母年龄又大了，孩子没人照应。正好当时我的小妹辍学在家，我就让我的小妹去照顾王一。试用一个月后，他们很满意，这样我年仅十三岁的小妹就在钻右家住了两年。王一也很恋我小妹，关系很融洽。这样，我就经常下城去看我小妹，与钻右接触就多一些。我们聊很多未来的计划，得知钻右有很大的理想，但是他不像我那样喜欢冒险，不顾一切要考研离开宿松，哪怕遍体鳞伤也要挣扎着奔向更广阔的天地。后来，我总算成功了，也曾经劝过钻右，读一个在职硕士，圆一下研究生的梦。据说，他也动过心，找出英语书想学，终因荒废太久而作罢。

最后一次见到钻右兄是2006年5月3号，我在读博期间回了一趟宿松，老同学二十多人齐聚黄美华家，已经是人到中年了，每个人都经历过许多酸甜苦辣，钻右依然是那样淡定，还是微微一笑，露出洁白的牙齿，只是他的脸色已经不再洁白，而是变得发黑，状态很不好，原来期间他又发过几次病，长年需要靠一些药物和食疗保养身体，他已经完全戒除烟酒，平日家居素食居多。记得临别前，我特意拥抱了他一下，并在他耳边说："我担心你的身体，你脸色不太好，请你一定要注意休息，加强锻炼，千万不要熬夜！"不知他听进去了没有。在我来说，当时确实有一种不祥的预感。谁知这么快就应验了呢？

转眼之间，三十年过去了，回顾生命走过的历程，我们无不感慨苍凉。不错，我们确实是高考制度改革的受益者，中考让我们脱离了祖祖辈辈耕耘的土地，成为那个时代最早一批吃皇粮的

遥远的青沙滩

人，有了稳定的工作和收入，可以过上不算富裕也不缺乏尊严的生活。但是，我们大多数人没能飞出故乡的天宇，思想也日趋保守，斗志渐渐衰退，失去了重新施展怀抱的机会。每当我看到老同学们饱经沧桑的熟悉的脸庞，就会想起当年如火如荼学习数理化的情景，假如能给我们第二次高考的机会，我们中一定有更多人能考上大学，成为学者、教授。王钻右就是这些聪慧而襟抱未舒的同学之一。他的过早离世，让我不禁想起晚唐著名的大诗人李商隐，也只活了四十七岁。钻右之于商隐，虽然不能类比，但也有若干相似之处，都具有女性一般的细腻敏感的心灵，都聪慧有才华，都未曾完全施展怀抱。记得崔珏有诗哭李商隐曰："虚负凌云万丈才，一生襟抱未曾开。"我想移来评价钻右也是合适的。因此，撰写一副挽联来悼念我的好同学、好兄弟，如果有来生，我愿与兄再义结金兰。联曰：

秀外慧中，清风两袖，虚负凌云万丈才，一生襟抱未曾开，君矣行走太仓促；

慈亲爱友，正气一身，誓绣娟洁千尺锦，三世有幸结金兰，吾等思念将永远

人死不能复生，既然已经人到中年，就应该坦然面对死亡这个沉重的话题，我想，一个人生命的价值不一定在于长度，而在于密度与厚度。从终极关怀的角度看，我们都是走向同一个目标的匆匆过客，钻右兄，你只是先行了一步，但你无愧于你的一生。请你携带我们真诚的友谊，在灵台路上不再迷茫，你安息吧！

2011年10月29日于芜湖

那个夏天的夜晚

那是一个让我刻骨铭心的夜晚，至今想起来还是有些后怕。

时间回溯到1976年的暑假吧，那时我未满十二岁，正在廖河初中读初一。暑假向来是我们最难熬的时光，因为家里很穷，弟弟妹妹又多，所以像我这样十二岁的孩子实际上就是半个大人了。既要上山砍柴放牛，又要照看弟妹，帮母亲烧饭提水洗碗，父亲卖纸或砍竹杪时还要帮着提马灯、打下手。

那一年情况特殊，先是春天的时候父亲去齐坂买了村里的一片竹山做竹货，带着我那个二十来岁的小舅舅。第一趟做竹货赚了点儿钱，两人平均分，后来两趟货没有卖出去，堆在蕲春堂梨树岭的仓库里，一直到霉变生虫只能做柴火了，一分钱没有拿到还倒贴了挑夫的脚钱。人们都说父亲上了当，齐坂人卖给父亲的是笋花竹，最喜欢生虫，父亲吃了个哑巴亏只好自认倒霉，连铺盖、篾刀、钢锯等工具也丢在那里了。而折本的时候，小舅舅则一声不做，一文不出，仿佛与他无关似的，我们家只能独自承受生意失败带来的困难。当时大妹九岁，大弟六岁，小弟三岁，小妹还在妈妈肚子里。一家人吃饭成了问题，父亲一半为了躲债，一半因为天天怕看到家里孩子嗷嗷待哺的窘迫状况，所以在义父的邀约下，去九江干起了他不熟悉的给工地用板车拉石子、水泥的活计，我无法想象父亲那瘦小的身躯拉着沉重板车的艰难情景，只知道他还是一个有责任心的男人，为了养活一家人确实不容易呀！

父亲一去两个多月了没有一点儿消息，也没有搭一分钱回家，家里很快就要断炊了，母亲挺着一个大肚子急得团团转。忽然传来糟糕的消息，说父亲不会拉板车，或由于拉的东西太重而受伤了，我们都急得哭了起来，母亲哭得更为凄惨，因为万一父亲出了意外，她将必须独立养活这一帮正能吃的孩子呀！好在过了几天义父回家，带来了好消息，说父亲并无大碍，只是脚刮破了皮休息了几天就能正常出工，还搭来了两块钱（两块钱现在真不算什么，连一根雪糕都买不到，但那时却能让一家人吃一个星期）。正是这珍贵的两元钱导致了下面惊心动魄的故事。

这天早上，母亲吃过早饭，带着大妹和小弟去了一个很远的亲戚家，说好了傍晚回来，要我照顾好六岁的大弟弟，并反复叮嘱注意安全，不要让弟弟到处乱跑，因为大弟在三岁时候，让我照看，而我又要念书上课，他想摘那开得金黄的太阳花喂逮住的大蜻蜓，不幸摔到大队部石桥下两三米高的乱石窠里，脑门上跌得鲜血直流，昏迷了好几天，幸好抢救及时活过来了，头上至今留下伤疤。有了那次血的教训，我答应母亲一定照看好弟弟。但母亲还交给我一个更为重要的任务，就是把那珍贵的两元钱交给我，让我坐船到广福粮站去买米，同时将粮油供应证塞给我。我很害怕，因为从来没有去买过米，甚至连广福在哪里都不知道，也从未独立坐船出过家门。我急得要哭，母亲却一脸不高兴，说我是没用的东西，都念初中了，连这点儿事情都做不了，将来还有什么指望呢？我只好硬着头皮答应下来。

我叮嘱弟弟不要离开家门，在家里等我回来，就拿着一个黑色的塑料袋出发了，正好那天还有其他的村民也去广福粮站买米，我只要跟在他们后面就行了。一路上很顺利，碰上了机帆船，那天人特别多，船老大看我是个小孩竟没有收我的船费（两毛钱）。粮站里人真多，人们排队不守规矩，拥挤不堪，我认识的村民很快就见不到影子了，我急得要哭，这时只能靠自己了。好容易轮到我了，我拿出供应证和两元钱。那开票的女人不屑一顾地说："两元钱买什么米呀！"我很不好意思地说只有两元钱。她用奇怪的眼神看着这个身高仅有一米体重不过四十斤的孩子，犹豫了一会儿，说："买多少？"我说："能不能全部买中稻米？"她说："不可能！必须搭配粳米！"中稻米价格每斤0.129元，粳米每斤0.156元，粳米不仅贵而且不来饭，农民们都不想要粳米，但是没有后门可走，只好按照规定搭配着买。让我惊讶的是那女人毫无同情怜悯之心，对我这样小的孩子来买米没有一丝的关照，她给我开了两张票据，说去那边称米。我看那张红色的票据上写着数量八斤，合计价格1.03元，另一张蓝色的票据上写着数量四斤，合计价格0.62元。她找给我三毛五分钱。周围拥挤了很多人，吵吵嚷嚷的，人们只关心自己的事情，并没有人在乎我这个小孩子第一次买米的困难。好容易排队轮到我买米了，我交出了那张红色的票据，称米的是一个脸上有疤的相貌凶恶的中年男人，在我的黑色塑料袋里随便放进一大插子米，称准了数量，顺手扔给我，就说："走开！下一个来！"我慌乱地提起袋子，扎好袋口，将米放在肩膀上，离开了粮站。我揩了揩满头的汗珠，踏上归程。回来出奇的顺利，又刚好赶上一班接买米回家人们的机帆船，我付了一毛钱船费，不到十一点就回家了。弟弟很老实没有出家门玩，一个人坐在家里静静等我，竟然睡着了。

当我将米倒进米缸里时，感觉到米的斤两仿佛不够十二斤，一摸口袋，叫了一声"不好"，原来那张蓝色的票据还在口袋

遥远的青沙滩

里，少称了四斤粳米！等妈妈知道了我肯定要挨一顿死打的。怎么办？幸好妈妈不在家，我下午再去将那剩余的四斤米买回来不就行了吗？我赶紧做饭给弟弟吃。

吃完饭我又要去买米，让弟弟继续待在家里等我。可是他死活不愿意再一个人待在家里，非要跟我一块去。实在没有办法，我只好带着他，兄弟俩一路十分开心，很快就到了凉亭口。这里就是著名的响水岩，金牡丹河从峡谷里流出来跳下两百多米高的悬崖，形成银色的飞瀑直冲进碧波荡漾的钓鱼台水库，水声震耳欲聋，峡谷口的两边有四五棵巨大的樟树，树冠高大雄伟，人们将这些樟树作为方山的护卫神和风景名片，挑重货出山或买米卖货回家的村民总要在这里歇肩。这里一年四季大风扑面，下面就是陡峭的山崖，密密的竹林阴森簇拥在石崖下面，那路只有三尺来宽，第一次走这样的山路有强烈的晕眩感觉，我与弟弟几乎是摸着坝走过那最危险的一段，终于到了水库岸边的船码头。弟弟是第一次看见水面宽阔的蓝色水库和水中的三座翠绿的小岛，欢呼雀跃，感到非常新鲜神奇。我们在水边等待去大坝的木船或机帆船。

左等右等，都没有机船来，又没有木船愿送两个孩子去大坝，因为从玉枢观码头到大坝有十里水面，来往得一两个小时。我很着急，要是傍晚没有买回那四斤米怎么办呢？忽然听见一阵机器响，从上游开来了一艘机帆船，柴油机的轰鸣声过处，留下一条翻滚的白色波浪的痕迹，然后激起绿色的长波朝岸边扑来，岸边停着的小木船便随波起伏晃荡。弟弟既害怕那响声，更怕那波浪，死死抱住抓住我的衣襟。机船靠岸了，我带着弟弟上了机船。可是船主说他不去大坝而要去白鹤。已经上船了，怎么办呢？船主说："我把你们送到三合口修船厂的小岛上去吧，那里等船方便，我不收你们的船钱。"

这样，我们第一次来到这个水库中央的陌生的半岛上，三面环水真是前不巴村后不着店，这个半岛上有一所高中——"陈汉中学"，后来就变成了我工作生活了十年的"钓鱼台中学"。这个半岛大约长五百米，从高大的乌珠尖延伸下来，一直插进水库中心，岛上栽种很多桃树，春季来临桃花盛开，灿如红霞，桃花倒影染红了水面，真可谓"岸落桃花锦浪生"呀，景致非常美丽。在桃林之中就是钓鱼台公社的著名的修船厂，几艘巨大的木船倒扣着搁放在宽阔的条凳上，上面高高撑起遮阳的墨绿色军用帆布，正在刷桐油，一股浓浓的油漆味弥漫在水边。有几个工匠正躺在树荫下的凉床上休息。

我和弟弟在水边玩耍，他穿着凉鞋，把双脚浸在浅水里，轻微的波浪舔着他的脚丫，他非常开心。而我则非常着急，担心日落西山后拿不回那四斤米怎么办。终于从上游来了一艘机帆船，我拼命招手，它朝岸边开过来了。我跳上了机船，由于船钱不够，船主拒绝我弟弟上船。怎么办？我哀求船主，还是不行。万般无奈的情况下，我只好叮嘱弟弟不要乱跑，等我一会儿回来接他。现在想起来，那四斤米真的有那么重要吗？非要将六岁从未出过门的弟弟留在水库中央的半岛上，这是多么危险的事呀！

我甚至有点恨自己的无用，怎么竟然少买四斤米呢？要是弟弟有什么三长两短，我怎么向母亲交代呀？但是，要回四斤米的决心是坚定的，已经上了船没有退路了，只能盼望回来时还像上午那么顺利，接回弟弟就好了。我到广福粮站时已经是下午四点多了，粮站已经没有什么人买米，我很顺利地拿回了那四斤该死的令人讨厌的粳米。我肩上背着四斤米的黑色塑料袋，一步一步往回赶。等我走到大坝码头时，已经没有一只船了，所有的小木船和机帆船全部返回了，空荡荡的水边只有我一个人在焦急地等待，而水库中央的半岛上还有我六岁的小弟弟在那里等我呢。我急得哭起来了。

哭声引起了水库大坝工地上的工人们的注意，有一个十五六岁的女孩子向我跑来。走近了才认出来她是本村的兰娥姐姐，村里很多村民在承包溢洪道拓宽工程，她在工地上做饭。我就像找到救命稻草一般，随兰娥姐姐到了他们的工棚里。她给我盛来一碗剩饭，夹了一些剩菜，我好饿，三下五除二就吞进了肚子。他们又没有船，我也不好意思说弟弟还在半岛上。渐渐地我躺在床上睡着了，还枕着那个四斤米的黑袋子。

大约半夜之后，我被一道强烈的手电灯光刺醒了，竟然是母亲找到大坝上来了。我迷迷糊糊地起床，母亲问："弟弟呢？你怎么在这里？""什么弟弟？""他不是跟你一起来的吗？""哦，他还在修船厂等我呢！"我彻底清醒了。原来，母亲央求大姨夫租了一只木船，冒着天黑挺着个大肚子，到大坝上来找她的儿子们了。我非常心慌，知道闯了大祸，吓得腿软都站不起来。母亲谢了兰娥姐姐，拉起我就走。

我上了小木船，四周一片寂静，天上虽然有繁星闪烁，但是水面上没有一点儿亮光，只是偶尔传来鱼儿跃出水面的"泼刺"声响，我感到空前的恐惧，平生第一次在黑夜里乘船。大姨夫叫我们坐稳了，我和母亲紧紧抱在一起，她说四斤米算什么，要是丢了弟弟怎么办呢？我也非常后悔，不该带弟弟出来。也万万没有想到买米是如此的艰难。凭着船家对水路的熟悉，大约四十分钟之后，小船停在了修船厂的码头边。大姨夫和母亲下船在岸边寻找，用手电筒照着在那桃树林中满是桐油味的大船下面搜寻，我多么希望弟弟正躺在那工匠们休息的凉床上啊，然而这里空荡荡的，除了死寂的静谧就是阴森恐怖的黑暗。母亲一边寻找，一边呼唤弟弟的名字，始终没有任何回声。终于，母亲忍不住哭起来："我的儿呀——你在哪里呀？"哭声增添了我心里的恐惧，在那没有灯光的空寂的水边，哭声悠远而凄厉。母亲坐在地上哭得很伤心，我站在旁边双腿发抖不知所措。正在这时，岛上浓黑的树荫下的一户人家打开了门，远远地就喊："是哪家人在哭啊？是不是方山的人来找孩子了？——孩子没事，被廖河的鹏生佬接走了。别哭啊，孩子很安全。"这是我平生听到的最好的消息，在那样的黑夜那样的陌生恐怖的水边，得知弟弟平安的消息比什么都重要啊！母亲转忧为喜，擦干眼泪，谢了那户张姓的人家，拉起我上船回家。母亲在船上紧紧把我抱在怀里并开始数落我了，告诉我以后不要这样做，并自责不该让我去买米。

我们回家了。第二天母亲买了糖和罐头去廖河鹏生叔叔家里接回了弟弟。我们兄弟俩紧紧抱在一起。在那个艰难的岁月里，在兄弟姐妹互相扶持中，我们一天天长大了。

只有经历了苦难，才懂得珍惜。亲情是世界上最美的东西，我从母亲撕心裂肺的哭声里明白了，儿女在她心中的地位。

那个夏天的夜晚，成为我成长的标志。亲爱的大弟弟，你当时是怎么度过那个恐惧的下午和神奇的夜晚的呢？

感谢生活！感谢赐给我们生命和爱的母亲！感谢在我们人生中帮助过我们的好心人啊！

遥远的青沙滩

看新娘出嫁

邻居水叔的长女今天出嫁，坐轿子呢。一定要去看看哟！

沿着弯弯曲曲的弄堂门道左拐右拐，在一个已结婚多年的长着一张马脸的善心媳妇的指点下，我终于找到了一个塞满人的院落。从那平顶短发、辫子、烫发的缝隙中传出厅堂里哄闹的喧声。咱们中国人向来就有喜欢看热闹的习惯，越是人多看不见的地方，仿佛越是好玩之至，于是拼命踮起脚后跟。门口一个三十多岁的汉子，一脸喜色，正看得出神，他并不理我站在比他低一尺的门槛外，将他的身子满满盈盈地塞进他身边一个二十多岁的女人让出来的空间里。他是离我最近的一道屏障，尽管前面也满是人头。

我正在为看不见里面的热闹场面而扫兴。突然，一个帮忙的要进厅堂去，他一边向门里冲，一边大声喊："让呀！让路！"

那汉子被推开了，我乘机占领了他的位置，厅堂里的一切便赫然入目了。

厅堂古老陈旧，黑、窄、低。完全是一百多年前的先人留下的遗业，平时大约只能撺出鬼来，这会儿却拥挤不堪。天井的一边有一张长桌，上面是八只脚，都踩着高跟，从脚向上望，便看到四个少女或少妇的侧脸和卷发。她们都在笑，眼睛无固定目标地四周望着，仿佛努力使自己的表情与这里的喜气洋洋的氛围合拍。除了两边挤着的红绿彩衣和平顶烫发辫子的人墙，中间是一条红色的等待良辰吉时起飞的"长龙"。几个人正前前后后地忙活。那是插有柏叶的嫁妆——大衣柜、五斗柜、大木箱、被褥、衣料等。家具一律通红地放油光，崭新的油漆的红光，一律挂着并未锁上的新锁。沿着那"龙"向里看，可以看见十八九岁的大姑娘、新媳妇、有了孩子的中年妇女、二三十岁的汉子、五六十岁的梳了鬏儿发的称呼升到了"奶奶"级别的老者，团团地围着看什么东西，像看把戏那样。从一层一层的头上望过去，里面黑乎乎的，借着烛光，隐约可见一个红布顶，原来那是一顶轿子。

人们热烈地吵闹着议论着，一句也听不清。正嚷得一片喧哗时，突然，一个三十多岁的瘦白脸汉子，左手缠着一挂鞭炮，右手拿着引火，正以最高的声浪镇压住喧嚣的吵闹："不要吵！不要吵！让路啊，放炮啦！"

像倒墙似的，天井岸上的人纷纷让出一大片空间来。

噼里啪啦，一顿乱响。一股蓝色的烟雾，一阵闪烁的火光。随着吉祥的鞭炮声响起，红"龙"起飞啦。

"一杠，两杠。"

"三杠，四杠，五杠，六杠。嗯，有六杠。"一个四十多岁的嫁过女的女人这样数着。

"还有两担挑呢。"旁边一个补充道。

"好福气哟！全数。"

"听说那毛毯还是她爷爷昨天才买的呢。38块！"有人指着正要走出门的一床红绸被子上的一条挑花的绒毯说。

"不晓得我们家那没用的东西有没有坐轿的福气。"有待嫁女的妇人这样羡慕着。

"小妮，黑皮，明年你也坐轿去。"

"嘿嘿——"不好意思，姑娘脸红了。

"好看好看。"小孩子在人缝里穿梭，没头没脑地说。

"没意思，没意思。"看不出名堂又没有得到礼物的小鬼这样叫。

我十分冷静地看着这古老的厅堂里新人出嫁的热闹。心里想着，自己将来娶亲也要搞这一套吗？那怎么弄得起这样的排场？不搞又多么丢人！没有多少人围观的新媳妇脸上怎能有光彩。做女人一生不就这么一回吗？脸面和气派是万不可少的。

我看这弄堂里的少女们，心里除了羡慕之外，一定也在想象着自己将来出嫁的那一天吧，也许都在希望自己能够坐上一回轿子。

又是一阵鞭炮。一片闪烁的火光。一阵浓浓的火药味。

忽然，拐折的门洞里传来了哭声。原来新娘子坐进了轿子。临上轿时，总会有三姑四姨来陪新娘的母亲哭嫁，以示难分难舍。哭声洋溢着离情别绪，本来是做做样子的干号，但在众目睽睽下，竟然动了真情。然而在这样喜气洋洋的气氛中，泪水里也加了糖吧。

轿子移动了，人群分开，涌向门口。轿夫使出蛮劲掌握平衡。号哭的女人们在稳轿。两个男人亮着大嗓音阻止："不要压轿！不要压轿！"哭声出了大门。泥泞的街口立刻水泄不通！高高低低的男男女女们挤成一堆，伸颈张望。那红轿里的新娘全身通红，分不出轮廓，看不清面目。只能偶尔从闪动的轿帘的缝隙里看到一个隐约的模样。许多小调皮从左边转到右边去掀开那轿帘，总想看看新娘子的脸。

稳轿礼行过后，轿夫真正抬起了轿子。

一顶红色的轿子在春天的田野里慢慢前进。

红龙彩礼的队伍在等待新人。

追上了，绿色中有一顶红轿领着一条红龙在缓缓前进……

遥
远
的
青
沙
滩

安庆一中门口

有时候，一次奇遇可能改变你人生的航向，这种改变往往来自震撼心灵的刺激。可以说，1985年春节正月初九在安庆一中门口的遭遇，正是改变我人生道路的关键因素，所以，当时的感受至今还记忆犹新。

我毕业于1982年7月，当初考师范并不是我的初衷，由于家庭贫困，急需有人来负担日益增加的开支，在父亲看来，我早点毕业工作，就可以早点将弟弟妹妹们的教育和相关的生活等负担转交给我，因而家里的负担就会减轻。我也就在没有任何选择的条件下承担起养家任务。但是，毕业两年后，我感到了空前的苦闷，那是强烈的读书求知渴望与现实生活枯燥乏味之间的冲突造成的。兄弟仨同睡一张大床，走到哪里，两个弟弟就像影子一样跟着我，我还得负责他们的吃、穿、学习教育等事情，加上学校每周分配给我的课有34节之多，我几乎很难有时间认真读书自学。但是，读师范时期培养起来的对文学的强烈兴趣，使我将剩余的精力全部投入中外名著的阅读中，来了兴致就乱涂鸦一些幼稚的散文、诗歌、小说之类的东西以自娱，幻想有朝一日能成为一个作家。追求带来前进的动力，终于在1984年暑假，我获得了走出山外走向大城市的读书机会，虽然是很难说得出口的函授学习，每年只有寒暑假集中到安庆军人接待站去接受来自省城合肥安徽教育学院中文系的老师们的辅导。正是这样的机缘，使我有了在安庆一中门口刺激我心灵的遭遇，也从此开始了漫长的艰苦的求学之旅。

正月初八，别人还在忙于过年，而我却独自背上行囊踏上去安庆面授的旅途，沿途的浓烈的过年气氛与我内心的孤寂形成强烈对比，身上没有围颈的外套由于长期没有洗涤，随处可见发乌的油腻，太阳一晒，颈脖子燥痒难受，那时候农家没有洗澡的地方，过年时至少一个月才能洗一次澡，浑身痒得难受。当我走进生活讲究的城市，那种难以摆脱的山里人心态是很容易让人产生自卑感的，使我害怕抬起眼睛看人，于是我只得待在旅馆躲进书本中寻求理想世界的快乐。当我正沉浸在显克微支《穿过大草原》的原野之中为主人公的命运担忧的时候，旅馆里又走进一个扛着袋子的二十来岁的年轻人，手里还有几个包裹。虽然他看上去也是山里人，但是他的穿着显然比我高出几个档次，那黑色的上海牌皮包，就是我从来没有见过的，显得非常珍贵。他开始并不注意我的存在，用一种有些傲慢的目光随便扫了我一眼，就从皮包里掏出厚厚的课本来看。也许是同样的对读书的爱好，也许是见我读外国名著有些不凡，他终于主动跟我聊天了，我们也很快就成了朋友。我得知，他叫洪四清，是华东师大教育心理学专业大一的学生，毕业于安庆一中，到上海上学要从安庆坐大轮，正好顺路给他的恩师加亲戚——安庆一中的数学名师朱良才先生——拜年。我也告诉了他我是函授生，学中文的，去安庆面授。他并没有瞧不起我的意思，只是鼓励我今后一定要设法走出大山，说到大城市去读书，眼界会开阔许多。

第二天，我们坐同一辆车去安庆，一路上谈青春谈读书谈理想，很是投机。下车后，我帮他抬牛肉去朱老师家，我本来打算

遥远的青沙滩

马上就回宾馆，但是朱老师死活不让我走，说都是老乡，一定要吃顿饭。原来朱老师已经退休，尽管他满头白发，但是精神矍铄、健谈，师母更是和善慈祥，对我与对洪四清一样，我也就第一次看到了城里人居住的房子，那种有卫生间的房子，进门就必须脱掉鞋子。那种感觉非常紧张拘束，倒是洪四清说随便些，多少让我有些放松。吃完饭，洪四清送我下楼，并说去门口等几个约好的朋友。我感谢了朱老师和师母，就背起鼓鼓囊囊的帆布包，向宾馆走去。在一中门口，正等着几个和我一样的年轻人，他们就是洪四清约好的朋友。我知道他们都是同届的同学，都在上海读书，约好一起坐大轮去上学。当我们走出一中校门的时候，他们迎了上来。我最害怕最尴尬的时刻到来了。

只见一个穿青色套装的青年迎上来，他身边是两个穿灰色西服的青年人。青色套装的是复旦大学数学系的，灰西服的一个是上海交通大学工程系的，另一个是上海财经大学会计专业的，他们跟四清简单问候之后，"小复旦"一把握住我的手，对四清说：

"你的朋友？"

四清点点头。

他然后转向我："你也是复旦的？"

我很不好意思地摇摇头。

他又问："交大的？还是华师大的？"

我又摇摇头。

我知道他们几个都是上海复旦大学、交通大学、财经大学、华东师大的学生，在他们面前，我忽然感觉自惭形秽，我本来有能力与他们一样可以去上海名牌大学读书的，无奈家庭的原因只能做一名安徽教育学院的函授生！我感到了空前的惭愧，虽然他们并没有瞧不起我的意思。我只能以摇头来回答他们的询问，我不敢说话，当时心里抑郁难受，只想赶快离开。原来这安庆一中门口都是名校学生汇聚的地方，一时间我对这气势宏伟古色古香的校门产生强烈的敬畏。我几乎是逃难一般离开了一中门口，留下洪四清向他们解释我的身份来历。我的自尊心在"小复旦"的几句简单的问话中受到莫大的刺激，同时无比后悔当初为什么没有读高中。我无奈地仰首看看天，天空晴朗而蔚蓝；又漠然抬头看看路，路上车辆行人穿梭不息，行道树苍翠碧绿，苍老的叶子在料峭的寒风中婆娑。一时间，我感觉自己是何等的渺小，正如杜甫所说："飘飘何所似，天地一沙鸥。"也几乎同时，我心海里也一石激起千层浪，再也不能平静，于是产生了一个宏伟的愿望：今生今世一定要走出大山，到大城市去读书！

一转眼，二十七年过去了，我通过艰苦努力，终于完成了心愿，在芜湖落脚生根了，也实现了读书的梦想。但是，我还是难忘安庆一中门口的那短暂的遭遇。洪四清、"小复旦"你们如今在哪里呢？过得好吗？你们可能做梦也不会想到，你们改变了我的命运。感谢你们！感谢生活！

遥远的青沙滩

我的冰棍儿棒

　　每当我在冷饮店门口看到群童争购冰棍儿并将冰棍儿的木棒随手扔在地上的时候，我总会想起十八年前削冰棍儿棒的往事。

　　我的故乡在皖西南大别山深处，那里水碧天蓝，云白风清；那里晨炊融轻岚，苍烟含落照；那里千山万壑，松柏流翠，凤尾萧萧。尤其那林海中的凤尾竹，它们不仅仅是美丽的风景，更是我们赖以生存的经济支柱。我们村子里无论男女老少，都会几样竹活，都能很熟练地将竹子编成箩筐、竹篮、簸箕、摇篮等器具，还能做各种工艺品，而将一根巨大的凤尾竹削成几万根小小的冰棍儿棒，更是我们的拿手好戏。那时，大约冰棍机还没有被广泛使用，小镇上的冷饮厂用的都是手工削的冰棍儿棒，我们村子里几乎家家都削冰棍儿棒。这活挺简单，很适合孩子们做。

　　有一天下午，父亲弄到了一笔生意，一笔叫我们全家人双目放光的生意。他汗淋淋地从外地回到家里，对我们说："二十万根冰棍儿棒！一万根四块钱！你们加劲干吧！"又转向我说："你去学函授，我给你二十块！"父亲是那样的慷慨激昂，像听了进行曲似的，我们欢呼了。

　　第二天，责任山上六根五十多斤的凤尾竹，被我们运回了家。父亲把每根凤尾竹锯成七十余根三寸长的竹筒。然后，我们把这七十多个竹筒剖成一厘米宽的小片，又把小片分成约两毫米厚的小层，小层二等分，再二等分……这样，六根庞大的竹子变成了四万根冰棍儿棒了，地上留下一堆堆的竹屑儿。我们流出的汗水是用斤计算的，花出去的时间是用天计算的，而冰棍儿棒却只能用根来计算，每根四毫钱，十根四厘，一百根四分，一千根四角，一万根四块！

成堆的冰棍儿棒把小屋子塞满了，这是一堆堆的劳动成果，一堆堆的金钱，一堆堆米，一堆堆的糠，一堆希望，一堆向往。我们怀着喜悦的心情抚摸着它们，虽然它们有棱有角，而且篾签有时会刺进肉里，钻心的疼。

父亲笑盈盈地站在一边，像审视一堆金子似的，笑了，说："这十几天，你们做了点儿事！"

我和弟妹们都笑了。

小弟说："这里有我削的四万根冰棒儿棍！有四万人将吃我削的冰棍儿！哈哈……"他手舞足蹈，摇头晃脑，十分得意。

大弟说："有我八万根，除以十二，得三分之二万根；我每天完成三分之二万根，就是六千六百六十六点六六六……根。"到底是学了点数学，计算很准确。那得意劲儿，就甭提了。

父亲只削了四万根，因为他要搓、晒、捆，而且还要上稻田里去。

"剩下来的是我削的！我可以得二十块了。这是父亲答应我的，我可以在安庆少受一点委屈了！"我的心难以平静。

再看我们累的程度吧。受的刀伤十几处，腰几乎断了似的疼，点数的时候，眼睛累得又酸又痛；晚上睡着了还在梦中说："我削了六万根……我先完成……明天还有七千根的任务！"

第十三天，一家六个人都送父亲去卖货。六双肩膀把这二十四万根冰棍儿棒挑上船，送上车，看着父亲在车顶上系好网带，又汗淋淋地爬下来，向我们挥挥手挤进车里，我们才最后朝那些冰棍儿棒看一眼，回家……

冰棍儿棒，那小小的冰棍儿棒，吃一根冰棍儿，丢一根棒儿。然而，这四毫钱里的汗水是无法计算的，那汗水里融化的希望更是无人知晓的。

我爱我的冰棍儿棒！别再随手乱扔冰棍儿棒啦，这不仅仅是为了环境的清洁美丽，更为了对那份辛勤劳动的尊敬。

雨的故事

雨，在童年的记忆里仿佛特别有情趣。

据说，我一两岁的时候，经常杂七杂八地向大人们问一些稀奇古怪的问题，有时候叫大人也摸不着头脑。如问天有多大？山能背得动吗？云能拿下来吗？星星能串起来做项链吗？这可难坏了奶奶和母亲，她们一个问题也回答不来，倒是爷爷见多识广，哄我说：等我念了书就能背得动山，娶了媳妇就可以把云剪下来。可是我冷不丁地问："爷爷您该娶媳妇了吧？请快去剪一块云来！"正好奶奶、母亲也在旁边，听到这话都大笑起来。爷爷很尴尬，突然把脸沉下来，头向前倾斜，两眼紧盯着我，下嘴唇咬着上嘴唇，额上的皱纹都耸了起来，做出牛要触人的架势。爷爷发怒了，我不知自己说错了什么，也慌了，急得哭起来，一头扎进爷爷的怀里。于是引来满堂人的欢笑，爷爷也跟着笑起来。一家人在一起逗我玩的机会并不多，因为那年月正忙"农业学大寨"，大人们整天整日都在开辟梯田梯地，改变荒山野岭，要人定胜天呢。只有下大雨才不下田，全村人都聚到大堂厅来聊天，这时候，爷爷总喜欢抱着我坐在天井边的木条凳上，跟我做鬼脸。爷爷是村里有名的劳模，年年领回的印着大红花的盖有"人民公社"红印章的奖状，几乎贴满了饭桌上面毛主席画像的四周墙壁。实际上他很少有时间抱我，因此，我总盼望下雨。雨好看极了，仿佛千丝万线，在灰蒙蒙的天空和湿漉漉的大地之间，织成一张密密的帘子。当雨挟带着狂风掠过山前，罗汉松、南阳杉、凤尾竹就萧萧长吟，犹如汹涌澎湃的波涛，整个山谷都沉浸在遮天盖地的风雨声中。

"爷爷，您看，天是在落索呢！"我望着斜密的雨道说。爷爷说："小伢子，你看，天庭里有数不清的绳索，小孩子要是不乖的话，雷公老爷就要用这索系人去呢；有一年，一个娃子被雷公用雨索系去了，全家来跪着求饶，才放他呢！你怕不怕？"因为我常见到被绳索五花大绑的"地富反坏右"分子，连走路都不利索。一想到雷公发脾气捆人，自己也会成为那个样子，便慌忙紧紧抓住爷爷的衣襟说："爷爷，我乖，我怕，怕。"爷爷用手摸着我的头安慰我说："不怕，有爷爷在，就不怕，雷公认识我。"虽然这样说，雷公发怒时的威力还是吓人的，"豁"的一闪，划破乌黑的天空，接着就是山崩一样炸雷，震得地动山摇，连房屋窗户也哐哐作响；雨也落得更响了。这时，我想：也许有一个调皮的小孩子又被雷公系去了，他们全家都跪在雨里求饶。

这是我还不会走路时候的故事，等到我五岁时，便成了一个天不怕地不怕的顽童，大人说不能做的事，我偏要去试一试。大人说罐子里的糖有老鼠洒过尿，不能吃，我就偏偏偷吃个精光；大人说下雨时不能到雨里去，我就偏要穿暖鞋站在雨里或蹚过水洼，把大人气个半死。由于我是爷爷奶奶的头孙子，特别金贵，大人除了骂天骂地，没有别的办法。

下大雨的时候，瓦沟里泻下一条条银练似的瀑布，同时那雾一般的水珠儿在空中乱溅。我总是拿一个小瓶，伸手去接掉下来的雨索，企图收集这天降的宝物（据说，真的雨索具有神奇的魔力，能缚住你想缚住的任何东西），准备天晴后用来缚麻雀、捉蜻蜓。当时的幼稚和虔诚真是无法想象的。可是，这雨落下来明明是银索，积在瓶里却是一汪水了。我很失望，尽管眼睛里沾满了水珠，连睫毛都湿了，但我还是执拗地站在雨里，仰着头，眯着眼睛，不时用手抹去脸上的雨水，希望有一条真的银索落下来。雨水湿透了衣服、鞋子，还顺着手臂一直流进腋窝，使身体凉得发抖，但我还是站着不走。大人惊怒地冲过来了。只觉得手里的瓶子被摔了，脸上似乎挨了一个响巴掌，耳朵里听到一连串"死鬼""活冤家""老祖宗"的叫骂声；我被拖进了屋子，强行换去了湿透的衣鞋。

我受了极大的委屈，心里恨起雨来。银索没有了，花蜻蜓便没法子逮住，云雀也休想弄到手。大人告诉我：雨就是一滴一滴的水，落下来才像一条条的绳索。我这才死了这桩心事，但心里却无限惋惜。

有人说，童年孕育着人生的全部希望，这话可能夸大了些，但我认为童年的圣洁与赤诚、欢乐与遗憾确实是人生最宝贵的财富。

怀念那如梦如烟的童年的雨。

让我最后一次想你

我爱你。我想你。

你就在我面前，你在注视着我，你的手抚弄着我的手，你温柔的叹息我渺茫地听见了，你的抚摸的信息一直传到我感觉的深渊里。但我不能看见你，我看不见你，眼皮十分沉重，身体轻柔得像一片羽毛，我到处飞动，世界的一切都没有颜色。你存在于我的周围，我知道，但我就是看不见你。

可恶的酒力把所有的神经都麻醉了，周身像泥一样软，什么都感觉不到，什么也看不见。仿佛从遥远的云里，从阴暗的山谷里，从一片白花花的水雾里，传来一阵模糊的叹息，像游丝一般纤细，是天鹅的声音，就是你。终于有一根苏醒的神经感觉到你来了，虽然看不见你，你却在向我靠近，感觉的深渊里兴奋起了一朵浪花，没有颜色，四周一片迷茫。我多么想看你，但看不见。

衣服一件一件脱去了，胳臂裸露出来了。

注射器吻了一下皮肤，立即有一股清凉的液体，甘泉一般在麻木的血管里漫流，皮肤颤抖着，那液体流向心脏，流向感觉的深渊。酒精的迷雾变薄，减退，看见了远山，看见了水，看见了路，但仍然看不清颜色；手上有点疼，针头在血管里喷出那股顽强的清泉，不懈地，好像湖上起了很凉爽的风，吹着发痛的脸颊，热度在减退，终于看见了近处的树，有人在走动，听到了人的声音。感觉到手被另一只手抚摩着，皮肤冰凉地战栗着。有叹息声，有眼波流到我脸上，那黑茅草下的眼波倾泻到我浑浊的脸上。鼻孔像烟囱一般高，喷出没有颜色的酒精雾。热度在减退，没有知觉的心脏浸泡在那股清泉里，凉凉的，像水中的礁石。酒精雾从眼前消退，天似乎清朗了，我想打开眼，但张不开，天立刻又被一股奇怪的雾遮断了。感觉告诉我，是你在我眼前，你穿什么衣服呢？白色的，天蓝的，红色的？我想看看你，但看不见。

那股清泉流遍了全身，感觉的深潭平静了，没有一丝动乱的浪花，湖面一般风平浪静。我仿佛睡在天鹅绒毯上非常平稳。视觉、听觉、触觉一齐清晰起来，敏感起来。你抓着我的手，血管里针头仍然在喷着泉水，你的细腻的肌肤弄醒了我的触觉，大脑收到你温柔的手的信息；同时，脸部感受到你的波光瀑布的轰鸣，耳朵听到了你纤细悲惋的叹息声。日夜想念的你就在咫尺之间，我多么兴奋、快乐！我相信现在能张开眼睛，但我不愿，不看见能感觉才是美的，让我猜猜：你的脸真白，半年不见，玉石一般柔滑，反射着青春健美的波光；你的眼睛多么明亮，深潭里的一轮明月，静影沉璧，灵气充盈；你的黑发瀑布一般流泻到肩上，闪着美丽的光泽；刘海儿柔柔地在睫毛上晃荡。你穿什么颜色的衣服呢？现在是春天，大概穿的是绿色吧。鞋是什么颜色？猜不出来了，唉，猜得好苦，让我痛快淋漓张开眼看你吧！我竭尽全力想睁开眼睛，但失败了，眼皮好像被巨石压着，动弹不得。

清泉流速减慢了，全身都有感觉了，但感觉是多么可怕。第一个感觉是在"做梦"。你，我想念的你，就在眼前，然而我不能张开眼，张开眼你就不神秘了。为了弄明白你穿的衣服的颜色，我的手触到了你的袖口。不好，滑滑的，有纵横的细腻的纤维，好像是绸。不错，是绸，而且是红色的。啊，你出嫁了！我的感觉的深渊里有火光闪动，有泪花闪动，沉重的伤感随那股清泉流向全身。

清泉喷完了，针头被拔出来，喷口在剧烈地肿痛，你放开了我的手，我任随其他人重新摆布。你飘然而去了，出了门，下了台阶……不醒的梦才永远美丽。你是我心中永远的白天鹅。我决定不再看你，就让我这样最后一次想你。

怀念灯匠

　　煤油灯的时代早已过去了，且不说大都市里到处是流光溢彩的灯饰景观，就连我那躲在大山深处的故乡也覆盖在了华东电网的光明之下。人们只是偶尔使用一下煤油台灯，而这偶尔的使用，总让我回忆起中学时代的生活来。那时，我们晚上自修，总用盏墨水瓶做的小灯，在绿豆大的一点儿灯光下，进行着运算、思考。现在，我身边还一直保存着一盏完好的用装药的筒口瓶做的油灯，这是一个灯匠送给我的。只要一点着灯，那明亮的枣核大的灯光里，会立刻幻出一个六十多岁的老人多皱的脸来。

　　那时，我家里很穷，根本没有零用钱，弟妹又多，家里总是超支，念书真成问题，每星期的半斤煤油钱总是母亲卖竹杪买盐省下的。家里只有一盏台灯，还没有罩子，成年累月地点着，以至浑身漆黑，我一直想把它带走，但没有一次被父亲应允，因为买一盏要一块钱，而一块钱的盐够吃两个月。

　　我只好自己用墨水瓶制了一盏小灯，灯很粗糙，铁皮筒管常漏油，蓬蓬地烧起来，一瓶灯油一会儿就烧光了。同学们用的都是"好"灯，他们大都是花五六毛钱从学校旁的一个灯匠那儿买来的。

这灯匠是个独门独户老人，下巴一绺胡须，脸膛很宽，淡淡的眉毛下，眼睛很有神采，总穿一身黑布衣服，给人精明而和蔼的感觉。老人在解放战争中立过功，又是独户老人，政府准他开小铺；他制的这灯非常实用，销量很可观。老人卖了几十年的灯，因此远近闻名，都叫他"灯匠"。

"灯匠"常到学校里来收墨水瓶，三分钱一个，买回去后，用些薄的白铁皮把瓶装上箍，安个提耳，灯芯铁管弄得很结实，再用一点锡焊稳，装进四五厘米的舌兰骨带，一盏灯便成功了，价钱从三毛到八毛不等。

卖墨水瓶最多的是我，我的纸张几乎全靠卖墨水瓶换取。星期天，只要一有空，我就到所有能拣到瓶子的地方去，把拣来的瓶洗净，提到灯匠那里去，卖得最多的一次是十九个。拿了钱，我就去买练习本和铅笔。

有一天，我来到老人"此处卖各种精制油灯"牌子下的灯铺，发现有一盏宝蓝色白箍的油灯，顿时，我的眼睛明亮起来。我多么想把它买下来啊！一看价却惊呆了，标价八角，而我袋里只有五角钱。正在这时，灯匠走了过来，和蔼地说："孩子，想买灯吗？"

"嗯。"我十分不好意思说，因为钱不够，便慌忙一指那五角钱的一种，但眼睛却那么不听话地仍瞥了一眼那盏宝蓝色的好灯。

老人把那盏八角的新灯拿了过来，一边摆弄一边说："是想买它，对吧？"

"不，不，我买不起，不要这盏。"

"拿去吧，孩子。我送给你。"

"什么？你说什么？"我似乎一点儿也听不懂他的意思。

"拿去吧，孩子。你的情况我都知道的，你家里很苦，但你是头号用功的好学生，远近都知道像你这样用功的还不多，用功才有出息。你就靠卖瓶买本子，对吧？——这可哄不了我，我每次都看你卖了钱就去买本子，说实话，我看了心里也很怜惜。有的人有钱就去买吃的，不知道花钱在学习上。孩子，只有你让我感动。你拿去吧，我一分钱不要送给你。"

无论我怎么推辞，最终还是抱着灯回到了学校，同学们都用惊疑的目光注视着我的灯。从此，我的心里点燃了另一盏不灭的心灯，它照着我发愤学习，终于考取了中师。

毕业后，我回到原来念书的学校任教，第一件事就是到街上去看灯匠，但那铺子却没有了。一打听，才知道这几年因为通了电，煤油灯大减价，已没有人买他的灯了。老人收了铺子，不久就死了。他将积存了数十年的钱全部捐献给了学校，有整整四千块，全部是零票！他立的遗嘱说这些钱一定要资助最穷困但最用功的学生。

我的心里很难过，这个送给我光明和希望的老人竟是如此平和而壮烈地去了。虽然他的灯铺没了，现在连小学生都有一盏明亮的漂亮台灯，然而，他的灯却几乎点亮了我们四分之一个世纪。

时代在飞速发展，我歌颂现在的富裕繁荣，但也珍惜过去宝贵的东西。这盏灯，我认为就是那个时代里最宝贵的东西之一。

我的课余生活

假如你问我："你喜欢学生生活还是教师生活？"那我会毫不犹豫地选择前者。因为，只有做学生才是真正的无忧无虑啊！

我很有幸做了两年的大学生，那光景可惜一去不复返了。假如能用什么东西挽留时间的脚步，让我重新回到学生时代，那我宁愿什么都舍弃。现在当了别人的老师，那如梦如烟如诗如画的学生生活也只能永远埋在记忆深处了，成为回忆中的美好影集。

说起学生生活，大概没有人喜欢枯燥冗长几乎听木耳朵、坐肿大腿的课堂情景；也怕没有人愿意回忆那坐在阅览室几个小时里自学英语，直到两眼火冒金星、人影成双的劳苦情状；你也不会老记着为了一次考试，拼命抄别人的笔记，生怕不及格而惶惶不可终日的光景。倒是课余生活给你带来的无穷无尽的乐趣，让你终生回味。

记得那时，我们只有上午四节课，下午和晚上的时间都由我们自由支配。这么充裕的大把时间，该怎么打发呢？真是各人有各人的办法。爱打牌的人，只要一下课就钻进寝室，四人一桌大战起来，弄得天昏地暗。可惜我不喜欢干这个，也就没尝出其中的滋味。爱逛影剧院、爱看录像的，则成天泡在影剧院里，为别人的故事而高兴忧虑。又可惜我囊中羞涩，想逛也逛不起。我最喜欢的是到学校的大学生活动室去下围棋，因为围棋奥妙无穷，既可以让你拓宽思路，又能训练你坚韧不拔的毅力和不屈不挠的斗志。其次是去音乐室听轻音乐，看别人跳舞。优美的圆舞曲如春天的泉水，淙淙流淌；像湖上的清风，微微吹拂；像秋夜的月光，皎洁明亮；如烟雨般朦胧，如细柳般缠绵，如彩灯般潇洒。再加上舞蹈班学生那优美动人、轻盈袅娜的舞姿，让你如痴如醉，甚至忘却自己的存在。可惜每周只有一两次这样的机会。

其余的时间，我总是能找到好玩而且尽兴的地方。我或者在运动场打一下午篮球或羽毛球：整个操场上八副球架，几百人十几个球在空中飞来飞去，一片拍球声，喧哗声，喝彩声。那轰轰烈烈的场景会让你进入一种紧张而舒畅的境界。有时我不打球，而是到大街小巷去逛，去观察合肥城市的建筑设计样式；看看合肥市民的生活境况，听听他们买菜时讨价还价的争吵声；看看他们购物时争先恐后的热闹情景……有时，也到建筑工地，看看一群戴安全帽的工人怎样在机器轰鸣声里，把水泥、石子、沙粒和钢筋混在一起造出一幢幢漂亮的大楼。这一切让我体验了生活，也增长了见识。有时，我又整天混迹在折扣书店或自选书店里。这些地方不花钱就可以看到各种各样的书籍，你几乎可以欣赏到各国艺术家的杰作，获得丰富的艺术享受。若碰上真正合用的书籍，也会毫不犹豫，一掷千金，挥金如土，然后带着得意的神情拖着麻木的双脚，回到学校。

我最盼望的是周末，因为这一天下午，我去带家教。那学生念初二，成绩很差。可是像骑赛车，开摩托，玩照相机，弄录像机等，都是行家里手。每周末下午，我教他做两小时作业，然后陪他开摩托出去兜风，那才叫舒服。我们开着三轮摩托，开到六十码的速度，让大风从我们两鬓削过去。我们飞也似的，目不斜视地注视着前方，让两边的人望着我们潇洒的英姿羡慕不已。

要是春暖花开，或者合肥的菊花节，那就带他——不，不如说他带我，因为他比我熟悉得多——去花市赏花。特别是秋季花节，花市上起码有十几万盆造型不同的鲜花。只见花丛中这儿露出一个头来，那儿冒出一条辫子；这儿发出一声惊叹，那儿传来一声赞赏。老年人深沉地点着头，眯着眼睛；小姑娘拉着母亲的手，花蝴蝶一般东飘西荡，到处是甜甜的笑声。我们也陶醉在其中。

早上，我起得很早。我带上几十条英语单词的卡片，带上一块钱，沿着还未醒透的包河大道慢跑。街上行人不多，都是些不恋床的人。我跑得很慢，一边背单词，一边欣赏自己的脚步声。偶尔也同并肩的并不认识的跑友比一下速度，然后友好地道一声"拜拜"。到大钟楼脚下一般都是六点半，这时，通红的朝阳，刚从电讯大楼的左侧升起来，那一轮高楼旭日剪影非常壮观，我把这雄浑的景象当作每天的第一个见面礼。看过太阳，我就去买鸡蛋煎饼吃。我最爱那个白白胖胖的姑娘做的煎饼，她姊妹俩合作，既干净可口，又和蔼热情。每次我买两个，付上一元钱。然后跑回学校，喝一杯开水，稍微休息一下，吃早饭，去上课。即使这一天什么事情也没做，光凭一个早晨的充实，也算心满意足了。每天的跑步使我的双腿变得很有劲，觉得自己身轻如燕。那才叫健康的生活啊！人只有身心健康，才能享受生活的乐趣。

嗨，写了这么多课余生活，你可千万别认为我的功课肯定是一塌糊涂。老天作证，每天晚上我一定要温习三个小时的功课，每周去夜校听两次英语。从图书馆抱回的一大堆参考书都是在夜晚消灭的。两年下来，图书馆的统计数据表明，我的平均阅读量为每天一万二千字。还不包括从老师那儿借的书。我只看专业书籍和世界名著，中国作家中，最喜欢孙犁，外国作家最爱普希金。好啦，这部分不可写得太多，不然就有自吹自擂之嫌。

总之，我是多么留恋那一段金色的时光啊！假如时间能倒流，再把我流回去当学生，我将会千万倍的珍惜。珍惜时间，珍惜青春，就是珍爱生命！我的学生时代多姿多彩的课余生活哟，我的如诗如画的青春时光哟！

遥远的青沙滩

傲霜花开在春天

1990年1月3日，安徽教育学院89级中文系学生崔荫怀大量吐血，昏迷不醒，住进了省立医院！这一消息使全班同学感到非常震惊！

"什么？他前天还和我一起跑步！"

"他昨天还和我们一起上课！"

没有人相信自己的耳朵。然而，事实冷酷无情。医生诊断结果是："门脉高压，须马上开刀！"

急救。输氧。输血。需要押金，全寝室的同学翻出箱底的全部余款才够抢救用。生命垂危的病人需马上做手术，时间就是生命，而手术必须先交700元押金！怎么办？班长潘仁炎、班党组书记刘民章一商量，决定找系里反映情况。中文系年迈的李子云主任，党支书黄季耕先生，非常关注。他们以最快的速度向学院党委汇报。九点，院长江大钧先生的专车，载着学校的关怀，载着人间的温暖，风驰电掣地开进了省立医院。江院长亲切鼓励崔荫怀同学一定要坚定信心，勇敢地接受手术。面色苍白、极度虚弱的崔荫怀含泪点头，被推进了那扇乳白色的沉寂的大门。

是夜，真难忘啊。李主任、潘仁炎、刘民章及崔荫怀寝室的六个同学，焦急地等在手术室门外，等待一个不平凡的"手术顺利”的消息。窗外，昏黑的天空不见一颗星星，刺骨的寒风无情地抽打着光秃秃的树枝，发出凄厉的呜咽。室内墙上的大钟走得如此缓慢如此沉重。仿佛每一秒钟都从人们绷紧的神经上踏过，踩得人如此心焦。从十二点的子夜一直穿透黑暗，到五点半的晨曦初露。手术终于结束了！

“手术结果怎么样？”九双血红的眼睛一齐凝固在大夫身上。

“顺利。”

一片惊喜。人们心头的一块巨石终于落地了，崔荫怀同学终于熬过来了。且不说这一夜的等待中包含了多少友爱，还是让我们来看看手术后的病人吧。

他躺在洁白的病床上，鼻孔里插着氧气，氧气罐里的液氧在“咕咕”地急促地冒泡；他的嘴尽量张开，喉咙里有痰堵着，咕咕怪响，两眼紧闭，面孔苍白而消瘦。左臂上插着输血管，右臂上吊着葡萄糖注射液，刀口处还挂着接血水的瓶子。整个身躯在雪白的床单下战栗着。床头的铁牌上写着：“特级护理。禁食。”这就是“顺利”！这是生命和死神搏斗的胜利的曙光，是生的凯歌！

老子有一个观点：福祸相依。是的，灾难往往和幸福共存，痛苦常常与友爱同在。如果说手术的成功，主要依赖于先进的医疗设备和医术高超的医生们抢救及时，那么，手术后崔荫怀同学的精神则是在人间的友爱中一直保持积极的状态。

他的亲属未到的几天里，系里黄书记、李主任，每天至少骑自行车去看两次；系里全体老师也轮流去看望。全班同学三十四人，仿佛同时接到了无声的命令，自觉安排轮流值班的班次。每天二十四小时，至少有四位同学守在病榻前，密切关注病情的变化。他们顽强地同瞌睡搏斗，忍受着饥饿的煎熬，不惮来往的十里路程。把满腔的爱倾注在崔荫怀同学的身上。从一个黑夜穿过

遥远的青沙滩

另一个黑夜，从一个黎明走向另一个黎明。阴冷的风刮着脸，冰刀的雨雪割着皮肤，但是脚步仍然是那样欢快而有劲，大家心里只有一个愿望：希望他早日清醒，重新站起来！

这情景多么感人。虽然崔荫怀不能吃任何东西，也没有恢复知觉，虽然当时天寒地冻，又临近期末考试，但是同学们都把看望看护崔荫怀当作一项任务，随时传递、报告医院里的最新消息。崔荫怀的健康状况牵系着全班，牵系着全系，牵系着全校！

三天后，他的亲属来了，激动得热泪盈眶，连旁边的病人和护士也都感动。一人有难，大家相帮，这才是人间的真情啊！

一周之后，崔荫怀终于恢复了知觉，虽然他极度虚弱，因为吐了两千多毫升的血，又经过了长达六个小时的手术。现在能以点头的方式招呼同学了。他有那样多的话要说，我们抚摸着他的枯瘦光滑的手，他滔滔不绝地细声讲述他的二十六年的复杂经历，他说："我以前是个沉默寡言的人，因为我认为我看透了这个世界，到处都是钩心斗角，尔虞我诈；现在，通过这次生病，我发现我错了，人与人之间是如此的亲密无间，如此的友爱和谐。这将改变我的人生观。"

这是多么深刻的肺腑之言！

无情的时间一步步迫近年关，同学们都要回家了。崔荫怀同学却不得不还要躺在病床上，他是多么着急呀，但他却是如此乐观；即使在二度发烧，生命靠注射人体蛋白维持的那几天中，即使在他的同室病友告别这个美好世界的时候，他都没有悲观过，他确信他能活下去，因为他拥有如此多的爱……

春天又冲破严冬的封锁，春风又绿遍了江淮大地。时间走进了三月，又走进了五月。但崔荫怀同学根据医生的嘱咐，却不能再来上学了，他的座位是那样显眼地空着，他是多么留恋他的同学，他是多么渴望再度拼搏啊！他写来许多感谢信，他的父亲还

傲霜花开在春天

来亲自感谢学校。同学们也携着深情去看望了他，鼓励他树立信心，坚强地生活下去。

现在，他知道了自己患的是肝硬化，他的脾已经全部切除，他知道自己的健康已不允许他像原来那样拼搏了，但他还是很乐观。

崔荫怀同学是学习委员，写一手漂亮的钢笔字，我们学生证上的字都是出自他的笔下，有永久的珍藏价值。啊，亲爱的同学，未来的日子还很漫长，困难和挫折还会很多。但请相信我们的心永远相连。

生命之树长青。

写到这里，忽然听到校园里不知何处传来《爱的奉献》的歌声，我停笔聆听了良久，周围都是温和甜蜜的九月的宁静。一霎时我觉得我们的学校，觉得这人间是如此的可爱。我们每个人何尝不是生活在友爱之中！

1990年9月9日于省教院

遥远的青沙滩

幸　福

　　幸福大都埋藏在记忆之中，因为人们沉浸在幸福中的时候，往往没有什么感觉，只有在失去之后才感觉出幸福的滋味来。我常常与妻子谈论幸福的话题，但她很少感觉到幸福的味道，因为我们生活确实艰难，完全靠自己一双手在这个举目无亲的城市里生活。养孩子，买房子，不停地借债还债，风霜凋零了我们的美好青春时光，仿佛一眨眼工夫我们就已经长出皱纹和白发了，生活都没有什么激情，过日子就是按部就班，单调重复，每天都是没完没了的柴米油盐酱醋茶，像一潭死水激不起波澜。看着孩子一天天长大，而我们则一天天衰老下去，这难道就是结婚前神往的幸福的明天么？

　　但是，我分明记得这样的瞬间，我一定要讲给妻子听，那时的我确实沉浸在一种幸福的期待之中。那是我刚留校的时候，在造船新村租一套两室一厅的小房子，房租230元，按当时的工资水平，房租还是比较合理。房东是一位慈祥和蔼的老太太，常年住在上海，很少回芜湖，全部家具都留给我们用，我们也就平生第一次用上了燃气热水器，可以随心所欲地洗个热水澡了。生活条件有所改善，我感到了生活的乐趣，尤其是早上，当邻居们还沉浸在梦乡时，我就起床到房后小院子里看书，特别安静，十分享受。

儿子已经上小学了，在饭桌上辅导他的功课也是一件超级享受的事。儿子很听话，一双胖胖的小手握住铅笔听写生字那全神贯注的样子仿佛还在眼前，还有背书的那个劲儿特别可爱；他吃饭时必须跪在椅子上，早早等在桌前，舔着筷子，做出馋涎欲滴的架势，当妻子端上热腾腾的菜来，儿子迫不及待狼吞虎咽的馋猫样子特别可爱，仿佛再过几天儿子就会长大似的，我们拼命往他碗里夹菜，看那吃相真是一种幸福。我看得出来，欣赏我们吃菜的样子在妻子眼里一定也是一种幸福吧，她显然对做菜充满了浓厚的兴趣，经常三五天就要弄出一种新花样来，有时候往往先吊一吊我们的胃口，然后再付诸实施，菜上桌后一定先等待我们的赞美才解下围裙一起吃饭。一家人和和乐乐在一张饭桌上吃饭，虽然已经不记得吃的是什么东西，但那种感觉还牢牢留在记忆中。

最让我记忆犹新的是，我们搬到造船新村的第二年，妻子获得了大学英语四级证书，还在安师大找到一份宿舍管理员的工作。我真的很兴奋，终于有了第一份工作，尽管每月工资并不高，而且每周还要上一个夜班，但是我还是很满足，从农村出来本身就不容易，现在竟然能够有一份工作，那是很不简单的事。她上班去了，家里的家务就全落到我的身上，接送孩子买菜烧菜照顾孩子等都是我的任务，还有学校的工作。尽管担子很重，但我却感到前所未有的充实，每天节奏非常紧凑。早上五点半起床，漱洗完毕，就是买早点买菜，然后送儿子上学。上午如果没有课几乎都是安静地看书写文章时间，等到头昏眼花之时，正好做午饭调节一下。十一点半饭熟了就去接儿子，等儿子吃完饭午睡了，再去给妻子送饭，回来正好送儿子上学。下午又是看书时

遥远的青沙滩

间，五点半再接儿子回家。儿子或者看动画片或者做作业，我又做饭。妻子下班回家一般要到晚上十点钟。这时我基本上忙完了一天的工作，儿子也写完了作业，甜甜地进入了梦乡。四周邻居也都入睡了，小区变得异常安静，而我则在认真看书并静静等待妻子的归来。有时甚至想象她回家的全过程：她急切地交班，整理物件，然后骑上自行车，穿过马路朝家里奔来；夜风撩起她的长发，路灯照着她的脸，她穿过最后一道红绿灯，拐进了小巷，再前进一百米就到家门口了。在这样的想象中等待妻子的归来，对我来说是一种幸福的期待。她的饭和菜用热水焐在锅里，脚盆里已经倒好了热水，毛巾就在盆沿上，拖鞋放在了盆边。只要一听到小巷里响起自行车的声音，我就知道妻子回来了，开门迎接，暗示她轻一点，儿子已经睡熟了。风尘仆仆的妻子带着些外面的新鲜气息，进入我营造的温馨氛围之中，她很惊讶我的服务如此周到细致，一副非常感动感激的样子，忽闪着眼睛笑眯眯地很有胃口地吃饭，接着轻手轻脚洗脸擦澡，然后小猫一样温柔地蜷缩在我怀里，渐渐进入梦乡。那是多么幸福的时光呀！

　　幸福其实很简单，当你的付出在别人身上体现出来，能够营造出一个和睦甜蜜的小世界，一种充实的幸福感就会充满你的心中。幸福永远存在于付出并期待的过程。

种菜小记

没有哪个家长不爱自己的孩子，没有谁不希望芝兰玉树都生长在自己的门庭，只要每天到师大附小门口去看看接送孩子的家长大军，感受一下接送孩子时急切而充满期望的眼神，你就会明白这一点。更有甚者，因为升学压力大，有的家长从一年级开始就实行运动员绑沙袋的训练方式，不仅让孩子参加各种辅导班、兴趣班、特长班，还采取加班加点的家庭强化模式，母亲陪读、父亲接送、爷爷奶奶专门负责营养。甚至为了一次极平常的测验，竟有父母陪着孩子复习到晚上十一点！可怜天下父母心！我的儿子刚上一年级，看着别的家长那样，我也不知不觉中急切地被卷入了拔苗助长的行列，看着儿子疲倦憔悴的容颜与上幼儿园时的天真烂漫形成鲜明对比，我感慨万千，总觉得这是对孩子的摧残，是为了那个遥远的美好的未来希望摧残着儿子的现在。这使我想起种菜的往事来。

记得十年前，在乡下教初中，有一年春天，学校给老师分了一块菜地，每人两畦。看着同事们在地里忙乎，我也把地翻了出来。决心在这块土地上辛勤耕耘，用汗水换来丰收的快乐。

开始挖地除草时，照着别人的样儿，尚不大难；等到下窝、栽种、布局，就一无所知了，只得向经验丰富的同事和附近的老农请教。经过一个月的努力，终于有了这样的成绩：辣椒一百三十棵活了一百二十五棵，丝瓜活了一棵，南瓜两棵，冬瓜两棵。

看着自己亲手栽种的菜成活了，心中总是快乐的。但是又一个月过去了，菜园里却形成了鲜明的对比。有些老师的黄瓜爬上了架，结得胖胖的；另一些人的丝瓜正沿着搭的架子青绿茸茸的长得惹人喜爱，仿佛吊满丝瓜的情景就在眼前。而我的菜呢，辣椒由于布局不合理，叶子像害了病一般焦黄；丝瓜没有搭架，满地乱爬，把它能抓住的辣椒缠得半死；南瓜呢，大概还在同野草做"寸肥必争"的战斗；冬瓜简直就是一个畸形儿，不死不活地与野草为伍。

我心里很难过。我多么希望它们能长得肥壮，结满丰硕的果实啊。于是，我给菜们追肥，让每一棵菜都吃得饱饱的。不知什么缘故，追过肥的菜并不见长得茂盛，有十几棵反而死掉了，有一半的叶子都变得焦卷起来。除了南瓜长得茂绿，冬瓜、丝瓜依然如故。我真的很失望，望着一园心爱的菜一筹莫展。我问老农缘故，老农答道："你的辣椒种得太密，施肥太多，叶子又沾了肥料，烧死了；菜也和人一样，吃得太饱就胀死了。"啊！原来菜不追肥不长，追肥过头也不长。老农还告诉我：种菜就像养孩子，要细心照料，经常给它施肥、松土、除草、捉虫；还要根据它生长的需要，千万不能性急，不要急于求成。

唉！光有一颗爱之心是不够的，还必须懂得爱之法。有时"虽曰爱之，其实害之"。这难道不是生活的真理吗？

尊敬的家长，但愿你能找到爱你孩子的最佳方法，愿你家、我家、我们大家的菜园里长满碧绿健壮、肥硕丰满的蔬菜。愿你的家庭有玉树临风，惠兰成丛，芬芳远播四邻。

后 记

我在一篇小散文《石》中说：

　　石，有灵有顽；石，有丑有美；石，有的粗糙，有的精细；石，有的棱角分明，有的圆滑柔润。

　　石之灵异者，通体晶莹，玲珑剔透，能变化莫测，会融铸悲喜。像贾宝玉颈上的"通灵宝玉"，变化万千；像蓝田山的美玉，常笼轻烟；像和田滩头的籽料，柔润千年。但是，这些人间至宝，可遇却难以求获，面对精美的宝石，只能徒增浩叹！

　　石之粗陋者，冥顽不灵，颜色灰暗，外形丑陋，棱角如刀，撞击易碎，构成悬崖，形成险阻，使追求的脚步望而生畏，使爱美的眼睛知难而退。然而，漫山遍野都是这些丑石，河流溪涧都是这些冥顽，有的专门绊脚，有的又臭又硬。面对这样的石头，也只能徒增浩叹！

　　美玉是理想、梦境，丑石是现实、人生。因为到处是粗俗，所以追求高雅；因为到处是丑陋，所以追求美好。

其实，我们每个人都生活在两个世界里。

真实鲜活的现实世界，总存在那么多不如意的烦恼，甚至悲剧：成长旅途的蹭蹬，怀才不遇的悲愤，追求爱情的挫折，家庭琐事的磕绊，亲友逝去的悲伤，岁月沧桑的无奈，繁华落幕的凄凉，这些都让我们疲惫衰老，心力交瘁，感慨苍茫，于是，总想超脱这红尘，渴望羽化而登仙。

另一个世界是虚幻却美好的：故乡山水的清丽倩影，亲友相聚的温暖场面，艰辛奋斗的晶莹汗水，相濡以沫的患难真情，酣畅梦境的甜蜜幸福，寒冬腊月的一缕春风，面向未来的无限憧憬，这些都是一个个好的故事，让我们充满回忆的温馨和浪漫的想象，让我们的生活充满美好的希望，充满诗意的阳光，带领我们走向迷人的远方。

因此，一个真实有为的生命，一定拥有丰富充实的过往，五彩缤纷的现在，大气磅礴的未来。珍惜往日的辛酸，因为辛酸中包含着曾经的美好；拥抱现实的苍凉，因为苍凉需要勇敢的挑战；憧憬未来的灿烂，因为灿烂需要辛勤的浇灌。

因此，每一个真实的生命，都是一条河，河里一定翻卷着浪花；也是一座山，山上必定开满鲜花；更是一片天空，夜晚会缀满星辰。这一切都将化成一个个故事。

我秉持"坚守善良，追求美好"的理念，向我的亲友、学生及其他广大读者，奉献这本小书，或叙述往昔的故土乡情，或描写故乡一片小景，或采撷一枚成长的酸果，或追念亲友的前世情缘，期待送给您一泓甘甜的清泉，一阵清凉的晚风，一丝淡淡的馨香。

我要感谢二十年风雨同舟、相爱相守的妻子余水娥女士，她无私的付出，才使我能够完成这部小书，我们还一起推敲每一篇文章甚至每一个词句。

感谢挚友方维保先生为本书赐序，使拙著增色不少。

还要感谢我的学生汪训国、马沛，他们为本书的出版慷慨解囊；还有张燕喜、朱灿华、曹江宁、朱金焰、洪柳、廖新华、廖小鹏、张八四、吴焕荣、张江容等同学不避辛劳的热情推销。

吴振华

2016年7月28日于芜湖花津河畔陋室

278

遥远的青沙滩